光文社文庫

文庫書下ろし

結ぶ菊

上絵師　律の似面絵帖

知野みさき

光　文　社

この作品は光文社文庫のために書下ろされました。

目次

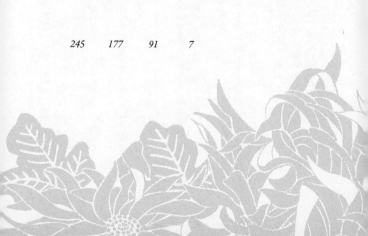

第一章　女郎花《おみなえし》　7

第二章　巣立ち　91

第三章　香物《こうのもの》　177

第四章　結ぶ菊　245

本作品に登場する律を取り巻く人物たち

律《りつ》
上絵師。幼馴染みの涼太と結ばれ、葉茶屋・青陽堂の若おかみに。お上御用達で事件解決のための似面絵も描いている。

涼太《りょうた》
青陽堂の跡取り息子。律とは幼馴染みで夫婦に。人の顔を覚えるのが得意で御用聞きにスカウトされたことも。

慶太郎《けいたろう》
律の年の離れた弟。菓子屋・一石屋に住み込みで奉公している。

佐和《さわ》
青陽堂の女将で涼太の母。入婿の清次郎《せいじろう》は茶人でもある。

香《こう》
涼太の妹で律の幼馴染み。薬種問屋・伏野屋の尚介《しょうすけ》に嫁ぎ、長男・幸之介《こうのすけ》を出産。

今井直之《いまいなおゆき》
律の仕事場の隣人で手習指南所の師匠。律を幼い頃からずっと見守り、力を貸している。

広瀬保次郎《ひろせやすじろう》
定廻り同心。読書好きで、本を通じて書物同心の娘・史織《しおり》と出会い結ばれた。

太郎《たろう》

元盗人。密偵として火付盗賊改の同心・小倉祐介《おぐらゆうすけ》に仕えている。

綾乃《あやの》

浅草の料亭・尾上の娘。涼太に想いを寄せていて律と気まずくなったこともあったが今は仲直りしている。

類《るい》

上野の呉服屋・池見屋の女将。モノを見る目は厳しいが律を見込んで上絵の仕事を頼んでいる。

六太《ろくた》

青陽堂の丁稚。綾乃に身分違いの想いを寄せているが……。

千恵《ちえ》

類の妹。嫁入り前に手込めにされた過去を引きずっていたが、明るさを取り戻した。

雪永《せつえい》

日本橋の材木問屋の三男で、粋人にして茶人。千恵に長年想いを寄せている。

由郎《よしろう》

日本橋の小間物屋・藍井の店主。役者顔負けの美男で武芸の心得もある。

伊三郎《いさぶろう》

律の父親で上絵師。妻の美和《みわ》が辻斬りに殺された時に手に怪我を負い、失意の末に同じ辻斬りの手にかかって亡くなった。後に律は両親の仇討ちを果たす。

第一章

女郎花《おみなえし》

一

葉月《はづき》は朔日《ついたち》。

九ツの捨鐘《すてがね》を聞いて、律《りつ》は青陽堂《せいようどう》へ昼餉《ひるげ》を取りに行った。

青陽堂の昼餉は握り飯で、手が空《あ》いた者から取る。女中のせいと依《より》に声をかけてから、律は握り飯を二つ皿に取った。

勝手口から長屋へ出ると、木戸から木戸へと細く続く青空の下、小さく丸い己《おのれ》の影を踏みながら仕事場へ戻る。一刻ほど前に最後の蒸しを施した鞠巾着《まりきんちゃく》はもうすっかり乾いていて、律は握り飯を食《は》みながら、昼から呉服屋・池見屋《いけみや》へ行くか否《いな》か迷った。

池見屋からは、五日ごとに三枚の鞠巾着を請け負っている。一年前に籤引《くじび》きはやめていて、五枚から三枚へと減らしたものの、注文のみとして当初よりは客の好みに柔軟に応じるようにした。同時に値を上げたため実入りはそう変わらぬ上、「お決まり」になって慣れた分、早ければ二日、そうでなくとも三日のうちに仕上げてしまうこともざらになった。

此度《こたび》の鞠巾着を請け負ったのは三日前で、千恵《ちえ》――池見屋の女将《おかみ》・類《るい》の妹――がかつての許婚《いいなずけ》を「振った」日だった。

元許婚の村松周之助《むらまつしゆうのすけ》は、千恵が手込めにされて自害を試み、やや「おかしくなった」のちに、一度は千恵を諦め郷里の浜松藩《はままつはん》へ戻っていた。しかしながら、十五年という月日を経て再び江戸を訪れた周之助は、千恵が正気に戻ったことを知り――また、郷里で娶《めと》った妻が八年前に亡くなったこともあって――千恵に再び妻問《つまど》いしたのである。

巾着を早くに納める分には一向に構わぬのだが、千恵は律が五日ごとに池見屋を訪れることを知っていて、共に茶を飲んだり、世間話をすることを楽しみにしている節がある。律も同じで、殊《こと》に周之助を袖にした後の千恵の様子が気になっているがため、今日出かけて行って、万が一、千恵が留守にしていたら残念だ。

手が空いた時を無駄にせぬよう、売り込み用の巾着か袱紗《ふくさ》でも描こうかと思う反面、このように天気の良い日に家にこもっているのはなんだか惜しい。

四半刻と経たずに握り飯を食べ終えてしまうと、律はよそ行きに着替えた。

――萩《はぎ》と女郎花《おみなえし》はきっともう咲いている。

藤袴《ふじばかま》にはまだ少し早いかしら……？

神田明神《かんだみようじん》から四半里ほど北西の、長泉寺《ちようせんじ》の隣りに本郷菊坂町《ほんごうきくざかまち》という町がある。この菊坂町の更に隣りには空き地があって、萩や女郎花、藤袴を含む秋の七草がいくつか自生していることを律は知っていた。

萩の花、尾花《おばな》、葛花《くずはな》、撫子《なでしこ》の花、女郎花、また藤袴、朝貌《あさがお》の花――

万葉集に収められている秋の七草の歌を胸の内で唱えながら、律は矢立《やたて》に紙を巻きつけて巾着に入れた。

仕事場の隣人にして手習指南所《てならいしなんじょ》の師匠の今井直之《いまいなおゆき》曰《いわ》く、この歌の「朝貌」には文字通りの朝顔、昼顔、木槿《むくげ》など諸説あるものの、「新撰字鏡」という昔の辞典の「桔梗《ききょう》」の項に「阿佐加保」と記されていることから、世間では桔梗を七草に数えるようになったそうである。

支度が整うと、しばし逡巡《しゅんじゅん》してから、律は仕上がった鞠巾着の布を丸めた。

帰りに少し遠回りして、池見屋に寄って来よう――

たとえ千恵が出かけていたとしても、夕刻には戻っていると踏んでのことだ。

――と、木戸の方から足音が近付いて来た。

「ごめんください」

戸口の向こうから、覚えのある声がかかった。

着替えるために閉めていた引き戸を開くと、日本橋の小間物屋・藍井《あいい》の主の由郎《よしろう》がにこやかに微笑《ほほえ》んだ。

「昼時にすみません。この時刻なら家にいらっしゃるだろうと思い……ですが、もしやこれからお出かけですか？」

「お天気が良いので、少しそぞろ歩いて来ようかと思っただけです」

「それなら、私と雪見はいかがですか？」

「えっ？」

「八朔《はっさく》ですからね。吉原で雪見はいかがかと」

江戸城では八月朔日に、武士が白帷子《しろかたびら》に長袴の出で立ちで将軍に御目見《おめみえ》する「八朔」の儀式がある。もとは農民が豊作祈願する儀式が始まりだったが、いまや武士のみならず、吉原でも八朔には一斉に白い小袖を着るようになっていた。

暦の上ではとうに秋だが、八朔は残暑のうちが多い。吉原を訪れる客が、遊女たちの白い装いを雪に見立てて「雪見」と称し、納涼を楽しむことは律も知っている。

だが、知っているだけで、女の己が吉原に足を踏み入れるなど考えたこともなかった。

ましてや、由郎さんと二人でなんて――

京の出の由郎は三十一歳で、役者顔負けの美男である。

「よ、吉原なんてとんでもない」

「そうですか？　今日なら女性の見物客もいらっしゃいますよ」

「だ――だからといって、どうして私を？　そういった『雪見』なら、達矢《たつや》さんや基二郎《もとじろう》さんでもお誘いされたらいかがですか？」

隣りの今井宅を始め、居職《いじょく》の家の戸は開け放たれている。「吉原」という言葉を聞いて、近所の皆が耳をそばだてているように思えて、律は慌《あわ》てて問い返した。

達矢は由郎が贔屓《ひいき》にしている錺師《かざり》、染物師の基二郎は、基二郎が京で修業をしていた頃からの知り合いで、どちらも由郎には律より親しい職人だ。「お律さんへの仕事のお話のついでですから」と、由郎はくすりとした。「達矢や基二郎への注文だったら、そちらに声をかけましたよ」

「さようで……あの、どうぞお上がりください」

仕事の話が主、吉原行きはついでだったと知って、律は胸を撫で下ろしながら由郎を招き入れた。

「うちのお客さまで、浅草のお千代《ちよ》さんという方から、着物の注文のために、お律さんに橋渡しして欲しいとお願いされたんです」

「着物の？」

「ええ。意匠《いしょう》はお聞きしていませんが、今日はお千代さんと八朔を見に行く約束をしているので、お律さんもご一緒にどうかとお誘いしてみたんですよ」

二人きりではないことは判ったものの、やはり女の己が女を——女郎を見世物のごとく見物することには気乗りしなかった。

それよりも、着物の注文の方がずっと気にかかる。

注文は池見屋を通してもらうことにして、律は急遽《きゅうきょ》、菊坂町ではなく、由郎とまずは池見屋へ、それから千代が住む浅草今戸町《いまどちょう》へ行くことにした。

不忍池《しのばずのいけ》のほとり、池之端仲町《いけのはたなかちょう》にある池見屋へ行くと、奥の座敷で先に鞠巾着を納めた。

千恵は出かけているそうで、女中の杵《きね》が淹《い》れた茶を飲みながら、反物や仕立代を含めた着物の値段を類と由郎でやり取りしてもらう。反物の品柄や値段の違いをやや細かく類が伝える間に、杵が再び顔を覗かせた。

「お千恵さんと綾乃《あやの》さんがお帰りになりましたが……」

「ああ、通しておくれ」

類の許しを得て、千恵と綾乃が連れ立って座敷へやって来た。

「綾乃さんとご一緒だったんですね」

律が言うと、綾乃と千恵は揃って頷いた。

「先日、寛永寺《かんえいじ》を案内していただく約束をしましたの」

「広小路《ひろこうじ》も一緒に覗いて回りましょうって、お誘いしたのよ」

二人は文月の藪《ふ》入《づき》りで初めて顔を合わせた。類から「気軽にお寄りください」と言われた綾乃は、後日早速、池見屋を訪れたという。千恵は三十六歳、綾乃は十九歳と、ともすれば親子ほども歳が離れているものの、二人とも無邪気で恋の噂に目がないところが似ているからか、気が合ったようである。

「弁天堂にも寄って、お姉さんとお律さんの商売繁盛をお祈りして来たわ」

「そりゃ、ありがとさん」

「お気遣いありがとうございます」

類に続いて律も礼を言うと、千恵は嬉しげに目を細めて、上野広小路で買ったという金平《こんぺい》糖《とう》を取り出した。

「お茶を淹れ直すわね」

いそいそと、千恵が湯を沸かしに台所へ向かう。

一昨年、「正気に戻った」千恵は、粋人《すいじん》にして千恵に想いを懸けてきた雪永《せつえい》が、千恵のために用意した「椿屋敷《つばきやしき》」から池見屋へと戻って来た。以来少しずつ、家事の手伝いやら池見屋の雑用に精を出し、池見屋では茶汲みはすっかり千恵の「仕事」となっている。

周之助との再会で取り乱した千恵へ、律の義父にして茶人の清次郎《せいじろう》が、律を交えて茶の湯を教えた。千恵を手込めにした者たちは既に死しており、妻問いを断ったことで周之助とのことにもけじめがついたが、茶の湯はこれからも続けていきたいと千恵は望んでいる。

千恵が淹れた茶と金平糖に、千恵と綾乃の土産話《みやげばなし》を交えて少し早めのおやつを済ませると、律と由郎は早々に暇《いとま》を告げた。池見屋から千代の家まで一里ほどあるがため、行って帰るだけで一刻はかかる。

「私も途中までご一緒してもよいですか？」

綾乃の家は尾上《おのうえ》という浅草の料亭で、道中の東仲町《ひがしなかちょう》にある。

「もちろんですとも」

由郎のことは小間物屋の店主として尊敬しており、由郎の方も律の職人としての腕前を買ってくれている。互いに下心も恋心もないのだが、由郎と二人きりはやはり気まずいと思っていた律は、綾乃の同行を喜んだ。

二

東仲町で綾乃と別れると、律と由郎は更に東へ向かい、大川沿いから一本西よりの通りを北へ折れた。

千代の家は今戸橋から一町ほど北にあった。大川沿いの表店《おもてだな》の裏手にあたり、木戸から出入りするものの、長屋ではなく一軒家で、小さいながらも庭がある。南側の長屋五軒分ほどが家の敷地で、北側は東西の表店の蔵が一つずつと、皆で共用している井戸と厠《かわや》がある。

珍しい造りだと思ったのが顔に出たのか、律が問うより先に由郎が口を開いた。

「もとは長屋だったところを地主が取り壊して、片側を別宅——いや、妾宅《しょうたく》にしたそうです。大川沿いなら舟でも訪ねやすく、表店の目があれば、一人暮らしでも妾《めかけ》も安心だろうと思っていたのに、表店に倣《なら》って、振り売りが出入りしやすいよう、台所に路地に通じる勝手口を設けたところ、妾は振り売りと通じてしまって、結句ここを追い出されたとか」

「さ、さようで」

「それで、ただの別宅となっていたところを、お千代さんが借り受けたんですよ」

由郎が表から呼ぶと、千代はすぐに出て来て、律たちを招き入れた。

「お律さんは神田にお住まいだとお聞きしました。こんなところまでご足労いただき、ありがとうございます」

「とんでもありません」

千代は四十路《よそじ》は過ぎていると思われる。笑顔や歩き方を含めた所作は物柔らかいが、しっかりした口調とまっすぐ伸びた背筋が芯の強さを感じさせる。

着いてからのお楽しみ——と、道中も由郎が何も教えてくれなかったため、律は着物の注文に至ったいきさつを千代から聞いた。

「由郎さんから、和十郎《わじゅうろう》さんの彼岸花《ひがんばな》の着物のお話を聞いたのです。彼岸花という意匠もそうですが、供養のためにわざわざ注文したと聞いて心惹かれました」

役者の片桐《かたぎり》和十郎は、亡き息子のために彼岸花を袷《あわせ》の内側に描いた着物を所望した。袷の表こそ紅消鼠《べにけしねずみ》色一色だが、裏には白地に赤い彼岸花の花のみを、袖の中まで一面に散らした意匠とした。

「それでまず、由郎さんに和十郎さんを紹介してもらい、着物を見せていただきました。もう、ほんに素晴らしい出来栄えで……息子さんのこともお聞きしました。和十郎さんが仰《おつしや》るには、息子さんが彼岸花の中で亡くなったにもかかわらず、あの着物を着ていると、悲しみよりも、息子さんとの良き思い出に胸が安らぐと……」

「絵師として光栄に存じます」

胸に手をやった千代に、律は照れ臭さを交えて応えた。

「由郎さんがお求めになったという雷鳥《らいちょう》の着物も見たかったのですけれど、炉開《ろびら》きまでお預けだと言われてしまいましたのよ」

形ばかり恨めしげに千代が言うのへ、由郎は小さく肩をすくめて微笑んだ。

「その意趣返しか、此度注文する着物の意匠を問うても、お千代さんは応えてくださらなかったんです」

「それで……お千代さんはどういった意匠のお着物をご所望なのですか？」

律の問いに、千代もすぐさまにっこりとする。

「私も雷鳥を――」

「えっ？」

声を揃えた律と由郎へ、「ふふっ」と笑って千代は付け足した。

「冗談ですよ。でも、雷鳥とも多少は縁のある意匠です。雷鳥が住む白山《はくさん》の白山権現《ごんげん》――白《しら》山比咩《やまひめ》神社の祭神は菊理媛神《くくりひめのかみ》さまですものね」

「おや、お千代さんは菊理媛神にご縁があるお方でしたか？　尾張《おわり》の出だとお聞きしましたが、生国《しょうこく》はもしや加賀ですか？　それともこちらは仮のお姿で、あなたこそが伊邪那美《いざなみ》、伊邪那岐《いざなぎ》の仲を取り持った縁結びの神さま、菊理媛神さまであらせられるとか……」

「もう！　私は生まれも育ちも尾張ですよ。ご冗談はほどほどに。神さまの――殊に縁結びの神さまの不興を買うのはごめんですからね」

「ですから、千代さんがもったいぶるからですよ」

「お千代さんがもったいぶってなどおりませんよ」

くすりとして千代は律に向き直る。

「雷鳥の着物のお話を聞いたから、つい菊理媛神さまを持ち出しましたけれど、菊は菊でも、こちらの菊を意匠にして、和十郎さんの着物のように内側に一面の菊を描いていただけないかしら？」

そう言って、千代は傍らの文箱《ふばこ》から袱紗《ふくさ》に包まれたものを取り出した。

袱紗の中身は平打《ひらうち》の簪《かんざし》で、意匠は菊だ。直径七分《ぶ》ほどの円に、やや斜めから見た大輪《たいりん》の菊が彫られていて、左上の花びらがかかっていないところが少しだけ透かしになっている。

「厚物《あつもの》――いえ、少し開いておりますから、美濃菊《みのぎく》でしょうか？」

「ええ、おそらく」

厚物は大菊の主だった種で、数百枚の花弁《かべん》が鞠を半分にしたかのごとく、丸く盛り重なっている。美濃菊は主に美濃国で練《ね》り上げられてきた種で、大菊の一つではあるが、花弁は五十枚前後と厚物ほど密ではなく、ゆえに花は厚物よりもやや開いてゆったりしている。

「こちらのような菊を、彼岸花の着物のように……承知いたしました」

巾着から矢立《やたて》と紙を取り出して、平打の菊を写しつつ律は問うた。

「花の色はいかがいたしましょう？　赤に黄色、桃色、紫——花びらの表と裏で違う色の菊もありますが……」

「花は白でお願いいたします」

「白、ですか」

和十郎の彼岸花の着物のように、と聞いたため、てっきり白地に描くものと思っていた。

「はい。地の色は墨染だとあまりにも陰気臭いから、紅消鼠はどうかと思っていたのだけれど、和十郎さんの着物の表が紅消鼠だったたから、裏は黄枯茶《きがらちゃ》、表は紫鳶《むらさきとび》でどうかしら？」

「裏は黄枯茶、表は紫鳶……白い菊なら花芯や陰には黄色か緑色を使いますから、黄みのある黄枯茶に合うことでしょう」

「紫鳶は、秘密めいているお千代さんに似つかわしいですよ」

由郎が口を挟むと、千代は再び「ふふっ」と笑った。

品と茶目っ気が混ざった愛らしい笑みである。

「お千代さんは、尾張から江戸に嫁いでいらしたんですか？」

先ほど「生まれも育ちも尾張」と聞いたが、千代の言葉にはほとんど訛《なまり》がない。

「いえ……尾張で嫁ぎました。江戸にはこの弥生《やよい》に越して来たのですよ。私は和十郎さんと同い年で、今年四十六になりました。夫も同い年でしてね。夫はずっと江戸見物に行きたがっていたのですけれど、商売に追われて叶いませんでした。私だってもう、いつ、何があるか判りませんからね。これも夫の供養と思って、江戸で余生を過ごそうと決めたんです」

亡夫は「木曽屋《きそや》」という材木問屋の主で、千代は夫の死後、番頭を婿《むこ》とした義妹《ぎまい》夫婦に店を譲り、一人で江戸に来たという。

「お一人で？」

驚く律に、千代は苦笑を漏らした。

「大したことじゃありませんよ。幸い、夫が充分なお金を遺してくれましたのでね。お伊勢参りから帰る人たちと、のんびり東海道を見物しながら参りました」

「さようで……」

「お金は為替《かわせ》にできますが、身の回りの物はそうはいきませんからね。江戸で一から始めるのもよかろうと、少しの小間物と着替えの着物の他は義妹に置いてきました。この簪は、嫁ぐ前に夫からもらった初めての贈り物らしい贈り物なので、どうしても手放したくなかったの。とはいえ、ふふ、材木問屋の跡取りにしては吝《しわ》い贈り物でしょう」

「そんな――あんまり高い物だと、お千代さんが遠慮すると、旦那さまはお考えになったのではないでしょうか？」

己が髷《まげ》に挿《さ》してきた、涼太《りょうた》からの贈り物の千日紅《せんにちこう》の平打を思い浮かべて律は言った。

この平打とて達矢の作ゆえにけして安物ではないのだが、大店《おおだな》の跡取りの贈り物にしては安価な方だと思われる。だが長屋育ちの律には充分高価な物であり、片想いだった——と思っていた——あの頃にあまりに高価な贈り物を渡されていたら、尻込みして受け取らなかったことだろう。

平打でも千日紅の意匠などそうあるものではない。涼太が想いを込めて選んだだろうこの簪を律は大切にしていて、千代の簪にも似たような双方の思い入れが感ぜられる。

「それに、菊を意匠とした物は珍しくありませんが、このような簪——平打は見たことがありません。櫛《くし》や塗簪ならともかく、平打は菊花紋《きっかもん》を模した物が多いですもの。旦那さまはお千代さんのことを考えながら、吟味してお求めになったのだと思います」

「ええ……きっとそうね」

愛おしそうに簪を見やってから、千代は微笑んだ。

「木曽屋は跡取りにも厳しくてね。夫は子供の頃から、丁稚《でっち》や手代《てだい》に交じって店を手伝っていたの。扱いも奉公人とそう変わらずに……だから、一人前になるまでは、あまりお金を自由にできなかったようなのよ」

涼太さんと一緒だ——

そう思ったのが顔に出たのか、千代はますます目を細めた。

「由郎さんからお聞きしましたよ。お律さんは青陽堂という葉茶屋《はちゃや》の若おかみでもあるんですってね。その簪はやはり旦那さまからの贈り物かしら？」

「はい。嫁ぐ前にもらったものです。その、うちの人もやはり奉公人に交じって働いておりまして、若旦那として多少は融通が利きますが、お店ではまだ手代のままなのです」

千代に問われるがまま、律は涼太との馴れ初めや、今は生まれ育った長屋を仕事場としていることなどをしばし語った。

千代も裏長屋で生まれ育ったそうで、亡夫とは幼馴染みでも身分違いであったという。

「なんだか似ていますわね」

嬉しそうな千代と頷き合うと、着物への意欲が一層増した。

上絵師《うわえし》が女だと、千代は着物の注文を決めるまで知らなかったそうである。

「ほんに驚きました。青陽堂の方だということも……」

「うちをご存じでしたか」

「……亡夫に勧められて、私も少々茶の湯を習ったのです。煎茶も毎日飲みますから、青陽堂さんの名は聞いていたのですが、なかなか神田には足を運ぶことがなくて」

「そうでしたか。次は、下描きと一緒に少し煎茶をお持ちします」

「いいのよ。悪いわ」

「お気に召したら、そのうち店にもいらしてください」

律が吉原には同行しないと知って、千代は落胆の色を見せた。

「お律さんの考えもお聞きしたかったのに……」

聞けば、千代の吉原行きはただの八朔見物ではなく、身請けを考えているからだった。

「身請けというと、お千代さんがその、お女郎を……？」

「その通りよ。この家は一人には広いし、一人暮らしは、やっぱりなんだか寂しいんですもの。女中を雇ってもいいのだけれど、どうせなら人助けを兼ねて、吉原遊女を身請けしようと考えたのです。お目当ては野菊《のぎく》という人よ。由郎さんからお話を伺っただけだから、今日は顔を見に行って、叶うなら少しお話ししたいと思っているの」

「先ほど合点がいきましたよ」と、由郎。「お千代さんは菊に思い入れがあるから、野菊の身請けにすぐに乗り気になったんですね」

「名前ももちろんですが、一番の事由《じゆう》はやはり、由郎さんの馴染みだからですよ。由郎さんは人を見る目のある方ですもの。お話を聞いた限りでは気立ての良い娘さんのようですし、由郎さんが選んだ方なら間違いないかと」

「由郎さんの……」

律がつぶやくと、由郎は微苦笑を浮かべた。

「私にはまだ、吉原遊女を身請けできるほどの甲斐性がありませんからね。無事にお千代さんの御眼鏡に適《かな》って請け出されることになったら、野菊もきっと喜びますよ。馴染みがいなくなるのは、私にはいささか残念ですがね」

「あら、私はお二人の仲を引き裂こうなんて思っていませんよ。家の中では困りますが、お二人がお望みなら、いつでも外で逢瀬《おうせ》を楽しまれたらいいわ」

「私はともかく、野菊の方はどうでしょう」

「ふふふ。由郎さんなら案じることはなさそうだけど、人の恋路は様々ですからね。これかりは、野菊さんに直《じか》に問うてみないと判らないわ」

吉原に向かう二人とは、今戸橋の南の袂で別れた。

女が遊女を請け出すなど、律は聞いたことがない。

父親の死後、律はなかなか仕事がもらえず苦労した。幸い、池見屋の類の「腕試し」を経て仕事を得られるようになったが、己は絵を描くことの他さして取り柄がない。一つ間違えば、律とて遊女に身を落としていたやもしれなかった。

もしや、お千代さんもお女郎だったことがあるのでは……?

一度は遊女にならざるを得なかったものの、幼馴染みに苦界《くがい》から助け出されたのやもしれないと律は思った。

色事に加えて、懐妊や流産、堕胎《だたい》を繰り返すことが多い遊女は、石女《うまずめ》になりやすいとも聞いている。千代から子供の話が一切出なかったのも、そういった事情からではないかと更に推察を深めていると、広小路の方から己の名を聞いた気がした。

振り向くと、屋台と人混みの合間を綾乃が小走りに近付いて来る。

三

「綾乃さん。またお出かけですか？」

「ええ。だって母と義姉《あね》がひどいんですもの」

「お母さまとお義姉《ねえ》さまが？」

「二人して、また縁談を持ってきたんです。あんまりしつこいから、手水《ちょうず》に立った振りをして逃げ出して来ましたの」

「そうだったんですか」

「夕餉《ゆうげ》まで帰らないつもりです。お律さん、帰蝶座《きちょうざ》でも覗いて行きませんこと？　茶屋で一服でも構いませんわ。なんなら浅草寺詣《せんそうじもう》でても」

「はあ……」

律もかつて、長屋のおかみたちから勧められた縁談に閉口したことがある。ゆえに綾乃の気持ちも判らぬでもないが、既に七ツの鐘を聞いていて、帰りを急ぎたくもあった。

綾乃もすぐさまそれと悟ったようで、肩を落としながらも微笑んだ。

「――お律さんのことだから、今はお仕事のことで頭が一杯ですわね。お引き止めしてすみません」

「あの、でも」

「私のことならご心配なく。この辺りは私の庭ですわ。知り合いも大勢おりますし」

言った先から、綾乃を呼ぶ声がした。

此度近付いて来たのは、由郎より幾分若く、幾分見劣りするものの、結構な顔立ちの、身なりの整った色男である。

「あら、総次《そうじ》さん。浅草にもいらしたの？」

「ははは、せっかくやさかい、浅草寺も詣でて行こうかと」

浅草の知己《ちき》かと思いきや、昼前に寛永寺で初めて出会ったそうである。

「綾乃さんともう一人、お千恵さんという方が、真源寺《しんげんじ》にいらっしゃるとお話ししとったさかい、私も一緒に連れて行ってもらえんかと頼んだんです」

「真源寺へ？」

「鬼子母神《きしもじん》さまが祀《まつ》られとると聞いたさかいね。兄嫁が身重やさかい、無事に生まれてくるよう、どこかで祈願しようと思うとったとこやったんです」

寛永寺から三町ほど東に位置する真源寺には、「入谷《いりや》の鬼子母神」が祀られている。おやつの折にも綾乃や千恵から真源寺も詣でたとは聞かなかったが、それはおそらく二人の思いやりで、己の子宝を祈願してくれたのではなかろうかと律は思った。

「その……寛永寺からならすぐだとお千恵さんが仰るから、ついでに詣でて行くことにしたのです」と、取り繕うように綾乃が言った。「総次さんは近江《おうみ》からいらしたんですって。今日はご友人とお出かけの筈が、その方は深川《ふかがわ》のご友人のところにお世話になっていて、今日はご友人の都合が悪くなったので、お一人で出て来たそうです。ね、総次さん?」

「その通りです。お上《のぼ》りやさかいね。なんか深川でぼんやりしとるのがもったいなくて、朝のうちに神田から上野へと歩いてみました」

にっこり微笑んでから、総次は恥ずかしげに付け足した。

「実はあれから、吉原へ行ってみたんです。ああ、その、昼見世《ひるみせ》やのうて——いや、昼見世には違いおまへんが、ほら、今日は八朔やさかい、ただ見物に……音に聞く吉原の八朔ですさかい、話の種にでも一目見ときとうて。ほやけど一人やし、お上りで馴染みもおらへんさかい気ぃ引けて、ぐるりと歩き回っただけですぐに退散して来たんですよ。これから、仲見《なかみ》世《せ》をちょっと覗いて浅草寺を詣でたら、今日のとこは帰ります」

「それなら、私がご案内いたしますわ」

「綾乃さんが?」

図らずも、総次と声が重なった。

「仲見世なら隅から隅まで存じていますわ。家には六ツまでに帰ればよいのです」

「綾乃さんは確か、尾上という料亭の娘さんやったね?」

「ええ。店は東仲町——すぐそこですわ」

「浅草にはまたゆっくり来るさかい、その時は友人とお店に伺います」

「どうぞよしなに」

年頃の、嫁入り前の娘が夕刻に男と二人きりで――と、綾乃を案じないでもなかったが、綾乃が言う通り、この辺りは綾乃にとっては「庭」であり、尾上は「すぐそこ」だ。

また、綾乃は以前、青陽堂の丁稚で尾上の係の六太《ろくた》を帰蝶座見物に誘ったり、ついでとはいえ、やくざ者の賢次郎《けんじろう》と二人きりで連れ立って行ったりしたことがある。

仲見世や浅草寺なら、六ツを過ぎてもしばらく人通りが絶えることはない。暇潰しが主であろうが、「浅草の者」としてお上りの総次をもてなしたいという綾乃の気持ちも感ぜられて、律は口を挟まぬことにした。

「では、私はこれで……」

綾乃と総次に会釈をして、律は再び家路を歩き始めた。

四

千代が長屋を訪ねて来たのは、五日後の朝だ。

「早くから、藪から棒にすみません」

「いいえ。明日にでも下描きをお持ちしようと思っていました」

千代の菊の着物の下描きは日を置かずに描いていたのだが、朔日に請け負った鞠巾着の注文がやや複雑で、いつもより手間取っていた。

「二つ描きましたので、ご覧になっていてください。今、お茶をお持ちしますので」

己が湯を沸かすよりも、店からもらって来た方が早いと、律は腰を浮かせた。

「ああ、どうかお構いなく」

「すぐに戻りますから」

店へ案内することも頭をよぎったが、押し付けがましいと思い直して、律は一人で青陽堂へ向かった。

勝手口から入って店を覗くと、ちょうど涼太が客に味見の茶を淹れている。客と話が弾んでいる様子に声がけを躊躇《ためら》っていると、番頭の勘兵衛《かんべえ》がやって来た。

「若旦那にご用ですか？」

「あの、お客さまが急にいらしたので、お茶をいただけないかと……それから、このお客さまは毎日お茶を飲まれるそうで、茶の湯もご存じなので、味見の煎茶も少し包んでもらえないでしょうか？」

「承知しました。すぐにご用意しますから、お律さんはお戻りください」

ほどなくして茶を持って来たのは、乙吉《おときち》という名の丁稚だった。

「乙吉さん、ありがとう」

「どういたしまして」

乙吉は丸顔で色白な上、おっとりしているからか、一つ年下の六太より若く見える。

「あ、二つ包んでくださったのね？」

「はい。煎茶と抹茶と一つずつだと、番頭さんから言付かって参りました」

「ありがとう」と、律は再び礼を言った。「勘兵衛さんにもお礼を伝えてくださいね」

「はい」

乙吉が会釈と共に店へ戻ると、律は千代に茶と茶葉の包みを差し出した。

「少しですが、お持ち帰りください」

「ありがとうございます。番頭さんにもお気遣いいただいたようですね……」

千代がどことなく困った目をしたものだから、律は出過ぎたことをしたかと内省した。

「あの……下描きの方はいかがでしょうか？」

おずおず問うと、千代はすぐさま微笑んだ。

「こちらでお願いいたします」

彼岸花の着物のように、と前もって聞いていたがため、二つの下描きはどちらも本物の美濃菊と変わらぬ手のひら大の花として描いた。一枚目は簪の意匠により忠実に、花芯《かしん》がほとんど見えぬ花ばかりを、二枚目には同じ花でも少し傾いた、花芯が覗いた花を交えてみたが、千代が気に入ったのはやはり簪に近しい花のみを意匠とした一枚目だった。

千代の髷の、菊の平打をちらりと見やって律は頷いた。

千代は殊に急いでおらず、仕立てを入れて三月《みつき》ほど時をもらっている。次に池見屋へ行くのは二日後だが、早いに越したことはないだろう。

「では、のちほど井口屋《いぐちや》――染物師のもとへ下染めの相談に行って参ります」

岩本町《いわもとちょう》にある井口屋は、染物師の基二郎の兄・荘一郎が営む糸屋だ。基二郎は店の裏で初めは糸のみを、今は反物も染めている。下染めを基二郎に頼むことは、五日前に類と既に話してあった。

だが、千代は再び何やら困った目をして声を潜めた。

「……その前に、私と一緒に中へ――吉原へ行ってもらえませんか?」

「えっ?」

「そのために早くにお伺いしたのです。着物は急いでおりませんから……」

五日前、由郎と八朔見物に出かけた千代は、籬越《まがきご》しであったが、野菊としばし言葉を交わした。

「話してみて、やはり野菊さんで良いと思いましたが、人目があるところでは切り出せませんから、のちほど由郎さんの方から件《くだん》のことをお話ししてもらいました。そしたら、野菊さんはまずは女同士で話がしたいと……」

「承りました」

大門《おおもん》切手――女切手――があれば女も吉原に出入りできるが、妓楼《ぎろう》に上がるとなるとそれなりの「用事」が必要らしい。

「由郎さんが言うには、商人――たとえば仕立屋を装って、着物を作るという触れ込みにすればよかろうと、妓楼や町名主にそのように手配りしてきてくださったそうです」

「なるほど。それで私に……」

「由郎さんは、初めからお律さんを見込んでいたんでしょう。日中はそう店を空けられないし、自分だけ茶屋で待つのもなんだから、お二人でどうぞとも言われましたわ」

微苦笑《びくしょう》を浮かべて、千代は張り枠に張ったままの鞠巾着を見やった。

「もちろん、お足は出しますわ。ついでに、野菊さんに巾着でも描いてもらおうかしら」

――結句、一刻も経たぬうちに、律は生まれて初めて吉原の大門をくぐった。

五

町名主からもらった大門切手を律に渡すと、千代はしっかり懐《ふところ》に入れておくよう促した。

「なくしたら一大事ですからね」

大門切手は薄い木札で、「遊女に非《あら》ず」という証《あかし》として、帰りに会所に返さなくてはならないのだ。

気後れしながらくぐった大門の先には、長さ百三十五間の通りがまっすぐ続いている。入ってすぐは待合《まちあい》ノ辻《つじ》と呼ばれ、客の多くは左右に並んでいる引手茶屋《ひきてぢゃや》に妓楼《ぎろう》や遊女を紹介してもらうそうである。

「――なんて、私も先だって、由郎さんから教わったばかりなんですけどね」と、千代。

まだ四ツ過ぎゆえ、昼見世まで一刻近く時がある。客はいないが、通りには出入りの小間物屋やら髪結やらがちらほらしている。

野菊がいる妓楼は大門からほど近い、江戸町《えどちょう》一丁目の「玉屋《たまや》」であった。

千代が見世番《みせばん》に名乗ると、見世番はすぐに遣手《やりて》のもとへ案内してくれた。

表の張《はり》見世は空だが、妓楼の中には昼見世の支度に余念のない遊女があちこちにいて、律は一人でどぎまぎしながら、うつむき加減に千代の後に続いた。

「上絵師のお律さんに、仕立屋のお千代さんですね。由郎さんから、お話は伺っております。野菊に上絵入りの着物を仕立ててくださるとか」

「由郎さんから、野菊さんのお好みの着物にするよう念を押されて参りました」

これも年の功か、千代は臆することなく優美に微笑んだ。

律もよそ行きを着て来たが、千代の身なりは櫛や巾着の小間物を含めて一目でそれとわかる上物《じょうもの》ばかりだ。仕立屋というよりも、類のような呉服屋の女将を思わせるが、妓楼の遣手なら江戸の呉服屋にも精通しているに違いないゆえ、下手に騙《かた》らぬ方がよい。

野菊は「座敷持《ざしきもち》」で、今時の上級遊女とされている「昼三《ちゆうさん》」や「付廻《つけまわし》」にはやや劣る。だが、それでも揚代《あげだい》は一晩一分《ぶ》で、律の仕事場の一月《ひとつき》の家賃と同額だから驚きだ。

風呂を済ませたばかりの野菊は、背丈は律よりやや低く、すらりとしている。湯上がりで化粧気がないせいもあるが、野菊という源氏名《げんじな》は言い得て妙だ。胸元や腰回りに漂う色気よりも、顔立ちや仕草に野菊のごとき可憐さが窺えてどこかほっとする。

案内の禿《かむろ》を下がらせると、野菊は千代に頭を下げた。

「ご足労おかけいたしんした」

「いいえ、ちっとも。せっかくですから、後でお律さんに巾着を描いてもらいましょうよ」

「お律さんのことは、由郎さんからお聞きしていんす。炉開きののちに、雷鳥の着物を見せてもらう約束をしているんでありんす」

「ふふふ、私もよ。由郎さんは、炉開きにはどこかのおえらいさんの茶会に行くそうだけど、私たちもうちで茶会をしましょう。ああ、堅苦しい茶の湯じゃなくて、のんびりと美味しい煎茶と玄猪餅《げんちよもち》をいただく茶会よ」

千代が言うのへ、野菊は困った笑みを浮かべた。

「……昼見世がありんすぇ、手短にお話ししんす。此度のお話は大変光栄に存じんすが、わっちはそちらには参りんせん」

「どうしてですか？　ここから抜け出したくないのですか？　昼間は少し家のことを手伝っ

てもらうけれど、夜は自由ですよ。由郎さんにもそう伝えてあるわ。ああもしや、どなたか他に殿方がいるのですか？　ここを出たら一緒になろうと約束している方が——」

「いいえ。そんな殿方はおりんせん」

微苦笑と共に小さく首を振って、野菊は目を落とした。

「実は、わっちはもう長うありんせん……」

「なんですって？」

左手で右乳に触れ、野菊は顔を上げて千代を見る。

「まだ小そうござりんすが、胸にしこりができているんでありんす。乳岩《にゅうがん》に違いありんせん。母と同じでありんす。母の岩も初めは小さく、少しずつ大きゅうなって、二年と持たずに亡くなりました。——由郎さんのお得意さんに、無駄なお金を使わせることはできんせん。ついては、わっちの代わりに、お加枝《かえ》さんを請け出していただけないでありんしょうか？」

「お加枝さん？」

「お加枝さんは下婢《かひ》で遊女じゃありんせんが、借金が少々ありんす。わっちよりずっと家事が得意でありんすから、きっとお千代さんのお役に立ちんす。わっちより十年余り年上の三十二歳で、とても気立ての良いお人で……わっちは、お加枝さんには返しきれない恩があるんでござりんす。後生でありんす。わっちの代わりに、どうかお加枝さんをここから自由にしてあげておくんなんし」

両手をついて、野菊は深く頭を垂れた。

「野菊さん……」

思わぬ成りゆきに千代は律を見やったが、承知するかしないかは千代が決めることであり、己が口出しすべきではない。

頷くことも首を振ることもできずに律が困っていると、千代は微苦笑を漏らした。

「今少し、お加枝さんのお話を詳しく聞かせてちょうだいな。そうでないと、とても決められないわ」

「ありがとうござりんす」

顔を上げた野菊がひとまず安堵の表情を浮かべた矢先、階下で騒ぎが起きた。

男たちの怒声に「足抜き」「お加枝さん」という言葉を聞いて、野菊が腰を浮かせた。

「足抜きなんて、まさか――」

野菊が襖戸を開くと、先ほどの禿が廊下を駆けて来た。

「野菊姐さん！　一大事でありんす！　お加枝さんが納戸《なんど》で見つかって、頭から血が……」

野菊は部屋を飛び出したが、他の遊女も似たり寄ったりで、見世はしばしてんやわんやの騒ぎになった。

楼主や遣手、男たちから、それぞれ部屋で控えているよう言い渡されること四半刻余りを経て、やがてやって来た遣手から律たちは事情を知った。

微《かす》かな音を聞きつけた中郎《ちゆうろう》――雑用を担っている男衆《おとこし》――が納戸を開けてみると、加枝が頭から血を流して倒れていたそうである。

どうやら、美経《よしつね》という部屋持の遊女が、加枝を装って足抜きしたらしい。気を失っていた加枝は長襦袢《ながじゆばん》しか着ておらず、その上に美経の浴衣《ゆかた》がかけられていた。加枝は一度は目を覚ましたが、朦朧《もうろう》としていて何も話さぬまま再び気を失ったという。

「なんてこと！　美経のやつ――許せない！」

ありんす言葉も忘れて、野菊は怒りを露わにした。

六

怒り心頭の野菊のために、律は美経の似面絵《にづらえ》を描いた。

美経は実名を美奈《みな》といい、源氏名は己の名の「美」の一文字と「源義経《みなもとのよしつね》」をかけたものらしい。義経は美男子と伝えられているものの、同時代に描かれた似面絵はない。ゆえに実のところは判らぬが、少なくとも玉屋の美経は目鼻立ちの整った、きりっとした美人だ。目立たぬが、額の左側の生え際に小さなほくろがあるというので、ぽつんと描き入れた上で端《はし》に注釈を付けた。

出来に驚いた野菊が遣手に似面絵を見せに行き、遣手に頼まれて、律は同じ似面絵を更に二枚描き足した。

——とてもそんな気分になれんせんゆえ、お着物の話はまたそのうちに——

遣手の前ゆえ、そのように野菊に送り出されて、律たちは玉屋を後にした。

夕餉ののち、律は寝所で涼太に吉原へ行ったいきさつと、足抜きがあったことを話した。

「……じゃあ、似面絵は追手が持ってったんだな？」

「ええ……」

涼太が微かに眉をひそめたのは、一昨年の師走《しわす》に、品川宿《しながわしゅく》から逃げ出した女郎の雪音《ゆきね》を思い出したからだろう。

菱屋《ひしや》という私娼宿《ししょうやど》にいた雪音は、涼太の馴染みでもあった。雪音はひょんな偶然から客として訪れたかつての想い人・文吾《ぶんご》と再会し、身請け前に菱屋を逃げ出して文吾のもとへ向かった。二人は駆け落ちのごとく江戸を発ったものの、身請人となる筈だった栄一郎《えいいちろう》は怒りに任せて、浪人を雇って二人を追わせた。結句、逃げ切れないと悟った二人は、霞ケ浦《かすみがうら》に身を投げたのだ。

足抜きは無論、吉原の御法度《ごはっと》で、後に続く者が出ぬよう妓楼は力を尽くして追手をかける。連れ戻されれば、これまた見せしめのための折檻《せっかん》が待っていよう。

「でも、美経さんは雪音さんとは違うわ。野菊さんの恩人のお加枝さんを傷付けて、納戸に閉じ込めて行ったのよ。いくら逃げ出したいからって、あんまりだわ。お加枝さんはもしかしたらこのままお亡くなりになるかもしれないと、お医者さまは言ってたそうよ」

「そうなりゃ、妓楼だけじゃなく、お上にも追われることになるな」

「それに――」

「まだ何かあんのか？」

「美経さんは二年ほど前に、男の人に騙されて吉原に売られたそうです。それはお気の毒なことだけど、美経さんはそのことを話の種に同情を買って、お客さんだけじゃなく、妓楼に出入りしている男の人にも貢がせていたんですって。お金目当てで、他のお女郎の――殊《こと》にお金持ちのお客さんや間夫をたぶらかしたことも、一度や二度じゃないとか」

「ふうん、そりゃ大した性悪だな」

「そうなのよ。性悪なんです」

加枝を案ずる野菊を思い出して律は口を尖らせたが、涼太はぷっと噴き出した。

「何がおかしいの？」

「いや、お前が『間夫』だの『性悪』だのと口にするのを、初めて聞いたもんだからよ」

「言われてみれば、どちらも今まで口にしたことがなかったかも……」

そもそも律は常から罵《ののし》り言葉を使うことがほとんどなく、それは取りも直さず、己が人や暮らしに恵まれてきた証といえる。

ふと、晃矢《あきや》の顔が頭をよぎった。律に雷鳥の着物を描かせた――盗人家業を辞めようとして辞められなかった稀代《きたい》の大泥棒「夜霧《よぎり》のあき」だ。

美経の加枝への仕打ちを思えば野菊の怒りは当然なのだが、野菊から聞いたままを涼太にぶちまけたことを律は少しばかり内省した。

窃盗《せっとう》も傷害も過ちではある。

けれども、そうせざるを得ない——ううん、そうするしか道がないと思い込んでしまう人もいる……

黙り込んだ律の顔を涼太が覗き込む。

「知ってっか？　間夫は情夫ともいうんだぜ？」

「もう！　茶化さないで」

気まずさを形ばかりむくれることで誤魔化《ごまか》して、律が眠りに就いた翌日——

八ツ過ぎに、今井宅に定廻《じょうまわ》り同心の広瀬保次郎《ひろせやすじろう》が顔を出した。

月番の保次郎はきりりとした出で立ちで、腰にもしっかり二本の刀を差している。厳《いか》めしい顔で現れたものだから、てっきり似面絵を頼みに来たのかと思いきや、土間に足を踏み入れた途端に保次郎はほぅっと一息ついた。

「涼太、頼むよ、茶を一杯」

「はい、旦那さま。今すぐに」

「ああもう、茶化さないどくれ」

さっさと刀を外して上がり込むと、保次郎は再び溜息をつく。

「はぁ……やはりここは落ち着くな」

「お疲れのようですね」と、今井。

「まだまだ暑い上に、こまごました厄介ごとが多くてですね……ここらで一息入れねば、化けの皮が剝がれてしまいそうなんですよ」

もうすっかり「定廻りの旦那」が板についた保次郎だが、いまだ読書や学問に勤《いそ》しむ方が性に合っているようだ。

「そんならしばし、息抜きしてってくだせぇ」

いつもの伝法《でんぽう》な言葉遣いに戻して、涼太が微笑んだ。

「今日のおやつのねたは、お律の初登楼でさ」

「初登楼というと？」

「中のことでさ」

「なんと、お律さんが吉原へ？　ああ、先だっての八朔でも見物に？」

「違います。そんな物見遊山《ものみゆさん》じゃありません」

律が昨日の出来事を話すのを、今井も保次郎も興味津々《きょうみしんしん》で聞き入った。

「――女郎を請け出そうというお千代さん、己よりも恩人を請け出してくれという野菊さん、その野菊さんの恩人のお加枝さんを殺しかけてまで逃げ出した美経……いやはや、いろんな女子《おなご》がいるものだな」

今井が言うのへ、保次郎も大きく頷く。

「字は違えど義経を名乗るなぞ、その女はきっと勝ち気で無鉄砲なのでしょう。講談では義経は兄思いの好人物とされていることが多いですが、崖を馬で駆け下りたり、嵐の中に無理矢理船を出したり、合戦で卑怯にも水夫を狙ったりと、私は好きになれません。当人はよくとも周りの者――殊に下の者には迷惑千万だったのではないかと思うのです。ああ、だがその女も結句、義経と同じく追われる身になったのか……」

「まさか、それを見越して名付けたってこたねぇでしょう。それこそ、勝ち戦の講談ばかり聞いていて、義経の最期《さいご》を知らねぇんじゃねぇですか」

壇ノ浦での源平合戦は源氏の勝利で終わった。だが、そののち義経は助け合ってきた兄の頼朝《よりとも》と対立してしまい、追討《ついとう》の命《めい》によって追われる身となって、結句、陸奥国《むつのくに》で自害した。

保次郎の推察通り、美経は「気が強い」と野菊と遣手から聞いている。なれば美経も、吉原に戻るくらいなら、追い詰められた先で自死を選ぶやもしれなかった。

同情心はそうないが、もしも美経が死に至ったら、似面絵を描いた身として少々気が咎めてしまいそうだと、律は目を落とした。

「美経は、実の名はお美奈というそうです」と、涼太が続けた。「名に美の字が入っているからか、なかなかの美貌だそうで――なぁ、お律？」

「え、ええ」

「そうか、実の名がお美奈か……」

顎《あご》に手をやってから、保次郎は律を見た。

「お律さん、私にも一枚、お美奈――美経の似面絵を描いてくれないか？」

「おや、広瀬さん。何かお心当たりでも？」

察し良く問うた今井へ、保次郎は曖昧《あいまい》な笑みで応えた。

「まだなんとも言えませんが、ちょっと気になることが」

「なんですか？」と、涼太。「もったいぶらねぇで、教えてくださいよ」

「いやいや、ただの思いつきさ。見当外れだったら恥ずかしいから、見込みがありそうだったらまた知らせるよ」

昨日描いた美経を思い出しながら、律は似面絵を新たに描いた。

保次郎と涼太のみならず、今井までが出来上がった似面絵をまじまじと見る。

「うん、こりゃなかなかの上玉だ」

「先生ったら」

「この顔立ちなら目立つだろう。今頃もう連れ戻されているやもしれんぞ」

「それならいいのですけれど、美経さんよりも、お加枝さんのことが気になります」

「うむ。頭の怪我は油断できぬからな……」

しばし訪れた沈黙ののち、保次郎が気を取り直したように暇《いとま》を告げて帰って行った。

七

次の日、律は朝のうちに池見屋へ向かった。

お千代さんの着物の反物を受け取って、昼からは下描きに取りかかろう――

浮き浮きしながら早足で池見屋に近付くと、暖簾《のれん》をくぐる前に帰り客とぶつかりそうになって、律は慌てて横へよけた。

「お律さんやないですか」

七日前に、浅草広小路で出会った総次であった。

「総次さんでしたね。近江からいらした――」

「はい。お律さんは上絵師だそうですなぁ。綾乃さんからお聞きしました。青陽堂という葉茶屋の若おかみでもあるやら？」

「ええ」

「そのうち寄せてもらいます」

「どうぞよしなに」

会釈を交わして暖簾をくぐると、手代の「四郎たち」――藤四郎《とうしろう》と征四郎《せいしろう》――が揃って律

は踏んだ。

勝手知ったる廊下を渡って奥の座敷へ行くと、類と千恵の他に雪永もいた。既に一服済ませたようで茶器が出ているが、茶碗が四つあることから、総次と歓談していたのだろうと律は踏んだ。

「つい今しがたまで、お客さまがいらしてたのよ」

「総次さんですね。店先でお目にかかりました」

「そうなの。急にいらして驚いたわ。お律さんのお茶、今、淹れるわね」

千恵が台所へ立つのを見送ってから、律は鞠巾着を納めた。

「お千代さんの着物の反物も支度してあるよ」

そう言って、類は次の鞠巾着三枚分とまっさらな反物を征四郎に持ってこさせた。

五枚から三枚に減らしてから、鞠巾着の下染めは客の注文に応じて池見屋が先に済ませてくれるようになった。下染めされた布とただし書きを突き合わせて、注文を確かめると、律は布をまとめて風呂敷に包んだ。

「また着物の注文が入ったんだってね。此度の意匠はなんだい?」と、雪永。

「意匠は菊で頼まれました」

「菊か……うん、菊もいいな」

「あら、私も菊は大好きよ」

ちょうど戻って来た千恵が、にこにこしながら律の前に茶托《ちゃたく》を置いた。

着物の注文があったことは、朔日に由郎と訪れた折に千恵にも話してある。身請け話は吹聴《ふいちょう》することではないと沈黙を守ったが、意匠のもとになった菊の平打のついでに、律は千代の出自《しゅつじ》や意匠を決めた所以《ゆえん》を明かした。

「尾張から江戸まで、女一人で出ていらしたなんて……思い切りの良い方ね」

「四十路《よそじ》過ぎなら、もう親兄弟もいないのやもな」

「お店は義妹夫婦に譲ったとしか聞いていないので、なんとも。でも、旦那さまを深く想っていらしたことは確かです」

「うふふ、お話を聞く限り、旦那さまはなんだか涼太さんに似ているものね。お律さんが肩入れするのも道理だわ。ほら、お律さんのその簪だって、涼太さんからの贈り物――だったでしょう?」

「ええ、その通りです」

律が頷くと、千恵は「うふふ」と再び微笑んだ。

弥生に自分を攫《さら》った悪徳駕籠屋《かごや》・栄屋《さかえや》の始末がつき、先月は長きにわたっての想い人だった村松周之助へ千恵は自ら別れを告げた。つらい記憶を取り戻したことは善《よ》し悪《あ》しやもしれないが、この一年余りで物忘れも大分減ってきたようだ。過去はなかったことにはならないものの、千恵なりにつらい記憶に向き合い、思い切ることができたのだろうと、明るさを増した千恵の笑顔に律は内心ほっとした。

だが、千代の家からの帰りに再び綾乃と、それから総次に出会ったことを話すと、千恵はややむっつりとする。

「そうなの。総次さんはその時に綾乃さんとまたあれこれお話しして、今日は私に綾乃さんのことを訊きに来たのよ。どうやら総次さんは、綾乃さんにほの字みたい。綾乃さんが気になって仕方ないんですって」

お千恵さんは恋の話に目がない筈なのに、今日は一体どうしたのかしら——?

不審に思ったのが顔に出たのか、類がくすりとした。

「お千恵はなんだか、あの御仁《ごじん》が気に入らないようなのさ」

「そうなんですか?」

「だって、『偶然とは思えまへん』とか、『これぞ運命やないでっしゃろか』とか、大げさなことばかり言うんですもの。尾上は広小路のすぐ近くなのだから、広小路で綾乃さんに再会したって、ちっともおかしくないじゃないの。綾乃さんが親切に仲見世やら浅草寺やらを案内して差し上げたから、思い違いしたんじゃないかしら」

総次を真似た近江言葉が存外うまくて、律はつい笑みをこぼした。

「お律さんは、私の勘働きを信じてくれないのね」

「すみません。総次さんの真似がとてもお上手なので――それに『勘働き』なんて、まるで綾乃さんのような――でも、お千恵さんの言い分には頷けます。綾乃さんなら男の人が一目惚れしてもおかしくありませんが、運命だなんて、いい歳して大げさじゃないでしょうか」

律が言うと、千恵はむくれ顔を緩《ゆる》めて微笑んだ。

「私は悪くないと思ったがね」と、雪永。「近江の旅籠《はたご》の次男で、仕送りが充分あるそうだから金目当てではなかろうし、江戸で婿入りも厭《いと》わぬようだし、綾乃さんにもお似合いの男前じゃないか」

友人宅に居候しているとはいえ、近江から江戸までの旅費や身なりの良さからして、裕福な家の出なのだろうと推察していた。だが、仕送りまでもらっているとは知らなかった。

「旅籠の次男なんですか？」

「ああ」と、頷いたのは類だ。

雪永を見やって、にやにやしながら付け足した。

「近江の旅籠の、道楽者のぼんぼんさ」

雪永は日本橋の材木問屋の三男で、実家暮らしだ。店は長兄《ちょうけい》と次兄《じけい》が切り盛りしていて、雪永が手伝うことはほとんどなく、粋人としてはほどほどの――律からすれば大層な――道楽が許されている「ぼんぼん」である。

また、綾乃は十九歳ゆえに、三十路《みそじ》間近と思しき総次とはおよそ八から十年ほど歳が離れているが、雪永は類と同い年の四十四歳、千恵は三十六歳で二人の年差も八年だ。

となると、雪永さんが総次さんの肩を持つのも頷けるわ……

おそらく雪永は総次に己を重ねているのだろうと、類につられて、律までついにやりとしたくなる。

「か、金に困っている男よりいいじゃないか。綾乃さんはなんだかんだ甘やか——いや、蝶よ花よと育てられたに違いないよ。それなら今までと変わらない、なんなら今よりも贅沢させてやれる男の方が、親御さんも安心だろう」

「そりゃ、『親御さん』はね……だが、当の綾乃さんはどうだろうねぇ？」

類が更ににやにやする横で、千恵も口を挟んだ。

「そうよ。お金なんて二の次よ。綾乃さんはけして、お金のためだけに誰かと一緒になったりしないわ。一番大事なのはきっと恋心よ。あの綾乃さんが、好きでもない男の人と身を固めるとは思えないもの」

「恋心……か」

「先ほど話に出たお千代さんだって、旦那さんが豪商だったにもかかわらず、結句、贈り物で一番大切にしているのは、嫁ぐ前にいただいた平打よ。お高い物ではないかもしれないけれど、旦那さんの想いと、旦那さんへの想いが詰まった贈り物だもの」

「つまり、夫婦になる前の方が、より恋心があったということかい？　まあ、よく聞く話ではあるがね。祝言までは逢瀬ごとに胸を高まらせていたというのに、共に暮らすようになると、どうも勝手が違ってくるという――」

「そうじゃないわ」と、千恵は言下《げんか》に首を振る。「祝言を挙げても、恋心がずっと、ずーっと続いていたから、お千代さんは平打をいまだに大事にしているのよ。旦那さんはきっと、祝言の後――お店を継いだ後にも贈り物をしたことでしょう。お金が自由になった分、平打よりもお値打ちの物を……けれども、平打には旦那さんとの想い出が一番長く、初めから終わりまで全部詰まっているのよ」

「なるほど、そうか。恋心もそうだが、想い出も金では買えないものだからね」

「そうなのよ」

嬉しげに目を細めて、千恵は頷いた。

「ねえ、雪永さん。来月、雑司ケ谷《ぞうしがや》に菊を見に行きましょうよ」

「重陽《ちょうよう》の節句の観菊だね。うん、行こう。空けておくよ」

雪永もまた嬉しげに応えて、二人は微笑み合った。

雪永さんの想いが叶う日も、そう遠くないんじゃないかしら――

周之助が再び現れ、千恵に妻問いしたと聞いて、雪永は慌てずにいられなかっただろう。お類さんやお千恵さんの前では、なんでもないように振る舞っていたとしても……

――遠州《えんしゅう》行きは――村松さまと共にゆくかは――お千恵が決めることだ――

そう類は言い、雪永も意を同じくしていたという。

――雪永の肚《はら》ははなから決まってる。あいつの望みは昔も今も変わらない。あの子が仕合わせであること――

千恵も雪永を好いていることは確かなのだが、それが「恋心」かどうかは律にはまだ判じ難い。だが、雪永を後押ししている身としては、千恵がああもきっぱり周之助の妻問いを断ることができたのは、多少なりとも雪永への想いが心底にあったからだろうと踏んでいる。

その証として、ほんの少しだが、前より親しくなったような二人に内心にんまりしていると、千恵が律を見やって問うた。

「――お律さんも一緒にいかが？」

「私もですか？」

「菊の着物を描くなら、観菊が役に立つんじゃやなくて？　ああ、注文はお急ぎなの？　重陽の節句に合わせて仕立てるのかしら？」

「急ぎではなく、三月ほど時をいただいておりますが……でも、私は」

注文がなくとも、絵の糧《かて》として観菊には行きたいが、二人の邪魔をする気はない。心なしか雪永の眉尻《まゆじり》が下がったようにも見えて、慌てた律を千恵が遮った。

「そうだ。綾乃さんもお誘いしましょうよ。綾乃さんからも、音羽町《おとわちょう》の手妻師《てづまし》の話を聞いたわ。お律さんのお知り合いで、時折、浅草広小路にも来るという――」

「彦次《ひこじ》さんですね」

「そうそう、彦次さん。今度お誘いしてみるわ。お姉さんはどう？」

「観菊はいいけど、お前や綾乃さんと、きゃいきゃい行くのはごめんだよ」

「ま！　きゃいきゃい、だなんて」

千恵は再びむくれたが、律は思わず噴き出しそうになる。

ぷっと、雪永ははばからずに噴き出した。

「雪永さんまで！」

「ははは、なんだか目に浮かぶようでね。いや、私は賑やかでも構わないがね」

「もう――」

頰を膨らませたのも束の間で、千恵はすぐに気を取り直した。

「観菊の前に彼岸花ね。雪永さん、一緒に善性寺《ぜんしょうじ》に彼岸花を見に行く約束、覚えてる？」

「もちろんだ」

「お律さんも覚えてる？」

「ええ……」

こちらは律が先に誘いを受けたものではあるが、やはり雪永の気持ちを慮《おもんぱか》ってのちほどうまく断ろうと考えていた。

「ああ、待って。その前にお月見――中秋《ちゅうしゅう》の名月があるわ。お律さん、まずは一緒にお月見しましょうよ」

「お月見はちょっと。その、遅くなりますし、うちでも支度しますから」

「そう……そうよね」

「お千恵、いい加減におし。お律には仕事があるんだよ。お前や雪永と違ってね。青陽堂の若おかみでもあるんだから、そうそう遊び呆けていられないのさ。お月見はいつも通り、雪永とお杵さんがいりゃいいじゃないか」

「だって、私はお姉さんたちみたいにお酒が飲めないんだもの。お律さんもあんまりお酒は嗜《たしな》まないと聞いたから、代わりに一緒にお茶を飲みたいと思ったのよ」

つんとした千恵は無邪気で愛らしく、此度は律も雪永と共にくすりとした。

八

律が池見屋に出かけてまもなく、涼太も荷を背負って青陽堂を出た。

今日は、日本橋より更にずっと南の、芝《しば》の茶屋・花前屋《はなさきや》へ茶を納めに行くのだ。芝神明前《しんめいまえ》にある花前屋まで、涼太の足でも一刻ほどかかる。

道中の銀座町の伏野屋《ふしのや》に寄って、妹の香《こう》と甥の幸之介《こうのすけ》の顔を見て行こうと思ったが、あいにく香は幸之介とうたたね中とのことである。

香の夫にして伏野屋の主の尚介《しょうすけ》が直に出て来て、微苦笑を浮かべた。

「すまないね、涼太」

「こっちが勝手に寄っただけですから」

「香には起きたら伝えておくが、悔しがるだろうな」

「ははは、お律ならまだしも、俺とは顔を合わせなくてよかったと喜ぶんじゃないかと」

「そうでもないさ。今は幸之介の世話でなかなか出かけられないからね。涼太だって喜んで迎えただろうよ。お律さんにもよろしく伝えておくれ。暇ができたら、いつでも遊びに来て欲しいと――」

「合点です」

伏野屋を出ると、涼太は一路、花前屋を目指した。

花前屋は相変わらず繁盛している。芝神明や増上寺に近いということもあるが、茶汲み女が粒揃いだと評判なのだ。よって、入れ替わり立ち替わりやって来る客は、男が圧倒的に多く、縁台は少々むさ苦しい。

茶汲み女の一人が涼太に気付いて、女将の百世《ももよ》を呼びに行った。

ほどなくして百世が奥の暖簾から姿を現し、涼太を奥の座敷へいざなう。

花前屋では店で出す茶の他、青陽堂の茶を小売りにしている。無論、小売りの手間賃を上乗せした上でのことだが、花前屋のそれは微々たるものだ。それでも青陽堂で買うより高値となるが、神田まで行く手間暇は省けるために、近隣の客には人気らしい。

注文の茶を納めたのち、涼太は卸値について話があると切り出した。百世は微かに眉をひそめたものの、涼太の申し出を聞いた途端に破顔《はがん》した。

「安くしてくださるっていうんですか？　このご時世に？」

「といっても、ほんの気持ちばかりなんですが」

母親にして青陽堂の女将の佐和《さわ》に、相談して決めたことである。

花前屋は昨年の初夏に、雪永からの紹介で涼太が自ら売り込んだ客だ。同年の初春の混ぜ物騒ぎで客足ががくりと落ちた後だったため、百世が己の言い分と誠意を認めてくれたことは、涼太にも青陽堂にも大きな励みとなった。あれから一年余りが過ぎたが、花前屋では見込みよりずっと売上があったことから、今後も快い取引を続けていくために、ささやかながら青陽堂の利鞘《りざや》を減らし、花前屋の手間賃を増やすことにしたのである。

「おかげさまで、うちはやっと元通りになりました」

思ったより時がかかっちまったが……

——来年の今頃までには必ず店を元通りにしますので、その暁《あかつき》にはお律さんとの祝言をどうかお許しいただきとう存じます——

佐和と清次郎《せいじろう》にそう願い出たのは、騒ぎから二月《ふたつき》後の弥生だった。結句、「一年も待つことはない」という佐和の鶴の一声で祝言が先になったものの、己の約束は——殊に期限を過ぎてしまったこの四箇月は――ずっと涼太を駆り立ててきた。

「それは重畳《ちょうじょう》。となると、涼太さんが店を継ぐ日も近いのかしら？」

「それはどうでしょう」と、涼太は苦笑を浮かべた。「あの騒ぎの前は、帳場の仕事まで一通り覚えてしまったら、後はもう任せて欲しいと願っていたんですが、騒ぎで己の至らなさを改めて知りましたからね……」

「なんの。少々至らないところがあろうと、為せば成るもんですよ。私だって、先代から店を頼まれた時はとても務まらないと思いましたが、百世の名を継いで、女将と呼ばれるようになったら、それらしく振る舞えるようになったのです」

売り込みに行く前――己がただの客だった折にも「百世」の噂は耳にしていた。

曰く、花前屋の店主は代々女で、女将は「百世」の名と共に店を継ぐ。初代百世はもちろんのこと、代々の百世は皆、かつて女郎だったことがある。ゆえに、花前屋は駆け込み寺のごとく元女郎や曰《いわ》く付きの女たちの拠り所であり、選《え》りすぐりの茶汲み女に事欠かぬ――

何代目かは知らないが、現百世は四十路過ぎだと涼太は踏んでいる。いまだそこはかとない艶気をまとい、酸《す》いも甘いも嚙み分けた貫禄は、花前屋の女将ならではだろう。

まったく、いろんな「主」がいるもんだ――

艶気はないが、貫禄では引けを取らぬ佐和を思い浮かべながら、涼太は暇の挨拶を交わして腰を上げた。

上がりかまちで草履《ぞうり》を履いて、見送る百世に今一度頭を下げる。

茶汲み女や客をよけて表へ出ると、ちょうどやって来た女が目に入って内心はっとした。

昨日、律が仕事場で描いた似面絵の美経という遊女に似ている。すれ違いざまに盗み見ると、律の注釈通り女の左眉の斜め上、額の生え際に小さなほくろがあった。

とっさに涼太は迷ったが、己が何に迷っているかも判らぬうちに、美経は百世と共に店の奥へと消えた。

暖簾の外に出ると、涼太はしばし逡巡し、空いている縁台に座った。

「帰る前に一服していくとするよ」

顔見知りの茶汲み女に声をかけて茶をもらい、店の入り口を見張ることしばらくして、美経が出て来た。

後をつけるべく、涼太は茶托に金を置いて腰を浮かせたが、美経は店先を見回して、涼太が帰ると踏んだのか、反対に近寄って来る。

「お帰りですか？」

「ええ、まあ」

「よかった。私はここで待ち合わせなの。立ちっぱなしじゃ、お茶もゆっくり飲めないわ」

席を譲りがてら、涼太は美経に実名を使って囁《ささや》いた。

「……お美奈さんじゃねぇですか？」

「あら、あなたもお仲間なの？　別の人が来るとは聞いていないけど……」

どうやら美経は、涼太を待ち人の仲間と思い違いしたようだ。

「いや、私はただの葉茶屋でさ」

「葉茶屋？」

「ここに茶を納めていやして……」

「葉茶屋がどうして私の名を？」

眉をひそめて慌てた美経へ、涼太は急いで付け足した。

「ちょっとしたつてから知りやした。ご存じでしょうが、追手がかかっていやすぜ。玉屋からはもちろん、定廻りの旦那もお美奈さんのことを気にかけてたみてぇだった。ここは男客が多いから、女客は目立ちやす。待ち合わせなら、中の縁台でもいいでしょう」

百世を頼って来たのなら、待ち人は逃亡の助っ人ではなかろうか——と、推察してのことである。

律が伝え聞いたところでは、美経は大層な「性悪」らしいが、「足抜き」となると涼太はやはり雪音が思い出されて、捕らえるよりも逃してやりたい気持ちが勝《まさ》った。

美経は束の間押し黙ったが、すぐに一旦腰を下ろした縁台から立ち上がった。

だが、涼太の予想に反して店の中には向かわず、ちょこんと一つ頭を下げた。

「ご親切にありがとう。でも心配はご無用よ」

顔を上げた美経は、不敵に微笑んで再び腰を下ろした。

それならもう余計な口は挟むまいと、涼太も小さく会釈を返して店先を離れた。

——と、半町もゆかぬうちに背後で叫び声がした。

振り返ると、花前屋の店先で美経が男に襟首をつかまれている。

「美経！　てめぇ、こんなところでのうのうと——！」

「放して！　どうか見逃して……！」

「足抜きがほざきやがって！」

男は玉屋の追手らしい。

客も通りすがりの者も皆、美経が泣き叫ぶ姿を眺めている。

店の奥から百世が出て来て、男に何やら話しかけたが、男はお構いなしに美経の頰を張り、懐《ふところ》から縄を出して両手を縛り上げた。

言わんこっちゃねぇ——

溜息を一つ漏らして、涼太はそっと踵《きびす》を返した。

九

美経さんが捕まった——

そうなるであろう、そうなって当然だと思っていたにもかかわらず、律は気を沈ませた。

涼太から花前屋で美経を見かけたこと、つい余計な忠告をしてしまったことを聞いた時には、加枝を思い出して何やら腹立ちを覚えなくもなかった。とはいえ、そののちすぐに追手に捕らわれたと聞くと、「それ見たことか」という嘲《あざけ》りよりも、「心配ご無用」などと強がった美経の浅はかさが哀れに思えた。

遊女は「売り物」なれば、殺されはすまい。しかしながら、折檻はどうしたって免れぬ。

自業自得《じごうじとく》よ……

加枝はどうなったろうと案じながら、律は己にそう言い聞かせた。

気を紛らわせるために、池見屋での千恵と雪永のやり取りや、早速着物の下描きを始めたことなどを涼太へ伝えたものの、胸の重苦しさは晴れぬままに眠りに就いた。

——四日後の八ツ過ぎ、保次郎が茶のひとときに現れた。

「先日の……美経という足抜きのことなんだがね」

「ああ、その女なら四日前に花前屋で捕まりやした」

「なんだ。耳が早いな」

「ちょうど、その場に居合わせやして……」

「なんと」

涼太が苦笑を浮かべたのへ、保次郎は目を丸くした。

「それなら、平治《へいじ》のことも聞いたかい？」

「平治？」

「美経――いや、お美奈の男だよ」

今井も含めて、律たちが揃って首を振ると、保次郎は茶を一口含んでから話し始めた。

「博打《ばくち》打ちで、ろくに仕事をしていなくてな。品川住まいだったんだが、芝や麻布《あざぶ》の賭場《とば》によく出入りしていたらしい」

この平治が八日前――美経が足抜きする二日前――に、麻布で瀕死《ひんし》の状態で見つかった。

「番屋に運ばれたが、血だらけ痣《あざ》だらけで、翌々日には息を引き取った。周りで訊き込んでみたところ、どうやら賭場でのいかさまがばれて袋叩きに遭ったようだと判ってね……」

先日、委細《いさい》を話さなかったのは、「見当外れ」やもしれぬという見込みに加えて、博打で身を滅ぼした兄を持つ今井を慮ったゆえらしい。

「目覚めては気を失うものだから、平治からはろくに話が聞けなかったんだが、今際《いまわ》の際《きわ》にお美奈の名をつぶやいたそうだ」

――すまねぇ、お美奈……俺のせいで、中へ……――

それが平治の最期の言葉となった。

「そのことを同輩から聞いたばかりだったものだから、ここでお美奈の名が出た時に、もしやと思ったんだよ」

平治の知己から、美奈が平治の女で、平治は賭場で作った借金のために美奈を吉原に売ったことが判った。ゆえに保次郎は、美奈は平治を恨んでいて、吉原から逃げ出したからには、平治のもとへ恨みつらみを晴らしに来るのではなかろうかと考えた。

「のちに、史織や両親には笑われたがね……」

保次郎の妻の史織も二親も、保次郎の推察を即座に否定したそうである。

「三人とも、よしんばお美奈が平治のもとへ現れるとすれば、それは愛情ゆえで、恨みつらみしかないならば、金のない男ごとさっさと江戸を捨てるに違いないと言うんだよ」

結句、保次郎が似面絵を品川宿や芝、麻布を受け持っている同輩に託す前に、美経は花前屋にて追手に捕まった。

「ははは、そりゃそうでしょう。女は時に、男よりもずっと思い切りがいいようです」

涼太が遠慮なく笑う横で、律と今井も微苦笑を漏らした。

「そうらしいな……だが、平治に金がなかったかどうかは判らんぞ」

「といいますと?」

「昨日、芝への用事のついでに、麻太郎に会って来たんだよ」

昨年知り合った麻太郎は芝の「顔役」のもとで働いていて、賭場を含んだ辺りの裏稼業に精通している。

「麻太郎が聞いたところじゃ、平治のいかさまはその日に限ったことではなく、袋叩きに遭う前に相当貯め込んでいたらしい。けれども、平治は金の在り処《か》を吐かぬうちに賭場の追手から逃げ出して、番屋に運ばれた。平治が番屋にいる間に、賭場の者が平治のねぐらを漁《あさ》ったが、ほんの二百文ほどしか見つからなかったとか」

「つまり平治は、家ではないどこかに貯めたお金を隠していたんですね？」

口を挟んだ律へ、「そうらしいな」と保次郎は頷いた。

「後悔先に立たずといおうか——平治は実は、お美奈を吉原へ売ったことを悔やんでいて、いかさまで貯めた金で、お美奈を請け出そうとしていたんじゃないか——なんて私は思ったんだがね。玉屋の追手が先にお美奈を捕らえてしまったのは残念だ。せめて平治の最期の言葉を伝えてやりたかったが、どのみち、お美奈にはいらぬ世話だったか……」

ややしんみりとして一休みを終えると、律は更に一刻ほど仕事に励んだ。

六ツまでもう半刻とないだろうという時刻になって筆を置き、井戸端で道具を洗っていると、木戸から由郎がやって来た。

「こんな時刻にどうなさったんですか？」

「お千代さんに頼まれて、お月見のお誘いに来たんですよ」

「お月見に？」

もう三日で十五夜——中秋の名月である。

「帰りは五ツ過ぎになりましょうから、涼太さんもお誘いしたいのですが……私がお送りしてもいいんですが、変な噂が立っても困りますからね」

「はあ……あの、少々お待ちくださいませ」

前掛けで急いで手を拭いて、律は勝手口から青陽堂へ入った。

涼太は既に湯屋に出かけていなかったが、佐和は勘兵衛と話し込んでいて、律に気付くと先に問うた。

「なんですか、お律？」

「あ、あの、今、藍井の由郎さんが長屋にいらしていて、お千代さん――その、先だって着物を注文してくだすった方が、私と涼太さんをお月見に招待したいと……」

律と涼太は、昨年の葉月十五日に祝言を挙げた。

佐和には幼い頃から尊敬の念を抱いており、この一年、嫁と姑《しゅうとめ》としてもなかなかうまく過ごしてきた――とは思うものの、いまだ時折、殊に店では気圧《けお》されることがある。

「お受けしなさい」

一も二もなく、佐和が言った。

「よいのですか？　涼太さんにはまだ――今、湯屋に行っているので……」

「由郎さんは先だっての着物の買い取りに続いて、お千代さんを紹介してくださったのでしたね。由郎さんは顔が広いそうですから、これからもそういったことがあるやもしれません。となれば、お律にはお得意さまといっていいでしょう。うちもお得意さまへの挨拶にお律を駆り出すことがあるのですから、たまには涼太がそうしてもいいじゃありませんか。どうせ涼太に否《いな》やはありませんよ」

微かに口角《こうかく》を上げた佐和の横で、勘兵衛も微笑んだ。

「女将さんの仰せの通りですよ。それに、お千代さんとやらはもしや、六日前にいらした茶の湯をたしなむ方じゃありませんか？」

「そう――そうなんです」

「それなら、お月見の時にも、由郎さんの分と合わせて土産の茶を包んでおきます」

「ありがとうございます」

二人に礼を告げて長屋へ戻ると、色好い返事を喜ぶ由郎に律は訊ねた。

「あの……お千代さんから、お加枝さんのことをお聞きですか？」

「もちろんです。ああ、お加枝さんはあの日のうちに目覚めて、まだ本調子ではないようですが、ひとまず無事でいるそうです」

「それはようございました」と、律は胸を撫で下ろした。

野菊は言わずもがな、美経もさぞ安堵したに違いない。

「それで、あの、件のことはどうなりました？」

身請けについても問うてみたが、今度は由郎はいたずらな笑みで応えた。

「そちらは、お月見のお楽しみとしていただきましょう」

十

七ツ前に青陽堂を出て、半刻余りをかけて浅草今戸町まで歩いた。

おやつの時刻に今井と三人で過ごすことはあっても、日中二人きりで過ごすことは滅多にない。律は春に仕立ててもらった菜種油《なたねあぶら》色のよそ行きを着ていて、いつもと違う装いが一層胸を浮き立たせている。涼太も今日は黒鳶《くろとび》色のよそ行きで、まっすぐ堂々と歩く様は若旦那、否、旦那の風格が窺える。

――というのは、身贔屓だろうけど……

ついくすりとした律を涼太が見やった。

「なんだ？」

「なんでもありません――ううん、こうして一緒にお出かけするのは久しぶりね」

「そうだな。皐月《さつき》に帰蝶座を見に行って以来じゃないか？　白山権現へは『お出かけ』じゃなかったからな」

皐月に待乳山聖天《まつちやましょうでん》で待ち合わせて、和十郎宅を訪ねたのちに浅草広小路で帰蝶座を見て帰った。文月も白山権現からの帰り道は二人きりであったものの、「夜霧のあき」が捕まったばかりで何やら気まずく、また涼太はお仕着せ、己もよそ行きとはいえぬ装いだった。

「今日は、涼太さんがはなから一緒だから安心ね」

「今日は余計な捕物は勘弁だ」

苦笑を浮かべた涼太へ微笑で応えて、律は涼太に合わせてやや足を速めた。

千代の家に着くと、由郎と野菊の他、今一人、三十代の女が律たちを迎えた。

女は頭に巻木綿を巻いていて、律はすぐさま加枝だと悟った。

まずは初対面の涼太と挨拶を交わしたのち、千代が改めて二人を紹介した。

「今日から一緒に暮らすことになった、お紺《こん》さんとお加枝さんです。ふふふ、結句、こういう運びに相成《あいな》りましたのよ」

野菊の実名は紺というらしい。

加枝は頭を怪我したからか、目覚めたのちしばらくは、己の名も判らぬほどぼんやりしていたという。だが、数日のうちに少しずつ記憶がよみがえり、紺と加枝の双方から改めて話を聞いた千代は、二人の病や怪我を厭うことなく、二人とも本日付けで玉屋から請け出したそうである。

「これも何かのご縁だもの」

にっこりとした千代が支度した月見膳を囲みながら、律たちは二人の身の上や結びつきに耳を傾けた。

紺は下総国《しもうさのくに》生まれで、律より三つ若い二十一歳だった。

「母が乳岩で亡くなったのは十二歳の時です。それから一年と経たないうちに父は後妻を娶《めと》り、翌年には妹が生まれました」

玉屋では湯上がりの素顔だった。今日は薄く化粧をしているとはいえ、ありんす言葉をやめた紺は、吉原で見た時よりもずっと顔色が良い。

「父は祖父から継いだ呉服屋を営んでいましたが、もともと見栄っ張りだったところへ、輪をかけて見栄っ張りな女を娶ったものだから、商売は数年で行き詰まってしまったんです」

借金がかさんで、店は畳まざるを得なくなった。店を片付けて尚、少しばかり残った借金を、父親は後妻と新たな娘との暮らしのために、紺を吉原に売って返すことにした。

律はつい眉をひそめてしまったが、紺は微苦笑と共に明るい声で話を続けた。

「結句、十五歳の時に玉屋に買われました。禿になるには遅く、振新《ふりしん》になれるほどの美貌や才はなかったので留新《とめしん》となりましたが、閨事《ねやごと》はおろか、それまで郷里の町を出たことがなかった私は世間知らずで、毎日泣いてばかりおりました」

姐女郎《あねじょろう》に仕え、雑用をこなす禿は、十五歳頃に「新造」となる。「振新」は「振袖新造《ふりそでしんぞう》」、「留新」は「留袖新造《とめそで》」の通称で、振新は高級遊女となる期待を背負い、客を取らずに姐女郎について回るが、留新は中級かそれ以下の遊女となるべく新造の時から客を取る。よほどの美貌や素質がない限り、遅くに吉原に入った者――禿を経てこなかった者――は留新として早くから見世に出るのだと、紺は「世間知らず」の律に教えた。

「そんな折、お加枝さんが玉屋に勤め始めて、あれこれ親身に助けてくださったんです。時には、借金も肩代わりしてくださって……」

客に好かれるためには身なりや部屋を整えねばならず、うまく客にねだることができればよいが、そうでなければ着物や小間物、客へのちょっとした食べ物や贈り物などは全て持ち出しだ。初めのうち、西も東も判らなかった紺はつまらぬ借金を重ねた。加枝はそれらを己の借金とするよう楼主にかけ合い、更には一度、紺がひどく寝込んだ折にかかった医者と薬《やく》代《だい》も背負っていた。

「あの時は熱がひどくて、身体中が痛んで……お加枝さんが往診代と薬代を出してくれなかったら、私は玉屋に見捨てられて、あの時に死んでいたかもしれません」

それなら、お紺さんがお加枝さんを恩人と慕うのも当然だわ。

でも、お加枝さんの方はどうして——？

律が内心小首をかしげたのが伝わったのか、紺はちらりと加枝を見やった。

「なんでも私は、お加枝さんの恩人に似ているんですって。ね、お加枝さん？」

「ええ……」と、加枝は微笑んだ。「その昔……初めての奉公先で、私もやはり、野菊さんの——あ、お紺さんのように、勝手が判らず苦労したんです……」

「奉公先の女将さんと旦那さんはどちらも意地が悪くて、お加枝さんはこき使われて大変な思いをしたけれど、そこの子供たちは——殊に娘のお育《いく》さんは、何かとお加枝さんを助けてくれたんだそうです」

怪我のせいか、たどたどしい加枝の代わりに紺が話を続けた。

「お加枝さんがやんごとない事情でお店から暇をもらった時も、それまでの給金を渋る女将さんへ、まだ若かったお育さんが意見して、無事に払ってもらえたそうで」

ゆえに加枝は育へずっと恩義を感じていたが、やがて風の噂で女将が亡くなり、店が人手に渡ったことを知った。女将の死後、育は借金のかたに吉原に売られ、旦那と跡取り息子だった育の兄は借金を苦に自害した、とも。

「少しでもお育さんへ恩返ししたいと、お加枝さんはお育さんが売られた妓楼へ行って、下婢として傍で働こうとしたんですが、その時にはお育さんはもうお亡くなりになっていました。先行きをはかなんで、お客を取らされる前に自害されたそうです」

「それで……悲しいやら悔しいやらで、ぼんやり江戸町を歩いていたら、玉屋の見世でお紺さんを見かけたんです。その年、お育さんが生きていらしたらもう二十歳でしたが、お紺さんはちょうどお別れした時のお育さんと同い年の新造で……歳はもちろん、顔立ちもよくよく見れば違うのですけれど、ふとした面差しが――殊に、まっすぐで凜《りん》とした眼差《まなざ》しが、お育さんに似ているんです……」

他人の空似だと、加枝は一度は大門へ足を向けた。

だが、どうしても思い切れずに、引き返して玉屋で紺の身の上を聞いたのち、「働かせてくれ」と頼み込んだ。

「私はしばらく、どうしてお加枝さんが、ああも親切にしてくださるのか知りませんでした。でも、お育さんの代わりでもなんでも、嬉しかったんです。母が亡くなってから——父が継母《まま》と一緒になってから、私はずっと一人だと思っていたから……だから、どうせ死ぬのなら、お加枝さんに恩返ししたいと思ったんです」

「お紺さん」

「野菊」

加枝と由郎の声が重なった。

「まだ死ぬと決まった訳じゃないよ、お紺」

名を呼び直して、由郎が言った。

「まずは医者にちゃんと診《み》てもらおうじゃないか。それくらいの甲斐性は私にもある。お千代さんとも話して、もう医者に渡りはつけてあるんだ。——もしもお前が、今更私の世話にはなりたくないというなら致し方ないがね」

「今更、由郎さんのお金を無駄にしたくはないわ」

「そんなこと言わずに頼むよ。この通り」

由郎がややおどけて拝む真似をしてみせると、紺もくすりとして応えた。

「判ったわ。由郎さんには、お千代さんに引き合わせていただいたご恩がありますものね」

「また『恩返し』か……私を『一番』と呼んだのは、やはり中での方便だったのだな？」

苦笑を漏らした由郎へ、「そうね」と、紺はにっこりとした。

「ここは『外』だから、もう嘘はつかないわ。由郎さんと馴染みになる前もなった後も、私の『一番』はずっとお加枝さんよ。ううん、これからはお千代さん――お加枝さんと二人でそう決めたの。でも、中の男の人では、由郎さんが一番好きだったわ。本当よ」

「嬉しいね」

「これからは判りませんけれど――」と、紺は澄まし顔で付け足した。「けれども此度の恩返しに、しばらくは彼《か》の人の代わりを務めて差し上げます」

「彼の人とは……？」

問うたのは千代だが、律に加枝、涼太までもが興味津々に二人を見やる。

「由郎さんの想い人よ。私はその方には、声と後ろ姿が似ているそうです」

「まあ、由郎さんにもそんなお方がいらしたんですか？」

「私も初耳です」と、律も千代と共に思わずにんまりとした。

「かつての、ですよ」と、由郎はしれっと応えた。

由郎は江戸へ来てまもなく、通りすがりの玉屋で、見世番に呼ばれて応えた紺の声と、張見世から出て行くその後ろ姿にかつての想い人を見た。すぐに思い違いと知れたものの、紺が気になって、のちに馴染みになったという。

「思い違いをしたのは、あの日、初めてお紺を見かけた時だけです。お育さんとやらと同じく、彼の人の方がお紺よりずっと年上ですからね……お加枝さんはお紺の目にお育さんを見たそうですが、私は裏腹に、お紺のこの目を見てすぐ、思い違いに気付きましたよ」

育と違って、由郎の想い人と紺が似ているのは声と後ろ姿だけで、面立ちはそうでもないらしい。

「でも、私の馴染みになったのは、彼の人に似ていたからでしょう？」

「きっかけはね。だが今は、お紺はお紺で何者でもない……お紺、私は心から、お前に長生きして欲しいと願っているよ」

「もう――お紺、お紺って、なんだかくどいわ」

紺は口を尖らせたが、おそらく照れ隠しに違いない。

「ははは、私もなんだか慣れないが、もう野菊と呼ばれるのはごめんだろう？　お前に似つかわしい源氏名だったから、惜しい気がしないでもないが……」

「野菊も気に入っていたけれど、野菊よりは紺の方がいいわ。また、この名で呼ばれる日がくるなんて思わなかった……母が姫紫苑《ひめしおん》が好きだったんです」

「ああ、だから源氏名を野菊としたのか」

「ええ」

野菊と一括《ひとくく》りに呼ばれているが、樟脳《しょうのう》の香りがする竜脳菊《りゅうのうぎく》、海沿いに咲く磯菊《いそぎく》、花びらも花芯も黄色い油菊《あぶらぎく》など様々な種があって、野紺菊《のこんぎく》――姫紫苑――もその一つだ。

微笑み合う二人を、千代がこれまた微笑ましげに交互に見やって話を変えた。

「そういえば、玉屋で驚いたことがありましたのよ、お律さん」

「なんですか？」

「あの足抜きの美経は、二日ほどで見つかって連れ戻されたんですが、なんと、やはり本日付で請け出されたのです」

「えっ？」

「しかも身請人は私より少々お若いけれど、四十路は過ぎている女の人でしたのよ」

驚いた律の隣りで、涼太が口を挟んだ。

「もしや、その女の人は百世さん――花前屋という茶屋の女将じゃありませんか？」

「あら、どうしてご存じで？」

千代に加枝、紺に由郎と、四人が揃って目を丸くした。

十一

美経が捕まった時、花前屋に居合わせたことを涼太が話すと、由郎が形ばかり恨めしげに律を見やった。

「お伺いした時に、一言教えてくださってもよかったのに」

「だって……由郎さんが『お月見のお楽しみ』だなんて、お紺さんやお加枝さんのことをもったいぶるから、機を逃してしまったんです」

「私はお千代さんから口止めされていたんですよ。——それにしても、お律さんが似面絵をお描きになることは存じておりましたが、綾乃さんが言った通り、涼太さんには人探しの才がおありなんですね。お律さんが似面絵を描き、涼太さんが探し出す——お二人は夫婦揃って、定廻りの広瀬さまから大層頼りにされていると聞きました」

どうやら、一時期御用聞きになるべく張り切っていた綾乃は、由郎に律たちが保次郎と親しいことを話したらしい。

由郎が言うのへ、涼太は曖昧な笑みで応えた。

「はあ、まあ……ですが、まさか百世さんが美経を請け出すとは——ああ、そうか」

顎に手をやった涼太の横で、律も閃《ひらめ》いた。

「きっと平治さんのお金を使ったのね」

「うん？　平治さんとは？」

「広瀬さまが仰るには、平治は美経の男で、自分の借金のために美経を中に売ったんだそうです。平治は博打打ちで、美経が逃げ出す前に、いかさまがばれて殺されてしまったんですが、平治が貯め込んでいた金は見つからないままだとか」

涼太が保次郎から聞いた話を明かすと、今度は由郎が顎に手をやった。

「ふむ。とすると、美経は平治の金の隠し場所を知っていて、平治が瀕死――または死んだと聞いて中から逃げ出し、金を持ち出した。そののち、花前屋の女将を頼って身をくらますつもりだったが、先に追手に見つかった――といったところでしょうか」

「そんなところでしょう。百世さんは女の――殊に女郎上がりの味方だそうですから、平治に売られた美経に同情して、平治の金を使って意趣返しに美経を請け出したのやも……」

「それなら」と、紺。「美経が自分にあんな源氏名をつけたのも、初めから意趣返しを企てていたからじゃないかしら。平治を平氏に見立てて、自分は源氏の名前を」

「違うわ」

紺を遮ったのは加枝だった。

紺ではなく、床に飾られている七草の活花《いけばな》を見つめている。

頭の巻木綿に手をやってから、加枝はゆっくり振り向いて、再び口を開いた。

「平治さんというのですね。美経さんの想い人は……それで合点《がてん》がいきました」

「どういうこと？」

きょとんとした紺へ、まだどこか弱々しくも加枝は微笑んだ。

「お紺さんがお腹立ちだったから……それに、美経さんが内緒にしたいと望んでいたから黙っていましたが……美経さんはしっかり罰を受けて、私たちはみんなもう外にいるのですから、お話ししとうございます。美経さんは、平治さんに売られたのではないのです……あの人は平治さんのために、自ら中へ行ったのです」

「なんですって？」

「美経さんが『売られて』来た時、私がお茶を出したので、美経さんが女衒《ぜげん》と旦那さま、おかみさまへ頼み込むところを聞いたのです……」

――私が自らここへ来たことは、どうか内緒にしといておくんなさい。莫迦《ばか》な真似をしたのは判ってますけど、人様に莫迦にされるのはごめんです。それに、男に騙されて売り飛ばされたってことにしといた方が、客にも同情してもらえるでしょう――

「美経さんは、お世辞にも性根がいいとはいえませんでしたが……今度こそ、平治さんが心を入れ替えてくれると信じていたのではないでしょうか。だから、いろんな男の人に貢がせて、早く外へ出られるようにと……私は、広瀬さまの推《お》し当てを信じます。博打やいかさまはどうかと思いますが、平治さんの方も美経さんを早く請け出そうとして、いかさまでお金を貯めていたのだと思うのです……」

美経と平治はあらかじめ、もしもの折には百世を頼ろうと決めていたのではないか、と加枝は続けた。ゆえに美経は、真っ先に花前屋を訪ねたのではないか、とも。

「花前屋のことは私も耳にしております。美経さんは抜け出したその日、遅くとも翌日には平治さんの死を知ったでしょう。美経さんは、わざと追手に捕まったのだと思います。おそらく、百世さんの入れ知恵で……なんなら追手にお金を握らせて、花前屋の前で一芝居打つようにと……」

「美経の『待ち人』は追手だったということか」と、涼太。「なるほど。金があるなら、ただ逃げ続けるよりも、いっそ中へ一度戻って、請け出された方が後腐れがない」

「はい。折檻は免れませんが……此度、美経は足抜きの見せしめと私の怪我の分と、大分長いこと折檻を受けました。ですが、あれはあれで、百世さん――いいえ、美経さんのけじめだった気がします。つまりその、私への仕打ちを悔いて」

「だからって、私は美経を許さないわ。女郎は大切な売り物ですもの。折檻されたって、殺されることはないと、あの女は知っていたのよ。でも、お加枝さんは一歩間違えば――つるかめつるかめ」

縁起直しを唱えた紺へ微笑んでから、千代も言った。

「それで私も合点がいきました。――実は、あなたたちが荷物を取りに行った間に、百世さんからお加枝さんへと、お見舞い金をいただいたのです」

――ひとまず無事でようございました。私も、人殺しを身請けするほどお人好しじゃありませんから。頭の怪我は油断なりません。医者がよしとするまで、かかりはお美奈に払わせます。そうならないよう祈っておりますが、もしもの折は必ずお知らせくださいまし――

そう言って、百世は美経と共に頭を下げたという。

「百世さんはきっと、お加枝さんの無事を確かめてから、身請けに及んだのでしょう」

もしもお加枝さんが亡くなっていたら、百世さんも美経さんを許さなかった……

また、玉屋は此度は全て内輪のこととして済ませたらしいが、加枝が死していたなら表沙汰にせざるを得ず、美経も人殺しとしてお上に裁かれていた筈だ。

千代の顔つきからして、千代もまた百世の心意気をよしとしたようだ。

「そんな今更……もしもの折だなんて縁起でもない」

「つるかめつるかめ」と、からかい口調になって千代は言った。「あなたがそうしてお冠《かんむり》だから、こうして皆さんがいる時にお話ししようと思ったのよ。殊に由郎さんの前なら、今少しおしとやかにしているんじゃないかと思ったのだけれど……」

「ああ、それなら見当違いですよ」と、由郎。「先ほどの物言いを聞いたでしょう。中でも時折、ぴしゃりと辛辣《しんらつ》なことを言われたものです。まあ、そんなところも好いたらしいんですがね」

さらりと由郎が惚気《のろけ》けるものだから、紺はほんのり頰を染めて押し黙った。

そんな紺へ目を細めて、加枝は再び口を開いた。

「お紺さん、私のためにありがとう。でももしも、『もしもの折』があったとしても、どうかもう美経さんを――ううん、お美奈さんを責めないでくださいな」

「そんなの無理です」

「言ったでしょう。お美奈さんは、根っからの悪い人じゃないと思うのですよ。私がもっとうまくお話ししていれば……」

美経と加枝は身体つきが似ていた。ゆえに、あの日加枝が遣いで大門の外に出ることを聞きつけた美経は、「野菊が困っている」と嘘をつき、加枝を納戸に連れ込んだ。簪を喉元に突き付けられ、着物と大門切手を寄越すように脅されて、加枝は美経の足抜きを見抜き、思いとどまらせようとしたそうである。

「けれども、お美奈さんの決意は固く……」

「そうよ」と、再びむくれて紺が言った。「挙げ句、お加枝さんを突き飛ばして、怪我をさせて、無理矢理着物を剝ぎ取って――何度も謝ったってお加枝さんは言うけれど、謝って済むことじゃないわ」

血を見た美経は、慌てて手ぬぐいを取り出して加枝の頭に当てた。また、加枝の着物を取りながら、ずっと詫び言を口にしていた。

――ごめんなさい。ごめんなさい。堪忍してちょうだい。どうしても行かなきゃなんないんです。少しだけ我慢しておくんなさい。大門まですぐそこだもの。四半刻――ううん、千を数える間でいいから、どうか見逃して――

「もう、お紺さんたら……」

困った笑みを浮かべて加枝は紺を見やり、それから律たちを見回した。

「すみません。どうもまだ頭が回らなくて……初めからお話ししようと思って、つい回りくどくなってしまいましたが、お美奈さんの源氏名は――美経の『つね』は『常ならむ』、つまり『平時』の『常』で、平治さんとかけたものだと思うのです」

手のひらに字を書きながら、加枝は続けた。

「それから、もう一つ……お美奈さんが私のために懐から手ぬぐいを取り出した時、押し花が落ちたんです。女郎花の押し花でした。きっと、逃げる前に手ぬぐいの間に挟んできたんでしょう。お美奈さんの手ぬぐいは私の血で汚れてしまったから、お美奈さんは着替えたついでに、私の手ぬぐいに押し花を挟み直して、言ったんです……」

――見なかったことにしておくんなさい。可笑《おか》しいでしょう？　こんなものを後生大事にしているなんて……どうせ私は、花は花でも女郎花――

「お『みな』えし……」

律がつぶやくと、皆、先ほど加枝が見やった床の七草へ――女郎花へと目をやった。

「あの時はなんだか悲しくなってしまって……『見なかったことにして』と言われたこともあって、今まで黙っていたのですが……平治さんの名を聞いて合点したんです。あの押し花はきっと、平治さんからの贈り物だったのでしょう。でも、あの物言いからして、お美奈さんはご存じないようでした。もしかしたら、平治さんも知らなかったのかもしれません。女郎花には『女郎の花』の他に、お美奈さんの字を使った書き方があることを……」

「乎美奈敝之《おみなえし》――ですね」

宙に字を書きながら千代が言った。律もその昔今井に習った女郎花の別の書き方を思い出そうとしていたが、「美奈」は覚えていても「敝」の字がうろ覚えだった。

「博徒《ばくと》が無学とは限りませんよ。平治さんは知っていたんじゃないかしら。だって『敝』の字は敝衣《へいい》の敝――とすると『へいし』、つまり『お美奈』と『平治』……お金はかかっていないけれど、粋な贈り物だわ」

敝の別の読み方までは、律は知らなかった。

お金はかかっていないけれど、粋な贈り物――

千代が大切にしている菊の平打が思い出された。千代の財力なくして紺や加枝の身請けは叶わなかったが、金だけでは得られぬものをたくさん持ち合わせているのだろうと、千代がますます好ましく感ぜられた。

「お加枝さん、もしもいつか機会があったら、美経――いえ、お美奈さんにあなたの推し当てをお話ししてみてはどうでしょう？　ああ、なんなら、お加枝さんの怪我が治ったら、三人で花前屋へ行ってみませんか？　私は叶うなら、百世さんと今一度お話ししてみたいわ」

「ええ、是非」

嬉しげに頷く加枝の横で、紺も渋々頷いた。

「お美奈の顔なんか見たくもないけれど、女将さんとは私もお話ししてみたいもの」

つんとしつつも、美経の実名を呼んだ紺に加枝は微笑んだ。

「その折にはついでに——諸説あるそうですが——女郎花の『女郎』は遊女という意味ではなく、『上臈《じょうろう》』——高貴な人——が転じたものであることもお伝えしとうございます」

「ああ、そのことなら、私も昔、手習いで聞いたような……」と、涼太。

涼太の向かいで、由郎もにっこりとする。

「私もその昔教わりましたよ。女郎花は『姫部志』とも『美人部師』とも書くのだと……つまり『おみな』は上臈でもあり、姫でもあり、美人でもあるということです」

「あら、もしや、それも彼の人から教わったんじゃないですか？」

紺が問うのへ、由郎はからかい口調になった。

「おや、気になるかい？」

「いいえ、ちっとも」

紺は再びつんとしたが、律を含めて皆の顔はほころんだ。

十二

五ツの鐘を聞いたのち、律と涼太、由郎は腰を上げた。

大川沿いの木戸から出ると、庭からは半分余りしか見えなかった満月が、大川の向こうに丸々と浮かんでいる。

口々に宴の礼を述べ、千代たち三人に見送られて、律たち三人は大川端《おおかわばた》を歩き始めた。

「お月見は、戻り道中が本番ですね」

月を横目に涼太が言うのへ、由郎が相槌《あいづち》を打つ。

「そうですね。涼太さんたちは、どちらからお帰りに？」

「広小路から上野へ抜けようと思います。柳原《やなぎわら》より道が明るいかと……」

「なるほど。では、広小路まではご一緒に」

遅くなることを見越して、涼太も由郎も提灯《ちょうちん》を持参してきた。そこここの月見の宴で町は賑やかで、通りにも、川面《かわも》の船上にも、ちらほら提灯が揺れている。

今戸橋を渡ってまもなく、後ろから早足でやって来た男が由郎に声をかけた。

「由郎さんじゃねぇですか？」

「広正《ひろまさ》さん。こんなところでお目にかかるとは奇遇ですね。お帰りですか？　それなら、大《おお》伝馬町《でんまちょう》までご一緒しませんか？」

広正は大伝馬町住まいで、神田や日本橋を主に担っている御用聞きだそうだ。五十路《いそじ》をいくつか過ぎているようで、背丈は五尺一寸の律より二寸ほど高い。がっちりとした身体つきの割に穏やかな物言いだが、提灯の灯りでよく見ると、鋭い目つきが御用聞きらしい。

「こちらは上絵師のお律さんと、その旦那さんの涼太さんです」

千代は律の客だからか、はたまたただの茶目っ気か、由郎はそう律たちを紹介した。

「今戸町のお客さまに、月見の宴に誘われましてね」

「あっしも、今宵はちと友人の家で月見酒を……肝心の月は放ったらかしでしたがね」

「私どもも似たようなものでした」

「今戸町のお客さんってぇと、もしやお千代さんってお人じゃねぇですか？」

「うん？　よくお判りですな」

「実は、由郎さんたちが木戸から出て来るところを見かけたんです。友人の家がもちっと北の方にありやして……すいやせん。由郎さんかどうかよく見えなかったんで、しばらく後をつけやした。お千代さんの話は、友人から聞いたばかりでしてね。あの辺りに住んでいることも……なんでも、えらい金持ちの後家だとか。そんなら、藍井の客でもおかしくねぇと踏んだまででして」

「流石《さすが》ですね。大当たりですよ。しかし、お千代さんはそんなに辺りで噂になっているんですか？」

「大金持ちの女やもめが一人暮らしとなると、噂にならねぇ方がおかしいでしょう」

「それもそうですね。まあ、今日からは女子が二人増えましたから、一人暮らしではなくなりましたよ。これもまた、すぐに噂になるかと思いますが」

「そりゃ、どういう次第で？」

「道中でゆっくりお話ししますよ。ははは、いい道連れができました」

浅草花川戸町《はなかわどちょう》を過ぎたところで由郎たちと別れ、律たちは浅草広小路を西へ歩いた。

こんな時分に出歩くことがない律は、昼間とはまた違った広小路の賑わいについきょろきょろしてしまう。

そっと伸ばされた涼太の手が、律の手を取った。

驚いて見上げた律へ、涼太が微笑む。

「つないどこう。迷子になったら困るからな」

「迷子だなんて、子供じゃあるまいし」

「足元が暗いから、転んでも困るだろう？」

「涼太さんが転ぶかもしれないじゃない」

「ははは、そしたらお律も道連れか。けどまあ、そんときゃ俺が下敷きになろう」

笑い飛ばすと、涼太は絡めた指に少しばかり力を込めた。

酒を好まぬ律は、杯にほんの一杯しか飲んでいない。

だが、急に火照《ほて》り始めた頰を持て余して、律は足元を見ながらせっせと歩いた。

「お千代さんに、お加枝さんに、お紺さん……みんなよさそうな人だったな」

「ええ」

「お加枝さんもお紺さんも何ごともなく、三人で末永く暮らせるといいんだが……」

「ええ」

手のひらから伝わる涼太のぬくもりが心地良く、気恥ずかしさは徐々に霧散した。頰の火照りも引いていったが、胸はじんわりとますます熱くなってゆく。

宴でしばし忘れていたが、昨年の今日、自分たちは夫婦になったのだ。

千代たちに加え、百世や美奈を話の種に、広小路から東本願寺の南側へ抜けて、新寺町《しんてらまち》通《どおり》を月を背にして西へ歩く。

少しばかりの武家町を通り過ぎると、見慣れた上野の町灯りの中を南へ折れて、神田相生《あいおい》町《ちょう》まで戻った。

裏口は既に閉めてあるため、木戸をくぐって勝手口の方から青陽堂へ入った。

今宵は、青陽堂でもささやかな月見の宴が開かれていた。ほとんどの者はもう二階へ上がったようだが、宵っ張りの手代が四、五人、座敷で歓談している。

廊下を折れて来た女中のせいが、律たちを認めて微笑んだ。

「お帰りなさいませ」

「た、ただいま帰りました」

つないでいた手は木戸の前でとっくに放していたが、何故だか昨年に戻ったかのごとくどぎまぎした。

「お部屋の前にお水を置いておきました。私はもう休ませてもらいますので」

「あ、ありがとうございます。——お休みなさい」

「お休みなさいませ」

座敷をぐるりと回って内蔵の前の寝所に行くと、せいが言った通り、戸口の前に茶瓶と茶碗が載った盆があった。

涼太に続いて部屋へ入ると、律は盆を内側へ入れて襖戸を閉めた。

「酔い醒ましに、お水、飲みますか？」

問いかけながら茶瓶に手をかけた律を、涼太が背中から抱きすくめた。

「後でいい」

「はい……」

涼太の愛撫に身を任せ、幾度か口づけを交わすうちに畳を背にした。

束の間身体を離した涼太を見上げると、涼太は律の髷を見てくすりとする。

「その簪、よく見かけるな」

涼太がくれた千日紅《せんにちこう》——団子花《だんごばな》——の平打である。

仇と相対《あいたい》した折に、母親の形見の簪の足が曲がってしまった。その簪を直す間の「代わりに」と涼太は言ったが、今の律は涼太がただ己を想って買った贈り物だったと知っている。

「……気に入ってるんです。とても」

「そりゃよかった。お律にぴったりだと思ったんだ」

照れた笑みを浮かべると、涼太は再び律を抱きしめた。

仕事場に置いてある矢立には涼太がかつて使っていた子供用の筆が、簞笥《たんす》には彼岸花の意匠の鈴が入っている。

筆は幼き頃、律が己の筆を川に落としてしまった時に「おれのと、取りかえっこしたことにすりゃあいい」と、鈴は流産ののち「あまりにも綺麗だったから」と、どちらも律を慰めるために涼太がくれた、想いと想い出が詰まった贈り物だ。

鈴は簪よりずっと高価だったに違いないが、たとえ押し花だったとしても、己は等しく喜んだだろう。

どれも私の大切な宝物――

目を閉じると、肌身の重さや吐息と共に、涼太の想いが一層伝わってくる。

いまだ変わらぬ、とめどない己の想いも伝わるようにと、律は両腕を涼太の背中に回して力を込めた。

第二章　巣立ち

一

慎重に少しずつ、花びらを浮き立たせるべく、薄《う》っすらと陰を入れていく。

雪華《せっか》を白抜きした時は、形こそ複雑で細かかったが、陰はなかった。菊の花びらは雪華のように規則正しい形ではなく、美濃菊の大きさからして雪華ほど細くもないものの、薄い陰のみで柔らかさや膨らみを表すのは一苦労だ。

似たように、冬の真っ白な雷鳥を描いた時にも、ぼかした陰を入れることで羽を表したが、花びらには羽とは違う柔らかさがある。また、雷鳥の羽は一枚一枚を細かく描くことはなかったが、此度の菊の花びらはそうはいかない。

半刻余り、ただひたすら一輪の花に費やして、律は一旦筆を置いた。

美濃菊で助かったわ……

美濃菊の二倍も三倍も花びらの数がある厚物ならば、一輪に少なくとも一刻はかかっただろう。

一等初めの一輪ゆえに、殊更時がかかったようにも思える。

けれども、油断は禁物――白地に描いた彼岸花なら、もしもの折にも新しい布をすぐ用意できた。だが、千代の注文は黄枯茶色に白菊ゆえに、雪華や雷鳥の着物と同じく、花を誤れば下染めからやり直しだ。

基二郎が施した下染めは此度も申し分なく、律が青花《あおばな》で入れた花の下描きぎりぎりまで染めてありながら、外側の花びらに膨らみを持たせるだけの隙間はちゃんと残してあった。着物の表地になる紫鳶の染めも任せていて、黄枯茶色と合わせて基二郎は染料作りから張り切っていた。

一昨日、先に下染めを終えた裏地と染料を基二郎が長屋へ届けに来た折に、ふと思い出して律は問うてみた。

――あの、基二郎さんは、由郎さんのかつての想い人をご存じですか？――

先だって、千代の家での月見の宴で、由郎には遊女だった紺に声や後ろ姿が似た想い人がいたと聞いたからだ。

基二郎は束の間きょとんとし、それからやや目を泳がせて曖昧に微笑んだ。

――さあ……俺は、そういう話にはどうも疎《うと》くて……――

嘘だと、綾乃の言葉を借りれば「勘働き」がしたものの、問い詰めるほどではない。しかし、相槌に迷った数瞬に、基二郎がくすりとした。

——なんだか、お千恵さんみたいな目をしてますぜ——
——お千恵さん？——
——こないだ、池見屋からのちょっとした染物の注文に、お遣いでいらしたんです——
基二郎は京で染物の修業をしていた時に、多賀野《たがの》という染物屋の一人娘・紫野《しの》と許婚にな
った。しかしながら、多賀野が基二郎に店主——商売人——となることを求めたのに対し、
基二郎は職人であることを選び、結句、紫野に別れを告げて江戸に戻って来た。
基二郎と由郎は、互いが京にいた頃に知り合ったようだが、律は詳しく知らない。ただ、
己と同い年の基二郎が、七歳年上の由郎を呼び捨てにしていることから、二人はよほど親し
い間柄か、はたまた恋敵だったのではないかと踏んでいた。
基二郎曰く、千恵は紫野のことはまだ知らないが、以前池見屋で基二郎が由郎を呼び捨て
にしたことは覚えていて、やはり二人が近しい友人、もしくは恋敵かと勘繰っているらしい。
——お千恵さんたら……——
己を棚に上げて呆れた振りをしてから、律は千代の家で聞いたことを基二郎に明かした。
と、基二郎はすぐさま首を振った。
——お紫野じゃありませんよ。お紫野は俺やお律さんと同い年ですから——
由郎は想い人のことを「お紺よりずっと年上」だと言った。紺が二十一歳ゆえに、紫野が
律と同い年の二十四歳なら年上ではあるが、「ずっと」というほどではない。

それに、やっぱり基二郎さんには心当たりがあるんだわ――

どこか合点したような基二郎の顔つきからそう律は判じたが、追尋《ついじん》は諦めた。

基二郎とのやり取りを思い出しながら、律は道具を片付け始めた。

一輪目を描く間に七ツの鐘を聞いていた。となると、二輪目を描くうちに六ツを過ぎてしまうことだろう。

千代は亡き夫の供養のためにこの着物を注文したようだが、その亡夫からの贈り物を意匠に望んだ。まだ三度しか顔を合わせていないものの、一人で江戸まで出て来た千代には、哀惜《あいせき》よりも愛惜《あいせき》、悲しみよりも慈しみの情を強く感じた。ゆえに、意匠は白菊でも「死」よりも「生」――亡夫を追悼《ついとう》する花ではなく、簪に込められた亡夫の恋心、今もって亡夫を愛し続けている千代を映した花を描きたいと考えていた。

お千恵さんといえば――

千恵とは三日前に池見屋で茶のひとときを過ごし、改めて善性寺詣でに誘われた。

律が池見屋を訪ねる日に合わせて、五日後はどうかと言われたのだが、雪永に「味方」するべく、律は仕事を理由に断った。

――お店と、伏野屋の前掛けを頼まれまして……――

青陽堂でも伏野屋でも、奉公人が身につけている前掛けは律が手がけている。

雪永は此度はおらず、類は律の嘘を見抜いたようだった。だが、無邪気な千恵は「お仕事ならせ仕方ないわね」と眉尻を下げてしょんぼりとした。

いわゆる「お彼岸」は秋分を挟んで前後三日の計七日で、今年の秋分は葉月末日の二十九日だ。よって、二十六日の今日はお彼岸の初日である。

彼岸花はその名の通り、お彼岸の頃おいに見頃となる。

――二日後に池見屋を訪れると、千恵は雪永と二人きりで善性寺に出かけていた。

目論見通りと内心にんまりしたものの、千恵に嘘をついた後ろめたさもあって、その日も続く三日も律は仕事に励んだ。

だが、やはり見頃のうちに一面の彼岸花を見ておきたいと、お彼岸の最後の日に一人で善性寺へ出かけることにした。

二

昼餉ののち、律はのんびりと一人で善性寺へ向かった。

門前の将軍橋を渡る前に、辺りを真っ赤に染めている彼岸花が目に入る。

のちほどゆっくり眺めようと、律は先に善性寺を詣でた。

自ずと初夏の出来事が――流産や和十郎の着物が――思い出されて、律はまず我が子と和十郎の息子・善一郎《ぜんいちろう》の、それから今描いている白菊の花を思い浮かべつつ、千代の亡夫の冥福を祈った。

門を出て再び将軍橋へ足をかけると、東側から墨色の着物を着た男が近付いて来る。じっと目を凝らすうちに、男も律に気付いて手を振った。

「和十郎さん」

墨色に見えた着物は紅消鼠色で、律が描いた着物だった。

「また、ここで会うとは驚きだ――いや、そうでもないか」

和十郎とは皐月五日の端午《たんご》の節句にも、善性寺で偶然顔を合わせた。

「どうしようか迷ったんだが、やっぱり花が見頃のうちに、もう一度ここへ来たくなっちまってな」

「私もです」

微笑んだ律へ、和十郎も照れた笑みを返した。

「といっても、倅《せがれ》の後を追おうなんて、もう思っちゃいねぇから安心しておくれ。それどころじゃなくなっちまったからな。今日はただ、あいつを偲《しの》びに来たんだ。お律さんが描いてくれた着物と一緒に、私はお前を忘れちゃいねぇと伝えにな……」

和十郎は皐月に、仁太《じんた》という少年の請人《うけにん》となった。仁太の兄の留八《とめはち》は阿芙蓉《あふよう》売りで、一味を息子の仇とみなした和十郎の密告によって、留八は一味もろともお縄になった。そののち、仁太は仁太で和十郎を兄の仇とみなして仇討ちすべく近付いたのだが、留八の形見の護符が互いに心を通わせるきっかけとなり、二人は今も尚、共に暮らしている。

律たちはどちらからともなく彼岸花に歩み寄り、しばしじっとその美しさに見入った。

——なんだろうね、この花は——

五箇月前、律の描いた彼岸花の上絵を見て類は言った。

——怖いもの見たさとはまた違うんだ。ただ美しくて、尊くて……ゆえになんだか恐ろしくて近寄り難いのに、咲いているとつい見入っちまう——

一輪一輪の花の繊細さ、殊に花蕊《かずい》の細さにはやはり恐れ——否、畏《おそ》れを感じたものの、一面に咲いている様には不思議と胸が安らいだ。

「やっぱり、綺麗……」

「天上の花だからな」

改めて微笑み合うと、律は千代から着物の注文があったことを明かした。

「そりゃよかった。それから、あの人のことは私のように案ずることないぞ。あの人は私と違って、初めから旦那の分も生きようとしている。生きて、思ったより早く逝っちまった旦那のためにも修行を重ねるって言ってたな」

「修行、というと？」

「六波羅蜜《ろくはらみつ》だとさ。いつか旦那の待つあの世に——彼岸に渡る前に、今少しこちらで修行して、煩悩《ぼんのう》を払ってから逝きたいんだと」

六波羅蜜とはこの世にいながら仏教における悟りを得るための修行で、見返りを求めぬ善行や恵みを施す「布施」、道徳や法を守りつつ自らを戒める「持戒《じかい》」、苦しみや災いを受け入れ耐え忍ぶ「忍辱《にんにく》」、努力を惜しまず誠心誠意尽くす「精進」、常から冷静に動揺せぬ心を育む「禅定《ぜんじょう》」、怒りや欲に囚われず物事を正しく見極める「智慧」の六つからなる。

「立派なお心がけです」

「ははは、私もそう言ったんだ。嫌みじゃなく、な。けれども、お千代さんは笑い飛ばしたよ。六波羅蜜の修行はそう心がけていた旦那の意を継いでのことで、煩悩を払うといっても欲を捨てようとは思っておらず、むしろこれからは、思うがままに生きることで今までの苦悩を晴らしたい。それで無一文――いや、無一物《むいちもつ》になれぬものだろうか、ってな」

江戸へ移り住んだのも、紺や加枝を身請けしたのも、夫の意を継ぎつつ、己も悔いなく生きるためなのだろう。

お彼岸は「到彼岸《とうひがん》」――此岸《しがん》から彼岸――この世からあの世へ至ること――が転じた言葉だと、これもまたその昔、指南所で今井から教わった。

彼岸に至る道のり……

己が「まだ二十四歳」なのか「もう二十四歳」なのかは、寿命を知らぬ――神ならぬ身の律には判らぬが、千代同様、「その時」まで悔いなく過ごしたいものである。

無一文や無一物にはなれそうもない――煩悩は捨てられそうにないけれど……

胸中でつぶやきつつ、律は和十郎に微笑を返した。

今しばらく辺りに留まり、善性寺を詣でて帰ると言う和十郎と別れると、律は行きに通った天王寺の横の道ではなく、和十郎がやって来た東へ続く道へと足を向けた。

帰りしな、真源寺——入谷の鬼子母神——を参詣しようと思ったのだ。

音無川《おとなしがわ》沿いを三町ほど東へ歩いてから南へ折れると、金杉村《かなすぎむら》を通り抜けて下谷坂本町《したやさかもとちょう》へ出る。更に少し東へ歩くと、見慣れた真源寺が見えてくる。

と、境内に見覚えのある後ろ姿を見つけた。

「これも仏さまのお導きかしら……？」

思わずつぶやくと、伶《りょう》が振り返って目を見張る。

「お律さん！」

「お久しぶりです」

伶は昨年、律と同じく葉月十五日に浅草は田原町《たわらまち》の旅籠・近江屋《おうみや》に嫁いだ。最後に顔を合わせたのは睦月《むつき》の藪入りで、青陽堂の丁稚の典助《のりすけ》を預けた時だ。悪阻《つわり》に——懐妊に——気付いたのも近江屋でのことだった。涼太はのちに礼を述べに近江屋を訪ねていたが、律は悪阻に香の出産、着物の注文が続き、三月後には流産したため、伶とはあれきりになっていた。

「お伶さん……その、不義理をしてしまってごめんなさい」

「とんでもない。こちらこそ……」

伶が一瞬目を落としたことから、流産を知っているのだと律は踏んだ。

「あの、もうご存じかもしれないけれど、あの時の赤子は流れてしまって……」

「六太さんから聞いたわ。皐月の終わりだったか水無月《みなづき》の初めだったか、近所で六太さんを見かけたから、お律さんの様子を訊いたのよ。今更だけど、お悔やみ申し上げます」

「お気遣い、痛み入ります」

互いに頭を下げ合うと、どちらからともなく硬い顔を緩めて笑みを交わした。

「おしゃべりの前に、お参りを済ませてしまいましょう」

「ええ」

何事もなければ、今頃臨月を迎えていた筈だった。

流産による心痛は変わらぬが、起きてしまった「事」との折り合いは少しずつついてきたように思える。

――私はお前を忘れちゃいねぇと伝えにな……――

つい先ほど聞いた和十郎の言葉を思い出しながら、律は子宝祈願と共に、赤子の冥福を再び祈った。

祈願を終えると、伶は律を近くの茶屋へ誘った。

「姑がなんだか、早くも跡継ぎを憂えているのよ。あいつと五年も暮らして、一度も授からなかったんだもの。私が石女なのはみんな知ってるわ。だから姑はこっそり泰介《たいすけ》に、女を作るよう勧めているの。それで今日は腹いせに一人で出て来たの。鬼子母神参りなら、姑も表立って文句は言えないわ」

あいつというのは友次郎《ともじろう》という名の左官《さかん》で、伶はかつて駆け落ちのごとく家を出て、だが夫婦の杯を交わすことなく、五年ほど友次郎と一緒に暮らした。泰介は伶の夫で、幼馴染みでもある。伶に想いを懸けていた泰介は「傷物」や「石女」であることを厭わず一緒になったが、母親――伶の姑――は伶をよく思っていなかった。

「まだ一年じゃない。前の人とはその、ただ相性が悪かっただけかもしれないわ」

「もう一年よ」

苦笑を浮かべて、伶は溜息をついた。

「……泰介にその気はないそうよ。でも、いつ気が変わるかしれないわ。私はお律さんより一つ年上だからもう中年増《ちゅう》だし、私も叶うなら、泰介の血を引いた子に近江屋を継いで欲しい……だって、近江屋は泰介の宝物だもの」

伶とて泰介の「宝物」に違いないが、我が子を跡継ぎにと望まぬ店主はいないだろう。

涼太さんも……。

「泰介には弟が二人いるから、いざとなったら養子を考えていると言われたけれど、私もなんだか諦め切れなくて……ああもう、湿っぽくなっちゃったわね。この話はやめにしましょう。そうだ。綾乃さんと親しいお律さんなら、総次さんのことをご存じでしょう？」

出し抜けに総次の名を聞いて、律は面食らった。

「え、ええ、総次さんには二度お目にかかりましたけど――」

「まあ、詳しく教えてくださいな。近江から来たぼんぼんが綾乃さんに一目惚れだと、辺りじゃ噂になってるのよ。役者のような色男だとも聞いたわ」

「役者のような、というほどでは……でも、なかなかのお顔立ちです」

「というと、涼太さんと同じくらい？」

「……似たところはありませんが、うちの人よりは役者に近い――優しい面立《おもだ》ちかと」

「なるほど、優男《やさおとこ》ね。涼太さんはどちらかというと凜々《りり》しい面立ちだから、役者というよりは与力《よりき》か火消しですものね」

「まあ……贔屓目で見れば」

与力、火消し、相撲取りは、俗に「江戸の三男」といわれている。涼太は与力ほど貫禄はなく、火消しほど筋骨隆々でもないが、背丈が五尺八寸あって腕っぷしも強い方だ。

「ふふふ、お律さんが相も変わらず旦那さまにほの字なのは判ったけれど、今少し――うん、総次さんのことで知ってることはそっくり教えてちょうだい」

「そっくりと言われましても」

身を乗り出した伶へ微苦笑を漏らしてから、律は総次の見目姿から、旅籠の次男であること、深川の友人のもとに居候しているが仕送りが充分あること、綾乃のためなら江戸で婿入りしてもいいと思っている――らしい――ことなど、池見屋で聞いたことを話した。

「近江の旅籠ねぇ……」と、伶は顎に手をやってにやにやした。「どこの、なんて旅籠かはご存じないの？」

「残念ながら」

「ほら、うちは近江屋だから、近江にってがないこともないのよ。とはいえ、もう遠い親類しかいないみたいだけど。でも、店の名のおかげか、近江からのお客さまは多いわ」

泰介は涼太と同じく「五代目」で、店を興《おこ》した高祖父《こう》は近江国の出だった。二代目の曾祖《そう》父は近江国の親類の娘を娶ったが、三代目からは跡継ぎも嫁も皆、江戸生まれだという。

「あの、肝心の綾乃さんは乗り気なんですか？」

「あら、私もそれが知りたかったのよ」

綾乃とは一月《ひとつき》余り前、八朔の日に会ったきりだと言うと、伶は束の間がっかりしたが、すぐに気を取り直して言った。

「綾乃さんはどうだか知らないけれど、女将と若女将――綾乃さんの小姑は大層乗り気みたいよ。これでまとまっちゃったら、男どもが嘆くでしょうね。綾乃さんは広小路界隈《かいわい》じゃ小町――いいえ、お姫さまだもの。『よそ者にはやれねぇ』なんて、うちの奉公人でさえ舅《しゅうと》だか小舅だかみたいなことを言ってるわ」

茶を飲みながら、半刻ほど律たちはおしゃべりを楽しんだ。

伶と姑との確執は変わらぬが、涼太と違い、泰介は既に店を継いだ身だ。泰介が伶に一途なこともあり、伶は嫁いびりに屈することなく、いずれ泰介を支える「女将」となるべく修業に励んでいるようだ。

「青陽堂はどうなの？　涼太さんも遠からず若旦那から旦那になるんじゃないの？」

「でも、涼太さんはそろそろ自分で切り盛りしたいんじゃないかしら？　お義母《かあ》さんは隠居するには早いように思うけど……」

「そう――かもしれません」

店のことには「手出し口出し無用」と、嫁入りの折に言われている。もとよりそのつもりのない律は、店については佐和と涼太から話を聞くだけだ。

己が「女将」になることはないが、涼太を――青陽堂を――陰ながらでも支えていこうという意志は伶に負けぬつもりである。

「隠居といっても様々よ。うちは泰介がまだ頼りないから、およそのことはお義父《とう》さんに相談しながらやってるわ。青陽堂の女将さんだって、何もいっぺんに、すっかり隠居することないでしょう」

「それもそうね」

「ふふふ。これからが楽しみね。お互いに」

「ええ」

今日、出かけて来てよかった――

和十郎に伶と、続いた再会を喜びながら、律は晴れ晴れしい気持ちで家路に就いた。

三

いつもより少し早めに湯屋へ行き、のんびり湯船に浸かって出ると、暖簾の外で湯桶を抱いた六太が浮かない顔をしている。

「あ、お律さん」

「六太さん、どうしたの？」

「恵蔵《けいぞう》さんと作二郎《さくじろう》さんを待っているんです。そろそろ出て来るかと……」

「じゃあ、お風呂はもう済ませたのね。でも、それにしてはなんだか顔色が悪いわ。どこか具合が――もしや何かの病ではないの？」

六太の母親の路《みち》は腹に瘤《こぶ》――おそらく癌《がん》――ができて亡くなった。胸にしこりができているという紺も、母親を乳癌で亡くしていることを思い出して、律は六太を案じた。

と、「ぷっ」と小さく噴き出して、恵蔵が男湯の暖簾から顔を覗かせた。

「どうか、ご案じなされませぬよう。病は病でも、こいつの病は恋の病にございます」

「恋の病？」

「ち――違います！」

六太は慌てて首を振ったが、恵蔵の後ろから出て来た作二郎もくすりとする。

「嘘はいかんぞ、六太」

「そうとも六太、嘘はいかん。そうだ、お律さんに真相を聞いてみちゃどうだ？」

「真相、とは？」

「こいつのご贔屓の尾上のおひいさんに、言い寄っている男がいると、浅草界隈で噂になっているそうなんです。なんでも近江から来たぼんぼんで、えらい男前だとか」

「総次さんね」と、律は顔をほころばせた。

「そうそう、その総次さんでございます」と、恵蔵がおどける。「ご存じなんですね？」

「ご存じというほどではありませんが――」

三人と連れ立って青陽堂へ足を向けながら、律は伶に伝えた話を繰り返した。

「綾乃さんがどうお考えかは判りませんけれど……」

「綾乃さんは、その気はないと仰いました」

仏頂面で六太が言った。

「あら、そうなんですか？」

「ええ。まだ身を固める気はないのに、噂ばかり先立って困っていると……その、総次さんは見目好い方ではありますが、剽者《ひょうげもの》といいますか、お調子者といいますか、どうも胡散臭《うさんくさ》い方のようで……」

「そんなことまで、綾乃さんが？」

「違いますよ」と、恵蔵がにまにまする。「こいつの勝手な所見です。こいつも尾上で、総次さんが綾乃さんに馴れ馴れしくしているところを見かけたそうです」

「で、でも、綾乃さんも、近江の言葉や調子のいい口説き文句に慣れていないから、なんだか居心地が悪いと仰っていました」

「ははは、そのうち近江言葉が癖になるかもな。なんだかんだ、色男にくどかれれば悪い気はしねぇだろう。――ねぇ、お律さん」

「わ、私は見目好い方でも、居心地が悪い方はごめんですけれど……」

六太へ味方するべく言うと、恵蔵と作二郎は顔を見合わせて微笑んだ。

「まあ、若旦那に敵《かな》う男はそういやせんや」

「うむ」

「とはいえ、若旦那みたいな男を待ってたら行き遅れになっちまう――と、綾乃さんはそのうち近江のぼんぼんで手を打っちまうかもしれねぇなぁ」

「恵蔵、からかうのはそのくらいにしておけ」

六太の眉が八の字になったのを見て、作二郎が恵蔵をたしなめた。

「六太も、あまりお客さまのことで気に病むな」

ただの「客」では片付けられぬ、綾乃に慕情を覚えている六太はしょげたが、そんな六太を作二郎は眩《まぶ》しげに見やった。

文月の藪入りに恵蔵は所帯を持って通いとなったが、番頭の勘兵衛に加えて、同じ手代でも恵蔵より立場も歳も上の作二郎の浮いた話を、律は聞いたことがない。

確か、勘兵衛さんは四十六歳、作二郎さんは勘兵衛さんより十歳年下の三十六歳――

大方の大店の丁稚は、十一、二歳から十年ほど勤めたのちに手代となる。寝床や食事、お仕着せなど必要な衣食住は揃っているが、丁稚の間は給金はない。手代になると給金がもらえるようになり、更に十年ほど勤めると番頭に昇進する者もいる。

間口八間の青陽堂は神田では大店に数えられているものの、百人からの奉公人を抱える日本橋などの大店と比べればずっと小さい。二人の女中を除いた奉公人の内、番頭は勘兵衛のみで、手代が十九人、丁稚が十一人の総勢三十一人だ。

手代は作二郎を筆頭に三十代から二十代だが、作二郎と番頭の勘兵衛は十歳も歳が離れている。というのも十五年ほど前、番頭役が一席しかないがゆえに昇進を諦めて、勤め先を変えた者や己で商売を興した者、客先で婿入りを望まれた者、江戸患《わずら》いや、跡取りが亡くなったり郷里での嫁取りを勧められたりなどで実家に帰った者の他、流行病で亡くなった手代が相次いだかららしい。

その分、作二郎や恵蔵、その下に続く房吉《ふさきち》、富助《とみすけ》、信三郎《しんざぶろう》など今三十代の手代たちが佐和や勘兵衛を支えてきたのだが、今のところ嫁取りしたのは恵蔵のみだ。

江戸はかつては男が八割を占めていたため、並の男が所帯を持つことは難しかった。だが町人に限っていえば、近年は男女はほぼ同数になっており、青陽堂でも手代のほとんどは恵蔵に続きたいと願っている節がある。

作二郎さんもおそらく……

不惑になって六年も経つ勘兵衛はさておき、恵蔵より物静かで実直な作二郎も藪入りには花街《かがい》に赴《おもむ》くことがあるようだ。恵蔵のように言い交わした者や、想いを懸けている者はいないらしいが、己が知らぬだけやもしれない。

青陽堂が近付くと、店先に客を見送る佐和、清次郎、涼太の三人に加えて、手代の道孝《みちたか》の姿が見えた。客が二人連れの侍だと見て取って、作二郎が皆を木戸の方へ促した。

「勝手口から入りましょう」

「——どうなりやしたかね？」

「すぐに判るさ」

恵蔵と作二郎のやり取りに律は小首をかしげたが、作二郎が言った通り、夕餉の席ですぐに事情を知った。

二人の侍は山本勝信《やまもとかつのぶ》という旗本の当主と用人で、道孝を養子に望んでいるという。

「なんでも、おととし亡くなったご子息が、道孝に似ているそうでね」と、清次郎。

得意先を訪ねた道孝を勝信の妻が見かけて、前掛けから青陽堂の奉公人だと知った。山本家は少し道孝を調べたそうで、父親が浪人だったこと、親兄弟は既に死していて身寄りがいないことなどを知っていた。

嫁入りの折、律は清次郎から奉公人の名前と身分、生国を記した紙を受け取っている。そこには「道孝　手代　両国《りょうごく》」としか書かれていなかったが、道孝を含めて奉公人の身の上は、のちに涼太や奉公人自身から少しずつ耳にしていた。

道孝の祖父母と父親の生国は下野国《しもつけのくに》で、主家を失ったのは祖父の代だ。祖父は士分を諦めきれず、その意はまだ幼かった父親にも受け継がれた。だが、やがて祖父母が亡くなり、二十代の半ばを過ぎた父親は仕官を諦めて、下野国から江戸へ出て、町人として両国の蕎麦屋《そばや》に婿入りした。よって、道孝は生まれながらの町人なのだが、兄が一人いて、蕎麦屋は兄が継ぐからと、次男の道孝は青陽堂の奉公人となった。

しかしながら、道孝が十五歳にもならないうちに母方の祖父母と母親、兄が、卒中や流行病《はやりやまい》で亡くなった。道孝は一人残った父親のもとへ一度は帰ろうとしたものの、父親は青陽堂に留まるように諭して蕎麦屋を手放した。

「確か、お父さんは数年前にお亡くなりになったんでしたね？」

「うむ。蕎麦屋を手放したのち、知り合いの仕事を引き受けて暮らしていらしたのだが、三年ほど前——道孝が手代になって一年余りでお亡くなりになった」

「お父さんが生きていらしたら、きっとお喜びになりましたね」

「そうだな。さぞ驚いて、喜んだだろうな」

「みんな寂しがるだろうな」と、涼太が口を挟んだ。「殊に友永《ともなが》は……」

友永は道孝と同じ二十三歳で、二人はもう一人、三吉《さんきち》という一つ年下の手代と三人部屋で寝起きしている。

道孝と友永は親友といっていい間柄で、三吉はどちらかというと隣りの部屋の、同い年の佐平次《さへいじ》や助四郎《すけしろう》と仲が良い。歳の違いもあろうが、道孝と友永に関しては、おそらく似たような身の上が二人をより近付けたと思われる。

というのも、友永の父親もまた、かつては浪人だったからだ。

友永の父親は出羽国《でわのくに》の浪人で、やはり両親——友永の祖父母——が亡くなった後、郷里で食い詰めて江戸に出て来た。いっそ侍をやめて江戸に骨を埋めようと口入《くちい》れ屋を訪ねてまもなく、千駄ヶ谷《せんだがや》の勤め先で同郷の米沢《よねざわ》から来ていた女中と恋仲になって身を固めた。

二人はやがて友永と妹の二児を授かったが、友永が十七歳の時に両親は妹を連れて米沢へ戻った。母親の実方が紅花《べにばな》農家で、父親はそのつてを頼って、仲買を兼ねた「友里堂《ゆうりどう》」という紅屋を開いたのである。

遠方ゆえに友永はもう二年ほど家族の顔を見ていないが、年に一、二度、父親の知己で幹《みき》助《すけ》という商人が江戸へ来る折に、互いに文や土産を言付けていると律は聞いている。

「そういえば、もう一年は幹助さんのお顔を見ていませんね」と、佐和。

「そうだな。最後に来たのは昨年の葉月《はづき》だったかな……とすると、そろそろ顔を出すんじゃないか？」

佐和へ微笑んでから、清次郎は涼太へ言った。

「それよりも、山本さまのお話だが――」

近々勝信の妻や親類を交えて、改めて道孝の養子縁組の話し合いを、今度は山本家にて行うそうである。

「その折は、涼太、お前がお伴しておくれ」

「私が？」

「こういう時は――殊にお武家は、男同士の方が無難なんですよ」

にこりともせず佐和はちらりと律を見やったが、微かに滲んだ不満は律へではなく、まだまだ女が軽んじられている世間へ向けたものと思われる。

お義母さんほどの方でさえ……

道孝を一番よく知っているのは女将の佐和だ。道孝にはもう身寄りがいないが、道孝が青陽堂に奉公に来た際、年季や給金、職分などを記した「請状《うけじょう》」に署名して、両親に渡したのは女将――店主――の佐和である。長屋の大家が店子の「親同然」であるように、幼い頃から奉公人を預かる店主もまた「親同然」だ。さすれば「子」の大事に立ち会えぬことは、佐和にはさぞかし無念に違いない。

奉公人たちの夕餉の席も、道孝の話で持ち切りだったようだ。

勘兵衛を始めとする年上の手代たちは概ね、この降って湧いた養子縁組を幸運と受け止めているように見受けられた。だが、当の道孝に相部屋の友永と三吉の三人と、三人を慕う年下の手代や丁稚たちは、喜びと別れの悲しみがないまぜになった複雑な思いをそれぞれ顔に浮かべていた。

四

翌日――

八ツの茶のひとときでも、道孝の養子縁組は話の種になった。

「母親が目を留めたのなら、よほど似ているのだろうな」

今井が言うのへ、保次郎も頷きつつ問う。

「遠い親類ってことはないのかい?」

「今のところ、そういった証はねぇようです」と、涼太。「道孝の親父さんは家譜《かふ》などは残していなかったそうで……山本家の方は今少し調べてみると言っていました」

「お祖父《じい》さんも親父さんも、仕官先が見つからずに苦労しただろうに、まさかこんな形で孫や息子が侍に戻るとは思いも寄らなかっただろうな」

微苦笑を浮かべてそう言った今井も、かつては浪人だった。兄の博打《ばくち》がもとで家が取り潰され、兄と母親が相次いで亡くなったのち、今井は江戸に出て来て士分を捨てた。

「それで、道孝はどうなのだ？」

「どう、とは？」

「この話に乗り気なのかい？」

「そりゃもちろん――」

大きく頷いてから、涼太は思い直したように続けた。

「ちぃと驚いた顔をしていやしたが、もともとあまり物ごとに動じぬやつですからね。友永や他の奉公人の手前、飛び上がって喜ぶような真似はしないでしょう。けれども、内心は嬉しかったと思いやす。……先生ならどうですか？　もしも先生に養子の話がきたら――」

「ははは」と、今井は笑い飛ばした。「広瀬さんには申し訳ないが、私はもう侍は懲《こ》り懲《ご》りだよ。歳も歳だが、私は今の暮らしの方がずっと気に入っている」

士分を捨てるべく、最後に残っていた脇差しを売ろうと入った質屋の紹介で、今井は両替商で働くことになった。働きぶりが気に入った両替商は、のちに今井の意を汲んで、今の学問指南所の師匠となれるようつてを頼ってくれたのだ。

今井は朝から昼までは町の子供たちに手習いを教え、昼からは書物を読んだり、調べ物に出かけたりと、学問に没頭している。

「そう贅沢はできないが、好きなことをして暮らしているんだ。ありがたい話だよ」

「そもそも、贅沢が許される武家はほんの一握りですよ」と、保次郎。

「このご時世ではな」

「先生の暮らしこそ、私には贅沢の極みです。私は今から隠居する日が楽しみで……ああ、今のは聞かなかったことにしてください」

微苦笑を浮かべて、保次郎は茶を含んだ。

「役目はそこそこ、いや、大分気に入っております。昔の私が聞いたら驚くでしょうが、今なら兄上がこの仕事に励んでいた気持ちがよく判ります。時にはつらい話もありますが、なんだかんだ市中は——世間は面白い。この太平の世が末永く続くよう、兄上も強く願っていたと思うのですよ」

定廻りとなる前も今も、保次郎の学問を愛する心に変わりはあるまい。だが、定廻りとして世のため人のために働くこともまた、案外保次郎の性に合っているようである。

「それにまあ、非番の折にはこうしてのほほんとしていられるのだから……ああ、今のも聞かなかったことに——」

「なんのお話ですか？」

ひょいと戸口から太郎が顔を覗かせた。

「内緒話なら遠慮しやすが、そんなら戸を閉めといた方が……」

「あ、いや、そんな大層な話じゃないんだ。どうだ？　小倉《おぐら》は息災か？　しばらく顔を見ておらんが……」

小倉祐介は保次郎の学友にして火付盗賊改方《ひつけとうぞくあらための》の同心、太郎は小倉の密偵にして元盗人だ。

「へえ。殿は息災にしておりやす。ただ、今ちっと忙しくしておりやして、今日も朝のうちにお出かけになりやした。もしも広瀬さまがこちらにいらしていたら、よろしくお伝えしてくれと言付かってきやした」

「それはご苦労。私からもよろしく伝えておいとくれ。――して、今日は誰の似面絵を頼みに来たんだね？」

「ははは、ご歓談中申し訳ありやせん」

盆《ぼん》の窪《くぼ》に手をやった太郎に会釈で応えて、律は隣りの仕事場に筆を取りに行った。

此度頼まれた似面絵は、「岸《きし》ノ屋《や》」という盗人一味の男だった。

「凡太郎《ぼんたろう》って名でしてね。岸ノ屋の下見役でさ。先日、こいつが江戸に来ているという噂を耳にしやしてね。ああ、凡太郎はもちろん仲間内の呼び名です。凡人の凡と書きやすが、もともとは『ぼんぼん』のぼんなんで。やつは生まれはほんとにどこぞのぼんぼんだったらしいが、何故だか若ぇうちに岸ノ屋に入りやして――なかなかの色男なもんで、狙いをつけた店の女をたぶらかして、身代やら間取りやらを調べ上げるんでさ」

「女の人をたぶらかして……」

ふと、総次の顔が頭に浮かんだが、律はすぐさま打ち消した。

盗人なら、悪目立ちが過ぎるもの――

噂が本当なら、総次の行動は迅速というより性急だ。だが、綾乃の見目姿なら一目惚れもけしておかしくなく、加えて人柄も家柄も良いとなれば、総次が事を急ぎたいのも頷ける。

「俺が凡太郎と顔を合わせたのは上方《かみがた》で、もう五、六年は前のことでして、やつはまだ二十二、三でした。だもんで、悪ぃんですが、それとなくちょいと老けた今の――三十路《みそじ》前のような顔を描いてもらえやせんか？」

「かしこまりました」

はたして、出来上がった凡太郎の似面絵は総次とは別人で、律は改めてほっとした。

色男といわれるだけあって、凡太郎も美男ではあるが、総次よりも細目で澄ました、勝ち気な顔立ちをしている。

「どうかしやしたか？」

察し良く問うた太郎へ、律は総次のことを話した。

「へぇ、あの綾乃さんに言い寄るたぁ、身の程知らずな野郎だな」

太郎は呆れたが、総次の姿かたちと身分を鑑《かんが》みれば、けして「身の程知らず」ではない雪永の言葉を思い出して律は言った。

れこそ本物のぼんぼんで、お金目当てではなさそうですが……」

「けど、そいつの親兄弟にしたら、女が金持ちに越したことねぇでしょう。ただでさえ、金食い虫の道楽次男坊みてぇですから……まあ、下手したら十も歳が離れてるってのが気になりやすが、綾乃さんはほら、御用聞きになりてぇなんて突拍子もねぇところがありやすからね。存外、すんなりまとまるやもしれねぇなぁ」

太郎が言うのへ、保次郎も頷いた。

「そうだな。嫁入りしてしまえば、御用聞きごっこどころではなくなるだろう。うむ、案外良い巡り合せやもしれんな」

「そういや、綾乃さんは来年は二十歳じゃねぇですか？　そんなら年増になる前に、ここらで手を打っとくのも悪くねぇかと……」

もう、広瀬さんも、太郎さんも――

顔を見合わせてにやにやする二人へ、律は内心呆れ声でつぶやいた。

と同時に、来年は綾乃も年増の仲間入りかと思うと何やら感慨深い。

ううん、それを言うなら、私だって来年はもう中年増だわ――

知らずにしかめ面をしていたようだ。

なんとはなしに涼太へ目をやるも、涼太はとばっちりを避けるがごとく今井を見やり、今井は今井でこれまた困った笑みを律へ向けた。

五

青陽堂の奉公人たちは、朝餉《あさげ》は揃って食すが、昼餉や風呂、夕餉はそれぞれの仕事次第でまちまちにとる。とはいえ、一人ということはほとんどなく、二、三人が連れ立っていることが多い。しかしながら昨日から皆、道孝の養子縁組が気になるらしく、湯屋でも座敷でもいつもよりかたまりになっているようだ。

奉公人は客用の二間の座敷を食事に使っているが、通いの女中の依を除いた、清次郎と佐和、涼太、律、せいの五人は、朝餉も夕餉もおよそ六ツ半に家の方の座敷に集う。

風呂を済ませた律が少し早めに座敷へ向かうと、追ってせいが男を一人連れて来た。

四十路前後で、股引《ももひ》きを穿き、手甲《てつこう》に脚絆《きやはん》をつけた旅装をしている。疲労が露わな顔からして着いたばかりと思われた。

「今、女将さんを呼んで来ますから——幹助さん、こちらは涼太さんのお嫁さんのお律さんです。お律さん、こちらは昨日話に上っていた幹助さんです。ほら、友永さんのお父さんのお知り合いで、米沢と江戸を行き来しているお方です」

「律と申します」

律が名乗る間に、せいは急いで座敷を出て行った。

「幹助です。昨年はこちらには祝言の前にお邪魔しましてね。お律さんのことはその折にお聞きしました。大変遅くなりましたが、心よりお祝い申し上げます」

祝辞を口にしながらも、幹助の顔はどこか硬いままだ。

律が礼を伝える間に、佐和に清次郎、涼太、そして友永が現れた。

皆が揃って幹助と同じく硬い顔をしているのを見て、律も大事を悟った。

友永が腰を下ろすと、佐和たちへの挨拶もそこそこに幹助はずばり切り出した。

「友広《ともひろ》さんが倒れた。医者はもう長くないと言っとる」

「親父が？」

友永と共に、律たちも思わず息を吞む。

「夏先から疝気《せんき》があって、食い気も落ちていたが、歳だろう、暑気あたりだろうと思っていたそうだ。けれども十日ほど前——いや、私が発《た》つ前だから、もう半月余り前に背中や腰の痛みで立てなくなってな。腹も張っとるし、黄疸《おうだん》も出とるから、医者の見立てじゃ、もって一月かそこららしい」

「一月」

眉をひそめて唇を嚙んだ友永へ、佐和が問うた。

「一人でも帰れますか？」

「女将さん……」

「幹助さんは、此度はいつ江戸をお発ちになりますか？　どなたか、近日中に米沢に発つお方にお心当たりは？」

「あります」と、安堵を交えた声で幹助が頷いた。「それもあって、一刻も早くお知らせせねばならんとお伺いしたんです。私の仲間でちょうど明日――五日に江戸を発つ者がいるんです。こいつは千住《せんじゅ》住まいでして、私は家守《やもり》も兼ねてこれからそいつの家に世話になります。明日は早くに発つので、なんだったら、友永も今から一緒に連れて行けないものかと」

「それなら友永、すぐに支度なさい」

「は、はい」

「おせいさん、幹助さんにも膳を。涼太は勘兵衛を呼んで来なさい。膳も持って来るように。ここではなんですから、私たちは二階で話しましょう」

友永が受け持っている客についてはともかく、旅費や見舞金など金の話は奉公人たちと隣り合わせの座敷では相談しにくい。

あれよあれよという間に、律は清次郎と幹助と三人で座敷に取り残された。

襖《ふすま》越しに、知らせを耳にした奉公人たちの驚きが伝わってくる。

律はつい襖戸を見やってしまったが、清次郎は穏やかに幹助に問うた。

「酒も持たせましょうか？」

「いや、今飲んだら千住まで戻れません。ですが、飯は助かります。もう背中と腹がくっつきそうでして」

「友永のために、ありがとうございます」

「なんの。友永は私にとっても息子のようなものですから。友広さんには、散々お世話になってきましたし……」

親兄弟が米沢へ移ってから、友永は二度訪ねているが、二度とも、行きも帰りも幹助やその仲間の行商人と一緒で、一人旅はしたことがないという。

訛のない言葉と折り目正しい振る舞いから、幹助もかつては江戸で暮らした侍だったのではないかと律は推察した。

「お仲間の同行は、私どもにも心強いです。友永ももう二十三ですが、取り乱していてはどんな無茶をするか判りませんからね」

「そうですな」

頷いてから、幹助は傍らに置いたままだった風呂敷包みを開いた。

「友広さんから言付かって来た土産です。この二つの小さい包みは、女将さんとお律さんへ。いつもの紅です。それから、こちらの大きい方は清次郎さんへ」

「私にも？」

「ああその、よかったら皆さんと——菊花茶《きっかちゃ》なんですよ。おかみさんの家が、今年から紅花の他に甘菊（かんぎく）も作るようになったんで、早摘みの花を茶にしたんです。そのままでも旨いですが、煎茶と合わせるとまた一味違う旨さになります」

「そうですか。それは楽しみです。こんな時になんですが……」

「いいえ。友広さんは茶人の清次郎さんに是非とも味わっていただきたいと、私の此度の江戸行きをそれこそ楽しみにしておりました」

「それなら早速いただきましょう」

さっと茶の支度に立った清次郎に律はやや驚いたが、これもまた気遣いの一つに違いないと思い直した。

ほどなくしてせいが運んで来た夕餉の膳と共に、律たちは清次郎が淹れた菊花茶を含んだ。

ほんのりとした香りと甘みが飲みやすく、何より茶碗の中に咲いた菊が愛らしい。

やがて旅支度を整えた友永が座敷へ戻って来ると、清次郎は友永にも菊花茶を勧めた。

「これを飲んで少し落ち着きなさい。菊は生薬《しょうやく》にもなるからね。お母さんの実方はいいところに目を付けたよ。おそらくお父さんの発案だろう。友広さんはいつもいろんなことを考えて、紅にも商売にも工夫を重ねてきたからなぁ。作り始めたばかりなのに、こんなに旨い菊花茶ができるなんて驚いたよ。どうか、友広さんによろしく伝えておくれ」

「はい」

「菊は清国ではその昔、不老不死の薬草と信じられていて、菊酒、菊枕、菊花茶は邪気払いになると聞いている。殊に茶は、目の疲れや風邪、熱冷ましにも効くそうだ。初雪にはまだ早いだろうが、下野国から北は大分冷えてきたことだろう。くれぐれも身体に気を付けて行っておいで」

「はい」

微かに血走った目を潤ませて、友永は菊花茶をゆっくり飲み干した。

そうこうするうちに佐和たち三人も階下へ下りて来て、友永に旅費と見舞金が入った包みを渡した。

人目を避けて、長屋へ続く勝手口ではなく、帳場の横の裏口から出ることにする。

出立《しゅったつ》を聞きつけた奉公人たちが座敷の襖戸を開き、ある者は声をかけ、ある者は黙ったまま、だが皆で友永を見送る。憂い顔の年若い利松《としまつ》、亀次郎《かめじろう》、新助《しんすけ》の三人が、かたまって帳場の近くまで出て来たところへ、後ろから道孝がやって来た。

「友永。これを持ってゆけ」

差し出された小さな包みの中身は金子《きんす》だろう。どうやら急ぎ二階の自室から、虎の子を取って来たらしい。

「路銀《ろぎん》なら女将さんが支度してくれた」

「路銀じゃない。お見舞いだ。受け取ってくれ」

「……判った。ありがとう」

「なんの。道中、気を付けてな」

「ああ」

束の間でも微笑み合った二人を見て、三人の丁稚も少しばかり安堵の表情を浮かべて口々に言った。

「お、気を付けて」「どうかご無事で」「友永さん、お気を付けて」

「うん。お前たちもしっかりな」

表まで見送るべく、佐和と清次郎、涼太に続いて、律も草履を履いた。

路地から店の前まで出ると、友永は幹助と深く一礼してから、すっかり暮れた通りを千住宿へと歩んで行った。

六

不老不死の薬草……

お酒やお茶、枕は邪気払いにもなる……

昨晩、清次郎が言ったことを思い出しながら、律は仕事場へ向かった。

菊は四君子《しくんし》でもあるものね――

人格と学識を兼ね備えた君子にたとえて、清国では蘭、竹、菊、梅は草木の「四君子」と呼ばれている。これらを取り入れた意匠は吉祥文様《きっしょうもんよう》だと教えてくれたのは父親の伊三郎《いさぶろう》で、律は四君子の絵は幼き頃から数え切れぬほど練習を重ねてきた。

十六弁八重表菊の菊花紋は言わずと知れた天皇家の紋で、菊花は日輪に似ていることから、天照大神《あまてらすおおみかみ》を祭神とする神社の紋印にもよく使われている。ゆえに菊は、四君子の中でも殊に高貴な花に律には思える。

亡き母親の美和《みわ》の形見で、仇の捕物ののちに、涼太が直しに出した平打もやはり菊花紋だった。千代の簪と比べればありきたりな意匠でずっと安価だっただろうが、今思えば、あの簪も伊三郎から美和への贈り物だったやもしれない。

それとも、若いうちに自分でお小遣いを貯めて買ったのかしら?

おっかさん――お祖母さん――からの贈り物だったということも――

なんにせよ、美和が大切にしていたことには変わりない。

もっと、話したいことがたくさんあった……

己が生まれたのは伊三郎が二十二歳、美和が二十歳の時である。美和がまだ生きていたなら、殊に駆け落ち同然に所帯を持った二人の恋の話を詳しく聞いてみたいところだ。

しばし父母を偲んだのち、律は気を引き締めて筆を執った。

朝のうちに千代の着物に更に二輪の菊を描き、昼餉ののちは鞠巾着に取りかかろうと支度していると、八ツ前に千恵がやって来た。

「ちょうどよかった。今日はおやつは一人だったんです」

今井は友にして医者の春日恵明《かすがけいめい》のもとへ、涼太は友永の受け持ちを少し担うことになり客先へと、それぞれ出かけているのだ。

律が茶を淹れて、千恵の土産の饅頭《まんじゅう》で一服することにした。

描いたばかりの菊は隠しようがなく、立てかけてある張り枠を見やって千恵が感心する。

「白菊なのに、温かみがあるわ。お千代さんも喜ぶわね。ああ、お千代さんよね？　着物の注文主は……？」

「ええ、そうですよ」

「うふふ、名前が似ているから覚えていたのよ」

嬉しげに微笑んでから、千恵は上目遣いになった。

「あのね、お律さん。今日はお願いに来たのよ」

「な、なんでしょう？」

「観菊に行く約束、覚えてる？」

「もちろんですよ」

次に池見屋へ行く四日後は、朝早いうちに鞠巾着を納めて、その足で千恵と雪永と連れ立って雑司ヶ谷に向かう手筈になっている。

初めは遠慮するつもりだったが、千恵が綾乃も誘うと張り切っていたため、それなら己が同行しても構わぬだろうと誘いを諾《だく》していた。

「此度は一緒に行ってくれるのよね？」

「ええ、その心積もりでおりましたが……」

「よかった」と、千恵は安堵の表情を浮かべた。「お仕事が忙しいと聞いたから、また断られるかもしれないと思ったの。だから、念押しに伺ったのよ」

「そうでしたか」

「綾乃さんは、重陽の節句はお母さまとお出かけなんですって」

「えっ、そうなんですか？」

「でも、綾乃さんの勘働きではどうも縁談じゃないかって。もしも縁談だったらこっそり抜け出して来ると言ってたわ」

「さようで……」

相槌を打ってから、ふと気になった。

千恵は綾乃が来られぬ——であろう——と踏んで、律に「念押し」に現れたことになる。

「あの、先日のお彼岸はいかがでしたか？　実は私も気になって、結句三日の日に善性寺まで行って来たのです。彼岸花、今年はお彼岸にちょうど見頃でしたね」

「まあ、お律さんも結句お出かけになったのね。それならご一緒したかったわ」

思いも寄らず千恵が目を落としたものだから、律は慌てて言い繕った。

「すみません。後で思い立ったものですから……」

「ううん、いいのよ。ただ……あの日はなんだか気まずくて」

「と、いいますと？」

「雪永さんがうちに迎えに来てくれて、まずは善性寺へ行って、大黒さまに商売繁盛を祈願したの。それから彼岸花を見に行って……辺り一面真っ赤で、ちょっぴり怖かったけど、とても綺麗だった。それで、和十郎さんの着物のことや、達矢さんのことをお話ししたの」

「達矢さんのこと？」

「彼岸花の話から達矢さんが作った──お律さんの鈴の話になったのよ。ああ、ついでにお千代さんの菊の簪のことも。そしたら雪永さんが、達矢さんに何か注文しないかって……」

「つまり、お千恵さんの小間物を、ですね？」

「ええ。でも私、この間お姉さんに叱られたばかりなの。ほら、総次さんがうちを訪ねて来た日、お律さんも後でいらして──あの時、少しお金の話をしたでしょう？」

──綾乃さんのこた、お前の推し当て通りだろうけどね。『お金なんて二の次』とは、呆れた物言いさ。けして間違っちゃいないよ。私だって、金がこの世で一番なんて思っちゃいない。それこそ二の次、三の次だ。だが、駄賃仕事しかしてないお前が、金をあんな風に言うのはおよし。この世では、人並みの暮らしをするだけで結構な金がかかるんだ。命や心ほどじゃなくとも、金のありがたみはお前だって知ってるだろうに──

そう、類は千恵をたしなめたという。

「それに私、これまでに雪永さんからたくさんのものをいただいてきたでしょう。私はずっとおかしかったから、あたり前のように受け取ってきて……恥ずかしいわ。椿屋敷を出て、もうじき二年になるんですもの。物忘れもほとんどなくなったから、もう正気に戻ったといっていいでしょう？　だからもう贈り物は遠慮しようと思って、小間物は足りているから新しい物はいらないと雪永さんに応えたの」

「なるほど……」

「代わりに、印籠《いんろう》や根付《ねつけ》を作ってもらったらどうかと勧めてみたのだけれど、どうも気乗りしないみたいで、おしゃべりが少し途切れてしまったのよ。その後、帰り道の安曇屋《あずみや》で羽二重団子《はぶたえだんご》を食べたのだけど、お店の人が私のことを覚えていて、腫れ物に触るようだったから、もう平気ですって応えたの。そしたら、今度は由郎さんのことを訊かれたの。ほら、由郎さんはあの面立ちだし、あの日あまりにも颯爽《さっそう》としていたから、馴染み客の間でひとしきり噂になったんですって。それで私、お店の人と由郎さんのことをあれこれ話したの」

半年前、安曇屋では捕物があり、十五年前に千恵を手込めにした男が雇った駕籠屋が捕まって処罰された。その捕物で、逃げ出そうとした二人の駕籠舁《か》きを、一人で鮮やかに捕らえたのが由郎だ。

「それは雪永さんには、その……退屈だったやもしれません」

「そう——そうよね。雪永さんは、雷鳥の着物を由郎さんに取られちゃって残念がっていたから、由郎さんのお話は面白くなかったんでしょうね……」

「そうですね……」

雷鳥の着物のことでは少々大人げない素振りもあったが、安曇屋で雪永が言葉少なになったとしたら、ただの由郎への嫉妬に違いない。

お千恵さんに贈り物を断られた後なら、尚のこと——

千恵は雪永の好意が「男」のそれだと気付いている——と、律は踏んでいる。

気付いているのに、気付いていない振りをしているのではないか、とも。

だが、千恵の過去や性分を考えればそうではない——実はいまだ気付いていない——見込みもなくはなかった。

……お千恵さんは、雪永さんの「恋心」を知っているのか、いないのか。

男の人として雪永さんを好いているのか、いないのか——

いっそこの場で問うてみようかと律が逡巡する間に、千恵はうつむいていた顔を上げた。

「だから、お律さん。観菊には必ず一緒に来て欲しいの。お願いよ。お律さんと一緒ならきっと話も弾んで、雪永さんも楽しんでくれると思うのよ」

その心遣いはやはり恋心ではないのかと、己を見つめる千恵を律も見つめ返した。

けれども、困り顔で頼み込む千恵の目からその真意は読み取れぬまま、律は改めて観菊行きの約束を交わした。

七

四日後の長月《ながつき》は九日――

約束の五ツに間に合うよう池見屋を訪ねると、綾乃が来ていた。

どうやら「お忍び」らしく、いつぞや見た利休鼠《りきゅうねずみ》色の着物に灰汁《あく》色の帯と、祖母の古着を身につけている。

「やっぱり縁談でしたのよ」

「やっぱりそうでしたか」

綾乃は昨晩のうちにそのことを知り、今朝は朝餉ののち家を抜け出して来たという。

「普段小遣いなんてくれない兄が珍しく、『明日の小遣いをやろう。母さんとゆっくりしておいで』なんて言うものだから、勘が働いたんです。それで鎌をかけてみましたの」

――……此度はよさそうな人ですものね――

――なんだ、知っていたのか。そうなんだよ。お前と歳も近いから馬が合うんじゃないかって、うちのやつも言ってたぞ。そうか、お前も乗り気なのか。よかった、よかった――

「よかった、よかった、なんて、能天気もいいところです」

ふん、と小さく鼻を鳴らして綾乃は言った。

「義姉だって、歳が近いから馬が合うなんて、浅はかで呆れてしまいましたわ。ですから、お小遣いはありがたくいただいて、今日は母が身支度しているうちにこちらへ参りました」

「さようで……」

「兄からそれとなく探り出したところ、相手は本郷三丁目の表店の息子だそうです」

ゆえに、母親は道中で相手のところへ寄るべく、綾乃を巣鴨《すがも》の観菊に誘っていたという。

江戸の観菊といえば雑司が谷の鬼子母神堂の他、植木屋の多い巣鴨も有名だ。

「お相手の方は、綾乃さんを見知っていらっしゃるのでは？　道中、本郷三丁目を通りますけれど、もしも見つかってしまったら――」

「そのために、こうして祖母の古着を着て来たのです」

得意顔で胸を張ってから、綾乃は付け足した。

「万が一見つかっても、知らぬ存ぜぬを貫きますわ。母のことも心配無用です。今日は雪永さんが一緒ですもの。雪永さんは粋人としても茶人としても知られたお方――祖父の知己でもありますから、雪永さんのご招待だったと言えば、母も文句は言えませんわ」

綾乃の祖父も世間では知られた粋人で、雅号を眠山《みんざん》という。

着いたばかりの雪永が笑い声を上げた。

「ははは。お役に立てるなら嬉しいよ」

類や四郎たちに見送られ、律たちは雑司ヶ谷へ向かった。

池見屋を出ると、雪永が綾乃へ問うた。

「先ほど聞き齧《かじ》っただけなんだが、縁談の相手が本郷三丁目の表店の息子ってことは、総次さんはもう振ってしまったのかい？」

「ええ。総次さんにも、その気はないとお伝えしました。母や義姉はまだ諦めていないようですけれど」

「うん？　というと？」

「あの二人は、とにかく早く私を嫁に出したいのです。叶うことなら、私がまだ年増にならぬ今年のうちに……総次さんはお話し上手だから、二人ともすっかり贔屓になっているのですが、流石にあの人の言い分を鵜呑みにしてはいけないと、総次さんのご両親に一筆いただけないか、お願いしたみたいです」

総次が近江国彦根《ひこね》藩、彦根城下の桶屋町《おけやまち》にある旅籠・彦根屋の次男であることは、手形を見て確かめたそうである。

総次曰く、総次の親兄弟も三十路に近い総次の身の振り方を案じて、そろそろ嫁取りなり婿入りなりを望んでいるらしい。だが、次男とはいえ、江戸での嫁取りに賛同するかどうかは判らぬだろうと、綾乃の父親が三人を諭したという。

「三人というのは母と義姉と兄ですわ。敵は主に母と義姉ですが、兄は私のことについては義姉や母の言いなりなのです。でも、父と祖父は私の味方ですから、負けませんわ」

また、義姉はともかく、母親や兄には綾乃を江戸の外に嫁に出す気はないようだ。

「眠山さんが味方なのは心強いだろうが、総次さんのような色男でも、綾乃さんの御眼鏡に適わないとはね」

「あら、雪永さんだって、美女なら誰でもよろしいってことはありませんでしょう？」

「うん、その通りだ。これは一本取られたな」

綾乃の問いに雪永が破顔すると、千恵も嬉しげに微笑んだ。

総次が綾乃に出会ったのは葉月朔日のことで、まだ一月余りしか経っていない。だが、噂に違《たが》わず総次は綾乃に早々に惚れ込んで、まずは深川の友人と尾上に食事に訪れ、更に池見屋で千恵たちから綾乃のことをあれこれ聞いた翌日、再び尾上を訪ねて綾乃に妻問いした。

「その場でお断りしましたけれど、母と義姉が総次さんを逃すまいと、うちでのお月見に招待したんです。おかげさまで、お月見の後はますます噂になってしまって……近江や旅の道中のお話は面白かったですが、私は女中や若い丁稚と一緒に早めに下がったので、総次さんとはろくにお話ししていませんし、みんなにもその気はないと伝えてあるのに」

「将を射んと欲せば先ず馬を射よ、というからね。綾乃さんがあまりにも素っ気ないから、お母さんやお義姉さんを頼ることにしたんだろう。案外、噂を流しているのは、総次さん本人やもしれないな」

「そうよ」と、千恵も口を挟んだ。「あれから考えたのだけど、総次さんは実は、寛永寺で綾乃さんに一目惚れしたんじゃないかしら？　鬼子母神さまへの道案内を頼んだのも、綾乃さんとお話しするきっかけをつかむためだったんじゃないかと思うのよ」

「お義姉さんが身重だというのは、嘘だったということですか？」

「それは本当かもしれないわ。でも、吉原からの帰り道で広小路に寄ったのは、綾乃さんのことが気になっていたからじゃないかしら？　跡継ぎじゃなくても、大店の息子さんなら、お嫁さんにしたい人の家がどんなものか気になるでしょうし、あわよくば綾乃さんに今一度会えないかって……」

雪永は微苦笑をちらりと律へ向けたものの、千恵の推し当てはもっともだ。総次が吉原のついでに浅草広小路に寄ったのは、「お上り」であるということの他、やはりどこかで綾乃との再会を望んでいたからだろう。

「お千恵さんの言う通り、そうして結句綾乃さんに再会できて、案内までしてもらえたものだから、総次さんはこれは『運命』だと舞い上がってしまったんでしょう」

「お律さんも、そう思う？」

「はい」

同意を得て千恵は喜んだが、綾乃は溜息をついた。

「もう本当に困ったものです……」

池之端仲町《いけのはたなかちょう》から湯島天神や麟祥院《りんしょういん》を横目に歩き、本郷三丁目を抜けて更に西へ進む。伝通院《でんづういん》を右手に半里ほど行くと、やがて護国寺《ごこくじ》が見えてくる。

千恵は女三人の中で一番おっとりしているが、今日はともすれば律たちを先導するように弾んだ足取りだ。武家町を通る時こそ声は潜めたものの、綾乃を交えたおしゃべりも楽しく、一刻とかからずに護国寺に着いた。

護国寺を詣でてから一休みして、ややゆったりと鬼子母神堂へ向かう。

睦月七日の人日《じんじつ》の節句、弥生三日の桃の節句、皐月五日の端午の節句、文月七日の七夕の節句、そして長月九日の重陽の節句が、幕府の定めた五節句だ。清国では奇数は陽数とも呼ばれ、最も大きな陽数である九が重なる九月九日を「重陽」の日とした。よって、重陽の節句では子孫繁栄や無病息災を祈願するようになったが——

「一方で、陽数が重なるとかえって不吉だという考えもあってだね」と、雪永。「重陽の節句に邪気払いをするようになったそうだよ」

「だから、菊酒を飲むのよね。前にそう、雪永さんが教えてくれたわ」

「ああ、そうだ」

「菊花茶でもいいのよね?」

「うん。帰り道もあるから、今日は菊花茶にしておこう」

楽しそうに語り合う雪永と千恵を見やって、綾乃がこっそり律に目配せを寄越した。

護国寺の境内にもいくつか菊の鉢が飾られていたが、鬼子母神堂の周りは、植木屋を始め、茶屋に料理屋、それから境内も菊で溢れていた。

厚物――大菊――や美濃菊の他、細い花弁《かべん》が重なることなくまっすぐ外へ伸びている肥後《ひご》菊、縮れた細長い花弁が散りゆく花火のごとく枝垂《しだ》れている伊勢菊、「丸抱《まるかかえ》」「追抱《おいかかえ》」「乱《みだ》れ抱《かかえ》」など日々変化を見せる江戸菊が、ずらりと揃っている様は雅景《がけい》にして眼福《がんぷく》だ。

「まずは、鬼子母神さまにお参りしましょう」

千恵に促されて、律たちは鬼子母神堂に参詣したのち、のんびりと観菊を楽しんだ。

「花びらが、米を両手ですくった形に似ていることから、菊という字になったそうだよ。この菊の字には『究極』という意味もあると聞いたことがある」

「まあ……」

粋人の雪永は、この時期には菊合わせの歌を頼まれることもあるという。菊合わせは歌合わせのごとく、左右二組に分かれた者たちが、互いに自慢の菊花に歌を添えて出し合い、優劣を競う遊戯だ。

「菊は邪気を払って、千代の栄華を寿《ことほ》ぐという縁起の良い花だから、菊合わせの歌も晴れ晴れしいものが多くてね。重陽にふさわしい遊びだよ」

「遊びというには、雅《みやび》やかで気後れしてしまいそうだけど、楽しそう。でも、私には歌の才はまったくないから――ううん、歌どころかなんの才もないけれど――」

「そんなことはないよ。今度、歌も作ってみるかい？」

「そうね……いいえ、作ってみるなら歌よりも菊がいいわ」

「菊を？」

「菊合わせにふさわしい菊を作ったら、私の菊にも歌を詠んでくださる？」

「もちろんだ」

千恵と微笑み合ってから、雪永は律たちへ苦笑をこぼした。

「すまないね。私はどうも浅識《せんしき》をひけらかす悪い癖があって……」

「浅識だなんてご謙遜ですわ」と、綾乃がすかさず応える。

「そうですよ」と、律も頷いた。「菊が『千代の栄華を寿ぐ』花なら、お千代さんの旦那さんはきっと、お千代さんの名前にかけて菊の簪を贈ったんですね」

「うむ。菊には千代見草という別名もあってだね……実は、先月池見屋で着物の意匠を聞いた時にそのことを言おうとしたんだが、お類からつまらぬ口を挟むなと睨《にら》まれそうだと思い直したのだよ」

「つまらないなんてとんでもない。着物を描いてしまう前に知ることができてよかったです。他にも、菊についてご存じのことがありましたら教えてください」

雪永から菊にまつわる歌や逸話を聞きながら、律はいくつかの菊を写した。

律の手元を覗き込んで、千恵が目を細める。

「いい着物になりそうね」

「はい。これだけの菊が揃うことはそうありませんから、やはり来てよかったです。お誘いありがとうございます」

「今度は菊の着物はどうだい？　お千代さんのは美濃菊だから、お千恵は江戸菊で……」

千恵が変化に富んだ江戸菊が気に入っているのを見て取って、雪永が言った。

「江戸菊の？」

千恵は目を輝かせたが、類を思い出したのかすぐに首を振った。

「もう何枚ももらっているから、着物も充分よ」

「そうかい？」

「ええ。……そうだわ。菊が見頃のうちに、巣鴨にも行ってみませんか？　植木屋が多い分、江戸菊は巣鴨の方が見ごたえがあるって、雪永さん、言ってたでしょう？」

「うん。じゃあ、近々あちらも訪ねてみよう」

今日もまた、私を気遣ってくださったのね――

雑司ヶ谷の鬼子母神堂は、なかなか参詣の機会がない。また、かつて護国寺周辺にて幾度か事件に巻き込まれたことがあるがため、律は一人での参詣を涼太に禁じられている。

観菊を終えると、やや駆け足で音羽町の表店を覗いて回った。

帰りしなに寄った茶屋・八九間屋《はちくまや》で、千恵は類や奉公人のために金鍔《きんつば》を余分に注文することにした。雪永も家へ土産にするらしく、二人が店先で話し込んでいる間に、綾乃が縁台で律の袖を引いて声を潜めた。

「……私、お千恵さんの昔のことを少しお聞きしましたわ」

はっとした律へ、綾乃は続けた。

「でも、もう大分昔のお話ですし、お律さんも、お二人がお似合いだと思っていらっしゃるんでしょう？」

「もちろんです」

「それなら私たち、力を合わせませんこと？」

「望むところです」

律が頷くと、綾乃は顔をほころばせて喜んだ。

御用聞きの相談よりずっといいわ――

手妻師の彦次が、律たちを見つけて近付いて来た。

「おや、お二人さん、ご機嫌ですな」

「ええ。彦次さんの手妻《てづま》が楽しみで」

「そうそう、うふふ」

「なんだか怪しいな……」

眉根を寄せた彦次へ揃って笑みを返してから、律たちは顔を見合わせて噴き出した。

八

友永が江戸を発って十日を経た、長月は十五日。

八ツ前に、涼太は清次郎と道孝の伴として本郷の山本家へ向かった。

山本家は青陽堂から半里ほどしか離れていないが、武家町をゆく時はどうも気後れしてしまう。道孝も同様らしく、店を出る前からずっと硬い顔をしている。茶人として時折武家に出入りしている清次郎のみがいつも通りで、よどみない足取りで涼太たちを先導した。

案内された座敷には、当主の勝信と妻の安由美《あゆみ》の他、安由美の父親の安之《やすゆき》と、勝信の兄の正勝《まさかつ》、安由美の妹の真佐美《まさみ》が同席していた。

「おお、安信《やすのぶ》、久方ぶりだな」

安信は、勝信と安由美の亡き息子の名だ。

「義父上」

道孝を見て相好を崩した安之を、勝信が眉をひそめてたしなめた。

正勝と真佐美は道孝を見てはっと目を見張ったものの、二人ともにこりともしなかった。

十日にでも、と言われていた養子縁組の話し合いが五日延びたのは、隠居の安之の具合が思わしくないからだと聞いていた。安之の屈託のない顔には不調は見られぬが、道孝を亡き孫と間違えたことから、健忘らしいと涼太は踏んだ。

また、先だっては詳しく聞いていなかったが、安之が安由美の父親であることから、当主の勝信は山本家に婿入りしたことが知れた。

安由美がにこにこしながら、真佐美に話しかけた。

「ほら、よく似ているでしょう?」

「ええ、まあ……目元はそうでもないけれど、鼻や口、耳は父上に似ていますね」

女二人を横目に、正勝も勝信を見やって言う。

「お前にも似ているといえば似ているが、思ったほどではないな」

「まあ、こうして正面から見てみるとそうでもないやもな。だが、顔かたちに加えて、背丈や身体つきも似ているから、一見だと間違えてしまいそうだろう?」

「うむ」

養子縁組にあたって山本家は、まずは名を道孝から安信と改名すること、また山本家の嫡男として安信らしく振る舞うことを求めた。

「ご子息らしく、といいますと……?」と、清次郎が問うた。

「そうだな。手始めに剣術を学んでもらう。安信は四段の腕前だったから、三十路前には四段に昇段して欲しい。ああ、道孝はまだ二十三だったか。それならもっと早く叶いそうだ」

安信は道孝より二つ年上で、一昨年に亡くなった時に既に二十三歳だった。

「読み書き、算盤《そろばん》の腕はどうだ？」

「仮名と漢字を千ほどは読み書きできます。算盤は並ですが、胸算《むなざん》が得意なので、ちょっとした計算は算盤を使うより速いです」

「ふむ。朱子学や王学は？」

「それは――」

清次郎がちらりと見やると、道孝がしゃちほこばって応えた。

「お、恐れながら、町の指南所と父から少々学んだのみにございます」

武士が学問所や藩校で学ぶ朱子学と王学は共に儒学で、殊に朱子学は武士の嗜《たしな》みだ。

「案ずるな」と、勝信の兄の正勝が鷹揚《おうよう》に言った。「一恵《かずえ》は朱子学も王学も学んでおる。武家のしきたりにも詳しく、武芸の心得もある」

一恵が誰なのかを問う前に、安由美がむっとして言い返した。

「武家のしきたりなら、早織《さおり》も心得ております。儒学や武芸は旦那さまから学べばよいことで、安信の嫁には早織の方がたおやかでふさわしいかと」

妹の真佐美が大きく頷くのへ、正勝が眉根を寄せる。

どうやら、早くも嫁の話をしているらしい――と、涼太は清次郎と見交わした。

兄に加勢するごとく、勝信が道孝を見やって口を開いた。

「我が姪ながら、一恵はなかなかの器量好《よ》しでな。武芸といっても薙刀《なぎなた》のみで、けして男勝りということはない」

「器量なら早織も負けていませんわ。真佐美を——母親を見れば明らかでしょう」

つまり一恵さまは勝信さまの、早織さまは安由美さまの姪ってことか……

真佐美に加え、安由美も器量は整っている方だ。対して勝信も正勝もどちらかというと並の容姿であるから、この場にいる者のみで判ずるなら、早織の方が見目姿は良さそうではある。だが、正勝の妻が美女という見込みもなくはなかった。

いや、そんなことよりも——

安信は一人子《ひとりご》で、その安信亡き今、山本家は——おそらく、どちらかというと安由美の意向で——安信に似ている道孝を養子に迎えようとしている。この道孝に夫側か妻側の姪を嫁に迎えるつもりらしいが、勝信が養子であるがため、一恵を娶れば妻側の血筋が、早織を娶れば夫側の血筋が受け継がれないことになる。

涼太が考えを巡らす間にも、夫は兄と、妻は妹と一緒になって応酬している。

「年が明けても一恵は十七だが、早織殿は二十歳になるではないか」

「だからなんだというのです？　生意気盛りの小娘よりましですわ。何より、早織には山本家の血が流れております」

「ふん」と、勝信が鼻を鳴らした。「私とてもう山本家の者なのだがな……だったら、初めに決めた通り、お前の従姉《いとこ》の三男を養子に迎えて、一恵を嫁に娶ればよい」

「そんなことをしたら、早織はどうなるのです？　それに――嫌ですよ。せっかくこうして安信が戻って来てくれたのに」

「莫迦者。この者は他人の空似に過ぎん。それでも私は、お前の意を汲んでだな……」

「今更、あんまりな物言いですわ。この子を初めて見た日は、あなただって生き写しだと喜んでくれたじゃありませんか」

「それは――お前があまりにも浮かれておったからだ」

「なんですって？」

安由美が目を吊り上げたところへ、それまでぼんやり双方のやり取りを聞いていた隠居の安之が、おもむろに口を挟んだ。

「……早織には好いた男がいるそうだが」

「えっ？」

「少し前に、早織から直に聞いたでな」

「父上、何を仰います」

真佐美が慌てるのへ、正勝が勢いづいた。

「それなら、嫁は一恵で決まりだな。早織殿に嫌々嫁入りしてもらうことはない」

「父上は思い違いをされているのです。早織はそんなことは一言も」

「思い違いなどしとらん。お前が聞く耳を持たぬから、こっそり私に伝えに来たのだ。どのみち、安信にもその気はなさそうではないか。なぁ、安信？」

安之の物言いははっきりしているが、いまだ道孝を安信と混同していることから、やはり正気とは言い難い。

わっ、と安由美が泣き崩れた。

「ひどい、父上——旦那さまも——！」

「……これでは話にならぬ。兄上、今日は一旦お引取りください」

用人を呼んで、勝信は正勝を先に帰した。女中に安由美と真佐美を託して下がらせると、見送りから戻って来た用人に今度は安之を連れて行くように頼む。

四人になると、勝信は疲れた顔で口を開いた。

「ここでの話は他言無用に願いたい」

「もとより承知の上にございます」

「倅が亡くなったのち、義父上や義母上、双方の親類の意向で、妻の従姉の三男を養子に、一恵を嫁にすることで一度は話がまとまったのだ。だが、妻は件の従姉を毛嫌いしておってな……また、倅をまことに大事にしていたがゆえ、すぐには諾せぬと首を振った」

悲しみに沈む安由美を慮《おもんぱか》って養子縁組を先送りにするうちに、義母が昨年亡くなった。

もともと健忘の兆候があった義父は、義母の死後、症状が進み、安由美は息子に続いて実母を亡くして再び悲嘆に暮れた。

しかし今年に入って、いつまでも待っておられぬと、安由美の従姉や正勝が養子縁組や婚約をせっつくようになった。気乗りはせぬが、もはややむなしと、安由美が渋々頷きかけたところへ、道孝を見つけたそうである。

「それは大変な喜びようで……あんなに嬉しそうな顔を見たのは久方ぶりだった。なればこそ、叶うならあれの好きにさせてやりたいと思ったのだ。『生き写し』だと言ったのは本当だ。話半分と思うて見に行ったのだが、遠目には本当に安信の生き写しに見えた」

改めて道孝を見つめて、勝信は続けた。

「調べた限りではお前と私たちに血のつながりはないようだが、こうしてどちらとも親子に見えるというのは何かの縁に違いない。先ほどは妻の手前ゆえあのように言うたが、何もかも安信の真似をすることはない。私も養子ゆえ、その立場はよく判る。けして悪いようにはせぬ。ただ――養子になるからには、一恵を娶ってもらいたい」

妻の気持ちに寄り添って、他人と養子縁組するのだ。勝信の望みは、代償として妥当と思われる。

勝信は背丈に対して肩が広く、腕も太い。厚みのある左手にたこと思しきものもある。太平の世となって、武術をおろそかにする武家が少しずつ増えてきた。だが、勝信はおそらく剣士で、息子の昇段を楽しみにしていたのだろう――と、涼太は思った。

再度の話し合いの日取りは後日決めることにして、涼太たちは山本家の門を出た。

「いやはや、思わぬ運びになったな……」

微苦笑を浮かべた清次郎に、涼太と道孝も頷いた。

「でも、なんだかほっとしました」

「そうかい？」

「はい。養子だなんて、どうもまだ本当のこととは――」

二人連れの男が辻を折れて来たため、道孝は口をつぐんだ。

二人の内、一人は二本差しで、今一人は中間《ちゅうげん》らしき装いだ。

清次郎に倣ってとっさに頭を下げたものの、同時に涼太は思い出した。

こいつは凡太郎じゃやねぇか――？

中間の方が、太郎が探している岸ノ屋という盗人一味の下見役に似ている。

男たちが充分離れてから、涼太は清次郎に囁いた。

「あの男に見覚えが。私はちと後を追います。念のため、道孝を連れて行きます」

「私も一緒に」

「三人では目立ちますから」

「では、道孝を帰すのはどうだ？」

「いざという時、道孝の方が足が速いです」

「むぅ」

清次郎は束の間むくれたが、すぐさましょんぼりしつつも財布を取り出した。

「念のため、持っておゆき。気を付けてな」

「はい。道孝、一緒に来てくれ」

「は、はい」

清次郎から受け取った財布を懐にねじ込むと、涼太は道孝を連れて二人組を追い始めた。

九

涼太と道孝が凡太郎の後をつけて行ったと聞いて、律はそわそわしながら帰宅を待った。

二人が帰って来たのは、五ツの鐘が鳴ろうかという時刻だった。

涼太たちは半里ほども後をつけて、凡太郎が連れの男と共に番町《ばんちよう》のとある武家に入って行くのを見届けた。しかしながら、武家町では見張りは難しいと判じて、二人して火盗改《かとうあらため》に知らせに行ったそうである。

「太郎さんは留守でしたが、小倉さまとご同輩の方を屋敷までお連れしてから帰って来ました。お武家のことゆえ、万が一、間違いがあってはならないと思いまして」

両親と道孝の手前、涼太は若旦那の口調で事の次第を知らせた。

清次郎は詳しく語らなかったが、山本家では親類が揉めているため、話し合いは日延べとなったと聞いた。奉公人たちは皆もう夕餉を済ませて二階に上がった後ゆえに、家の方の座敷で涼太と遅い夕餉を食しながら、道孝は養子縁組に不安があることを打ち明けた。

「このような機会はもう二度とないでしょうから、お話をいただいた時は少々舞い上がっておりました。祖父はもちろんのこと、父にも喜んでもらえるような気がしたのです。父は婿入りした折に、祖父の形見の大刀《だいとう》を手放したと聞きました。父が言うには、それは我が家が武家である最後の証だったそうで、父なりに覚悟をもって婿入りしたのです。ただ、父は祖父を敬愛しておりましたので、祖父の無念を思えば、此度の養子縁組を喜んでくれたのではなかろうかと……しかし、私は町の蕎麦屋で生まれ育ちましたから、やはり武士よりも商人の方が向いているように思います」

父親がのちに蕎麦屋を手放したのは、後妻を娶る気がなく、一人で店を切り盛りするのは難しいと判じたからだったという。

「また、父に言わせれば私には蕎麦打ちの才がないそうで、無理に蕎麦屋を継ぐよりも、こちらでもっと商売を学べと言われました。『これからは商人の時代だ』とも。私もそのように考えて勤めて参りましたので、今からお武家に馴染めるのかどうか……」

「そうだったのですね」と、佐和。「それなら、次の話し合いまでにじっくり考えてみなさい。受けるにせよ、断るにせよ、お前が望む道を私たちは後押しします」

「断ってもよいのですか……？」

目から鱗《うろこ》が落ちたかのごとく、愕然《がくぜん》として道孝が問うた。

相手が武家ゆえ、断られることはあっても、自ら断ることは念頭になかったようである。

「もちろんです。――ああ、角が立つやもしれないなどと、余計な心配は無用ですよ。こういう時こそ旦那さまの出番です。そうですね、清次郎さん？」

「ああ」

躊躇うことなく大きく頷いて、清次郎はにっこりとした。

「こういう時くらい、店の役に立たねばな。だから、もしもの折には任せておくれ」

清次郎は茶人として所々の顔役や粋人、武家にも馴染みがある。時には海千山千《うみせんやません》の者を相手にすることもあるがゆえに、話術や機智に富んでいる。

安堵の表情を浮かべた道孝を見て、律も何やらほっとした。

己もまた、養子縁組は武家の「命」として、断れぬと思い込んでいた。

浪人なら――その子供も――武士に戻りたくない筈がないだろうとも。

よって、道孝が迷っていたことでさえ驚きだったが、佐和や清次郎の潔く、温かい心意気には恐れ入った。

「まあ、うちとしては、お前の嫁よりも、作二郎の嫁をなんとかしたいところだなぁ」

道孝を気遣ってか、清次郎がさりげなく話を変えた。

「作二郎の、ですか？」と、涼太。

「ああ。あいつは奥ゆかしいから、ずっと勘兵衛に遠慮していたのだよ。だが、恵蔵が身を固めたのだから、次は作二郎の番だろう」

「というと、作二郎にも誰か想い人が……？」

恵蔵の妻はゆかりという名で、二人は長らく恋仲だった。作二郎にも実は言い交わした女がいるのかと、律も思わず身を乗り出したが、清次郎は苦笑を漏らした。

「どうだろう？　私は知らないが――道孝、お前はどうだ？」

「わ、私も知りません。作二郎さんは、あまりご自分のことはお話しされないので……」

「だが、皆やはり、いずれは嫁取りを望んでいるんじゃないのかい？」

「そ、それはまあ……ゆくゆくは……」

やや落ち着きを失って、道孝は言葉を濁した。

「なんだい？　もしやお前も実は、胸に秘めた姫がいるのかい？」

「まさか。私は、今はそれどころではありません」

道孝は慌てて首を振ったが、どうやら意中の君がいるようだと律は踏んだ。

それなら、養子縁組を躊躇っているのは、その女の人のためかもしれない――

似ているというだけで、血縁のない道孝を養子に迎えるならば、嫁は間違いなく縁者から選ばれるに違いない。

「……私のことより、友永が心配です」

つぶやくように言った道孝へ、佐和が穏やかな目を向けた。

「友永ならとうに家に着いて、お父さんとじっくり時を過ごしていることでしょう」

「そうだとよいのですが……」

「お前のことも話に上ったでしょうから、友永もきっとお前を案じていますよ。なんにせよ、私たちはただ祈り、待つ他ありません。お前は、自分のことをまず決めなさい。いいえ、まずは二階の皆に、御用聞きごっこの顛末《てんまつ》を話してやりなさい。皆、お前の帰りを今か今かと待っていたのですから」

「はい」

落ち着きを取り戻して頷くと、道孝は食べ終えた己の膳を持って座敷を出て行った。

十

続く八日間で、律は千代の着物を仕上げてしまった。

観菊に出かけたおかげで、日に二、三輪、調子が良い時は四、五輪と描くことができた。

雪永の言葉を聞いて、千代の亡夫は千代の「栄華を寿ぐ」べく菊の簪を贈ったのだろうと推察した。

栄華とは華やかな暮らしや贅沢、富貴や権力を極めている様を表す言葉だ。千代の暮らしは栄華と呼ぶほど華やかでも贅沢でもないが、今の千代にとっては自由こそが何よりの贅沢ではなかろうか。

亡夫は六波羅蜜を心がけていたとも聞いた。簪に込められた亡夫の想いを着物にも映せぬものかと筆を執る度に、千恵の幸せをただ願う雪永がぼんやり思い出された。

そうして描き上げた白菊は、その色合いに反して温かみのある花になった。

「ふうん……」

翌朝の池見屋で、広げた上絵をしげしげと見つめる類を、律はじっと見守った。

「品があるから、お高く近寄り難いかと思いきや、その実心安く、お堅くもあり、しなやかでもあり、堂々としているのに愛らしい……こりゃ、一目お目にかかりたくなっちまうね、お千代さんに」

「ほ、本当にそのような方なのです」

「それなら、ぴったりの着物になったじゃないか」

にやりとした類に、律は大きく頷いた。

自分では会心の出来だと思っていても、目利きの類の言葉に安堵する。

ほどなくして茶を運んで来た千恵からも着物を褒め称えられて、律は嬉しさを隠せない。

「上絵はもちろんのこと、菊はあと一月は楽しめるから、早くに仕上がったことも、お千代さんはきっと喜んでくださるわ」

「観菊がほんに役に立ちました。ところで、お千恵さんはもう具合はよろしいのですか？」

「ええ、もうよろしいの」

雑司ヶ谷まで、雪永と千恵だけなら駕籠を使ったろうが、律や綾乃が一緒だったため、千恵には慣れぬ徒歩での遠出になった。案の定、疲れが出て千恵は翌日寝込んでしまい、五日後に律が池見屋を訪ねた折もまだどこかぼんやりしていた。更に四日後、回復した千恵は今度は巣鴨まで類を交えた三人で出かけたのだが、帰りは駕籠を使ったにもかかわらず、やはり寝込んで、翌日——五日前——は、律は顔を見ずに帰っていたのだ。

ふっと、類が鼻で笑った。

「何が『よろしい』んだい。澄ました顔をして」

「ちょ、ちょっと疲れが出ただけよ」

「そりゃ疲れただろうさ。あんなにはしゃいで——雑司ヶ谷でも、さぞうるさかったんじゃないのかい？」

「それほどでも……」

「二度目の方が熱が高かったから、恵明先生のところへ熱冷ましをもらいに行ったのさ。そしたら、病状やら心当たりやらを訊かれてね」

「お姉さん！」

「先生がなんてったと思う？　そりゃ知恵熱じゃないかってさ。お千恵だけに——」

「ひどいわ、お姉さん。ただの冗談よ」

「そうかねぇ？」と、類はにやにやした。「でもお前、菊のことは冗談じゃないんだろう？聞いとくれよ、お律。お千恵はこれから、菊を育ててみるそうなのさ。商売として」

「お千恵さんが菊を？」

「雑司ヶ谷で思いついたそうでね。帰ってからも大はしゃぎだったんだよ。それで、巣鴨では植木屋から育て方をあれこれ聞き出して、行きはもちろん、帰りは輪をかけて浮かれてたのさ。雪永がまた乗り気になってってね……」

「お、お姉さんだって妙案だって言ったじゃない」

「ああ、言った。嘘じゃないよ。お前には案外向いていると思うとも言ったじゃないか。お前は心優しい子だから、菊に限らず、お前が世話する花木はきっと温かい——優しい花を咲かせるだろうよ。まあ、お前にはいい小遣い稼ぎになるんじゃないか？」

「もう、莫迦にして——」

「莫迦にしている者に、金を出すものか」

まだ少しからかい口調ではあるが、その顔つきからは喜びがありありと伝わってくる。

類に「叱られた」からか、千恵は雪永の金繰りの申し出を断って、類から元手を借りることにしたという。

「けれども、うちには二十も三十も鉢を置くところがないからね。結句、椿屋敷を間借りすることになったのさ」

それなら、雪永さんも喜んだわね——

「それは妙案ですね」

「そうなのさ。雪永も、自分でもちょいと育ててみようかなんて言っててさ。椿屋敷もそうだけど、あいつはなんだかんだ、一度入れ込むと一途になるからね。そのうち菊作りも玄人《くろうと》はだしになりそうだ」

目配せを寄越した類に笑みを返してから、律は巣鴨の観菊を語る千恵に聞き入った。

池見屋から戻り、昼餉を挟んで八ツになると、太郎に保次郎が相次いで訪れた。

太郎曰く、凡太郎とその連れが入って行ったのは太田《おおた》という武家で、その中間部屋には知る人ぞ知る賭場《とば》が立っていたという。

「太田家は当主も博打に目がねぇそうで……何分、お武家はいろいろ面倒で、殿たちもすぐには踏み込めず、上の上の更に上だかのお人の根回しを待つうちに、残念ながら凡太郎は逃しちまいやした」

皆が揃って眉尻を下げたのを見て、太郎は慌てて付け足した。

「けれども、殿たちがうまくやりやしたからね。屋敷にはやつに通じている者がいるかもしれねぇってんで、調べの折に、博打好きの火付けを探してるってことにしたんでさ。だから、やつはこっちがやつを探しているとは気付いちゃいねぇ筈……兎《と》にも角《かく》にも、これでやつが江戸にいることははっきりしやしたから、凡太郎だけじゃなく、岸ノ屋一味を丸ごとひっ捕らえてやると殿たちは――もちろん俺も――張り切っておりやすんで、はい」

「そうだな。凡太郎は所詮下見役だからな……」と、保次郎。「それにしても涼太、相変わらずだな」

「はあ、相変わらず人探しの運はあるようです」

「いやいや、これはもう天賦《てんぷ》の才だ。一緒にいた奉公人もさぞ驚いただろう？」

「道孝ですか？　はあ、まあ……」

涼太は曖昧に頷いたが、あの夜、二人の尾行譚は友永のことで沈みがちになっている奉公人たちをひとときを楽しませた。

――ほんとに一瞬すれ違っただけなんだ。なのに、若旦那はすぐに閃いたってんだ――

――あんまり近付くとばれちまうから、二十間ほど離れてついてったのさ。見失っちゃならねぇから、二人が角を曲がる度に早足で――ああでも、他に人影がねぇのを確かめてからだぜ。他の人たちに怪しまれちゃならねぇからな――

――俺はつけてくので精一杯で、道なんざ覚えてなかったが、若旦那は慣れたもんで、火盗改の同心さまを、ちゃあんとまっすぐ件のお武家に連れてった――

道孝がそんな風に自慢げに、皆に話して聞かせていたと、のちに恵蔵から聞いている。

「そういえば、養子縁組の話はどうなったんだい？」

「それが、道孝は断ることにしたそうです」

「なんと」

保次郎と今井が口を揃えて、太郎と三人して目を丸くした。

「つい昨晩、母のところへ話に行ったそうで……自分には剣術や朱子学よりも商売が向いている、いずれは自分の店を持ちたいと思っているとも言っていました。幸い――といっていいものか――山本家からはまだ沙汰《さた》がないので、父が今から断る算段をつけています。まあ、あちらさまから断られるという見込みもなくはありませんが……」

親類が揉めていると告げると、武家の出の保次郎と今井のみならず、小倉について武家によく出入りしている太郎も「さもありなん」とばかりに頷いた。

十一

二日後の暮れ六ツ過ぎに、友永が帰って来た。

家の方の座敷で、夕餉を待ちながら律たちは友永から話を聞いた。

父親の友広は結句亡くなったが、死に目には会えたという。

「米沢には九日に着きまして、父は――母も妹も――大層喜んでくれました」

友永が着いた前日から友広は危篤《きとく》に瀕していたが、友永との再会でしばし活力を取り戻し、医者曰く「三日も生き延びた」。

「ですから、思ったよりも長く父と言葉を交わすことができました。父は痛みを押してではありましたが、起きている時は存外しっかりしておりまして……家のことやら、商売のことやら、思い出話やらを、母や妹を交えて、今際《いまわ》の際まで話しました」

「そうですか」

短く相槌を打ったのち、佐和は――清次郎も――友永の次の言葉を待つごとく、口をつぐんだ。そっと見交わした涼太は居心地が悪そうな顔をしているが、佐和を差し置いて口を挟むのははばかられるようで、それは無論、律も同じだ。

友永の帰宅はあっという間に皆に伝わっていて、奉公人たちが夕餉に集っている隣りの座敷もしんとしていることから、襖越しに皆、耳をそばだてていると思われる。

友永は思い詰めた顔でぐるりと座を見回してから、居住まいを改めて両手を膝に置いた。

「女将さん、お願いがございます」

「なんですか？」

「お……お暇をいただきとう存じます」

深く頭を下げてから、友永は再びまっすぐ佐和を見つめた。

「米沢で、父の店を継ぎたいのです。道孝の養子縁組を控えて、店は大変な時だと承知しておりります。ですから、今すぐにではなく、来年の春にでも――」

「道孝は養子には行きませんよ」

「えっ？」

他の奉公人にもまだ知らせていなかったようで、隣りの座敷でもどよめきがあがった。

「お武家の養子となるよりも、もっと商売を学んで、ゆくゆくは自分の店を持つ——そう心を決めたそうです」

「そ、そうでしたか……」

「お前の年季はとうに明けています。皆、寂しがるでしょうが、お前が考えに考え抜いて決めたことに、否やを唱える者はおりませんよ」

「女将さん……」

「幹助さんは、雪が降る前に米沢にお帰りになるのではないですか？」

「ええ。七日後の、神無月は三日に発つと仰っていました」

「それなら、お前も幹助さんと一緒に、お母さんと妹さんのもとへ戻りなさい。明日にでも、幹助さんのところへお伺いしましょう。——そんな顔をするのはおよしなさい。何もお前を追い出そうというのではありませんよ」

「しょ、承知しております」

目頭を指で押さえて、友永は頷いた。

隣りの座敷へ続く襖戸を見やって、佐和は目元を緩めた。

「お腹が空いているでしょう。皆もお前の話を待っています。仕事のことは、明日にでもまたゆっくり話しましょう。これからの商売のことも」

「これからの商売……？」

「菊花茶ですよ。これからも甘菊を扱うつもりなら、これまでのよしみで、うちに菊花茶を卸してもらえたら、と」

「も、もちろんです。父もそのつもりで——そうなったら嬉しいと……」

「では、そうなるように、お互い話を進めていきましょう」

暇が欲しいと佐和に告げるまで、大分気を張っていたようだ。入って来た時よりはずっと明るい顔をして、友永は座敷を出て行った。

——翌朝、四ツ半という時刻に、友永が一人でこっそり律の仕事場へやって来た。

鞠巾着を二枚、注文したいと言うのである。

「女将さんの許しは得て来ました。母と時江《ときえ》——妹への土産にしたいのです。鞠巾着のことは、幹助さんから聞いたそうです。幹助さんは昨年、若旦那が祝言を挙げると聞いて、女将さんからお嫁さん——お律さんがどんなお方だか聞き出したのです。その折にお律さんのお人柄の他、お律さんが描く鞠巾着が大層人気で、籤引きに当たった者しか買えないと聞いたそうで……妹はそのことを聞いてからずっと鞠巾着が気になっていたらしく、母もその、年甲斐もなく一つ欲しがりまして。今はもう籤引きではないそうですが、池見屋からの限られた注文しかお受けにならないとお聞きしました。そこをなんとか、お引き受けいただけないものでしょうか？　もちろん、お代はきちんとお支払いいたします」

「嬉しいわ。謹んでお受けいたします。籤引きではなくなった分、今はお客さまの細かい注文に応じています。鞠は表に三つ、裏に二つです。お二人の好みの色や、お好きなものを教えてくださいな」

「ええと、母からは『花』、妹からは『小間物と花』としか聞いていないので……花は紅花や甘菊でいいんじゃないでしょうか？　後は私はよく判りませんので、お律さんにお任せいたします」

籤引きの時は注文をそう細かく聞いておらず、「小間物」「花」「玩具」などおよその希望のみだったため、幹助もそう伝えたのだろう。

「紅花も甘菊も愛らしいけど、商売物だけでは味気なくありませんか？　二人とも他にお好きなお花がありませんか？　小間物も、妹さんのお気に入りの櫛や簪があれば、同じものをお入れしますよ。巾着の色は着物に合わせたものでも……」

結句、一晩考えさせて欲しいと、友永が辞去して一刻ほど経った昼下がりに、今度は道孝が仕事場に現れた。

「お忙しいところすみません。女将さんから許しを得て参りました。お律さんにお願いしたいことが二つあります」

「まあ、なんでしょう?」

「一つ目は、店のみんなの似面絵を描いていただきたいのです」

「みんなの似面絵を?」

「はい。女将さん、旦那さん、若旦那、お律さん、おせいさん、お依さん、それから奉公人のみんなの、です。その——友永のために」

「それは妙案ですね。似面絵ならそう荷物になりませんし」

「きっと喜んでくれると思います」と、道孝は口角を上げた。

己はともかく、家族のごとく共に暮らしてきた皆の似面絵は、友永には思い出深い土産となることだろう。

「それで、二つ目は?」

「二つ目は、鞠巾着を……」

「鞠巾着ですか?」

「あ、あの、池見屋から順番に注文を受けていらっしゃることは承知しております。ただ、巷《ちまた》で人気の鞠巾着なら、江戸のいい土産になるかと……」

「ですが、あれは男の方にはどうでしょう?」

「あっ、違うのです。鞠巾着は友永への土産ではなく——その、妹さんへどうかと……」

慌てて首を振った道孝の頬に赤みが差したのを見て、律は閃いた。

「時江さんね？」

「ええ、時江さんです」

「時江さんが、道孝さんの意中の君だったのですね？」

「えっ？」

道孝が驚き顔になったところへ、今度は道孝と相部屋の三吉が顔を覗かせた。

「あ、道孝さん、やはりこちらにいましたか。若旦那が道孝さんを探していらして――そしたら女将さんが、お律さんのところじゃないかと。ああ、そのままでちょいとお待ちください。今、若旦那をこちらにお連れしますから」

腰を浮かせた道孝を押しとどめて、三吉はさっと踵を返して行った。

律と道孝が小首をかしげたのも束の間、涼太が三吉ではなく、友永を連れてやって来た。

十二

「勘兵衛が、早いうちに二人がどこかでしっかり話せるようにと……なんでも、二人ともお律に何やら注文があるそうだな。それなら注文がてら、しばしここでゆっくり話そう」

道孝と驚き顔を見合わせた友永を促して、涼太も上がり込んで腰を落ち着けた。

「これも勘兵衛から聞いたんだが、お前たちはずっと、いつか一緒に商売を――友永のお父さんの店の江戸店を出そうと話していたんだってな。——ああ、責めるつもりはこれっぽっちもないんだよ。年季が明けて、独り立ちしていった者はこれまでにも何人もいた。よその店に移った者も……うちはまだ、暖簾分けできるほどじゃないからな」

そもそも葉茶屋は蕎麦屋や茶屋、飯屋ほど数が要る商売ではない。

「二人がそういう心積もりだったのなら、今のうちに腹を割って話した方がいいんじゃないか？　三吉もお前たちを案じていたぞ。積もる話があるだろうと、昨晩、三吉はお前たちを気遣って、佐平次たちの部屋で寝たそうだな。それなのに、お前たちはろくに言葉をかわさなかったようじゃないか」

ちらりと友永を見やって、道孝が口を開いた。

「私は、その、友永が長旅で疲れているだろうと……」

「私は……」

これまたちらりと道孝を見やって、友永は顔を歪めた。

「まさか、道孝が養子を断るとは思わず……それなのに私は、今更米沢に行くなんて一人で決めて、道孝を裏切ってしまったと……」

「莫迦を言え」と、道孝。「それを言うなら、私の方が先にお前を裏切ったんだ。お前に相談することなく、養子にいくと――そう決めてかかって、お前に話したから……」

「ははは」

真剣な面持ちの二人を、涼太が笑い飛ばした。

「裏切りだなんて、お前たちは物々しいな。二人とも、此度のことはどちらも——養子縁組も友永のお父さんの急逝《きゅうせい》も——思わぬ話だっただろう。私には、お前たちの約束も寝耳に水だった。至らぬ者でどうもすまない。だが、その分、今ここで埋め合わせをさせてくれ。友永は六日後には江戸を発つんだぞ。道孝、お前は友永が米沢に行くだろうと見越していたんじゃないか？　本当は、今こそ約束を果たしたいと考えているんじゃないか？」

涼太に問われて、道孝は改めて友永を見た。

「……若旦那の言う通りだ。もしも親父さんが亡くなったら、友永ならきっと、親父さんの跡を継ぐために米沢に行っちまうだろうと思ってた。俺もいつか——叶うなら今すぐにでも、お前の力になれねぇものかと……」

仲間同士の伝法な言葉遣いになって、道孝は心中を打ち明けた。

「お、俺も、お前はてっきり養子にいくと思っていたから、断ったと聞いて、それならいつか江戸店をって……米沢の店もお前と一緒なら心強いが、あっちは江戸とは大分勝手が違うし、冬も比べものにならねぇくらい寒いらしいから、気安く誘っちゃいけねぇと……」

「俺の方こそ、江戸しか知らねぇ井の中の蛙《かわず》だから、お前やおかみさんたちが大変な時に、かえって足手まといになっちまいやしねぇかって……」

「てやんでぇ。お前と一緒の方が、俺が足手まといにならずに済むや。時江だって、きっと喜ぶに違ぇねぇ」

「そ、そうか？」

「うん？　時江さんというのは、確か友永の妹さんか……？」

涼太が小首をかしげるのへ、律は大きく頷いた。

「そうよ。道孝さんは、時江さんのために鞠巾着を注文しに来たのよ」

「それはつまり――」

「そうなのよ。そして、時江さんが喜ぶということはつまり――」

「時江も道孝を好いているんです」

はっとした道孝へ、友永は頷いて見せた。

「あいつはこの数年、ずっと嫁入りを渋ってきたんだ。江戸店ができたら、押しかけ女房になる気だったらしいや」

「お、俺だって、江戸店ができたら、時江さんに妻問いする気で……けれども、養子の話を聞いてつい心が揺れて……祖父さんや親父が喜んでくれる気がして……」

「うん。俺がお前でも一度は養子に――侍になることをきっと考えた。だから、なんにも言えなかったんだ。俺も、時江も……だが、此度お前がお武家に養子にいくと知って、あいつはとうとう年貢の納め時かと、柄にもなく溜息をついていやがった」

似たような身の上から仲良くなった道孝と友永は、藪入りで互いの家を行き来するなど家ぐるみの付き合いがあった。時江は友永たちより三つ年下で、両親と米沢へ越した時には十四歳だったが、幹助を通して、折々に文《ふみ》や小さな贈り物を交わしていたという。

「あいつはな、お前があいつが江戸を発った時にやったお守りを、いまだ後生大事にしてるんだぞ。手ぬぐいだって、ほんとはお前だけにやりたかったそうだ」

昨年、時江は幹助に紅花で染めた山吹《やまぶき》色の手ぬぐいを二枚、友永と道孝のために言付けていた。いつもは栞《しおり》やら絵銭《えせん》やら、文に隠せる物を贈っていたらしいが、手ぬぐいは隠しようがなかったために、「仕方なく」兄の分も用意したそうである。

さっと懐へ手をやったところを見ると、道孝はその手ぬぐいを肌身離さず身につけているのだろう。

「なんだ。そうだったのか」と、涼太がにっこりとした。「それなら道孝、江戸店なんて気の長いことを言ってちゃ駄目だ。なぁ、お律」

「そうですとも。三つ年下でも、時江さんはもう二十歳、年が明ければ二十一じゃありませんか。年増をあまり待たせるのはよくないですよ」

「うむ」

微苦笑を浮かべてから、涼太が二人に向き直る。

「道孝、お前がその気なら、早いとこ女将さんに話に行こう。私が一緒について行くよ」

「しかし、二人して急にお暇をもらうというのは……」

「うん、みんなしばらく忙しくなるな。寂しくもなる。だが、女将さんは言ったろう。お前が望む道を後押しすると。――私も同じだ」

「若旦那……」

鞠巾着の意匠は二人がのちほど話し合うことにして、まずは佐和に話をするべく、男三人は青陽堂へ帰って行った。

十三

「新助《しんすけ》さん、にっこりしてちょうだいな。そんな顔は描けないわ」

律が言うと、隣りの亀次郎とその隣りの利松《としまつ》も口々に言う。

「そうだぞ。そんな顔じゃあ、友永さんも道孝さんも嬉しくないぞ」

「こいつは泣き虫だと、米沢で言いふらされるぞ」

「て、てやんでぇ、おれは――あ、私は泣き虫じゃありません」

新助が慌てて言い直すと、亀次郎と利松が噴き出して、新助もつられて笑い出した。

「そうそう、いいお顔」

友永たちに持たせる似面絵は、部屋ごとに描くことにした。

新助、亀次郎、利松の三人、仙次郎《せんじろう》と与吉《よきち》、菊介《きくすけ》と典造《のりぞう》、典助《のりすけ》と孫芳《まごよし》、六太と乙吉と、丁稚たちを描いてしまうと、次に手代たちに取りかかる。

源八郎《げんはちろう》と治郎吉《じろきち》は丁稚たちと同じ四畳半を二人で使っているが、幸太《こうた》より年上の者は八畳間で相部屋だ。幸太、助四郎《すけしろう》、佐平次《さへいじ》の三人の部屋の隣りが三吉、友永、道孝の部屋であったが、二人の代わりに権七《ごんしち》と松五郎《まつごろう》が入ることになり、倉次郎《くらじろう》と八兵衛《はちべえ》、熊蔵《くまぞう》と忠吉《ちゅうきち》は、今まで三人部屋だったのが二人部屋となる。既に二人部屋だった信三郎と富助、房吉と作二郎の他、律と涼太、清次郎と佐和、恵蔵とゆかりをそれぞれ二人で一枚に、勘兵衛はせいと依と三人で一枚に収めることになった。

　計十六枚の似面絵を描く傍ら、鞠巾着も二枚仕上げた。

　友永の母親へは地色を樺茶《かばちゃ》色にして、裏の二つの鞠に紅花と甘菊を、表には朱色と紅紫《こうし》色、白色の山つつじを描いた。というのも道孝が、その昔母親から、友永の母親と連れ立って根《ね》津権現《づごんげん》へつつじを見に行ったこと、その折に友永の母親が好きな花として郷里の山つつじを挙げたこと、白いつつじの花は滅多に見ないこと――などを聞いて、覚えていたからだ。

　道孝は、時江が身につけていた簪や櫛もよく覚えていた。いつか己も、簪か櫛を贈ろうと考えていたからである。また、時江が身近な紅花の他、藤が好きなことも、文や文に添えられた藤の押し花から知っていた。

　よって、時江の鞠巾着の表には藤と紅花、時江が祖母からもらって愛用しているという珊《さん》瑚《ご》の玉簪を、裏には甘菊と、菊の意匠の姫櫛を、小豆《あずき》色を地色として描くことになった。

――小豆色とはちと、年寄り臭くないか？――

――時江さんは友里堂を広めるために、紅花で染めた黄金色やら紅色やらの着物をよく着ていると文にあった。それから、引っ越す前はお祖母さんの形見の小豆色の帯をよく締めていたが、今は違うのか？――

――まいったな。お前の言う通りだ――

友永と道孝のそんなやり取りののち、地色が決まった。

時江の巾着の裏にも甘菊を入れることにしたのは、それが友里堂の新たな商品であると共に、律が菊についてのあれこれを――雪永から聞いた、それこそ付け焼き刃の浅識を――二人に話したからである。

――邪気払いに、千代の栄華ですか……――

そうつぶやいた道孝はこれまでの給金を少し前払いしてもらい、涼太の紹介で藍井へ赴いた。折よく仕入れてまもない菊の蒔絵《まきえ》の姫櫛を手に入れて、それを五つ目の鞠の意匠としたのである。櫛は「苦労を共にし、死ぬまで添い遂げよう」という意と共に、妻問いの贈り物にされることが多い。

律は似面絵や巾着の代金はしっかり受け取ったが、そっくりそのまま涼太へ渡し、二人への餞別《せんべつ》に上乗せしてもらうことにした。

律が似面絵や鞠巾着に勤しむ間に、清次郎はさる「茶人仲間」を連れて山本家へ養子縁組を断りに行った。安由美は諦めきれぬ様子だったが、勝信は「茶人仲間」の進言を聞き入れて、山本家は当初の見込み通り、安由美の従姉の三男を養子に、勝信の兄の娘をその妻に迎えることに落ち着くようである。

佐和は友永と道孝、幹助を交えて幾度か話し合い、涼太は道孝が受け持っていた客への挨拶と引き継ぎに忙殺されて、あれよあれよという間に出立の日を迎えた。

似面絵を描いた時には鬱々《うつうつ》としていた新助も、数日前から明るさを取り戻していた。

何故なら、話し合いで幹助も隠居を考えていることが判り、まずは道孝を己の後釜として育てることにしたからだ。

「春になったら、幹助さんとまた顔を出します」

「私も店に慣れたら、道孝と交代で江戸に参るつもりですから」

道孝と友永が口々に言うのへ、皆嬉しそうに頷いた。

神無月は三日の明け六ツ。

総出で見送る皆を、道孝と友永は何度も振り返りながら青陽堂から巣立って行った。

第三章

香物《こうのもの》

一

道孝と友永が青陽堂を発った二日後、律は久方ぶりに伏野屋の香を訪ねた。

鞠巾着のことで道孝たちと言葉を交わすうちに、己の親友である香が恋しくなったのだ。

一連の出来事はほんの一月の間に起きたため、香にはまだ伝わっておらず、大泥棒・夜霧のあきの捕物や千代の着物の注文などと併せて話が弾んだ。

如月《きさらぎ》五日に生まれた幸之介はちょうど八箇月で、背丈は二尺余り、目方も二貫百匁《もんめ》余りになっていた。

抱っこしてみて、思ったよりずしりとしていることに驚く律へ、幸之介は屈託のない笑顔を見せる。

「幸之介さんは、今日もご機嫌ね」

「あー」

「りっちゃんだからよ。峰《みね》さまや多代《たよ》さまが抱っこすると、三度に二度は泣き出すもの」

声を潜めて、香はにんまりとした。

峰は香の姑、多代は小姑《こじゅうと》だ。香は幸之介を授かるまで、この二人から散々嫌がらせを受けてきた。

二人して忍び笑いを漏らしたのち、律から幸之介を受け取ると、香は束の間躊躇ってから切り出した。

「あのね、りっちゃん」

「どうしたの?」

「ええと、その……どうも、史織さまがご懐妊のようなの」

「史織さまが?」

驚いて問い返してから、律は顔をほころばせた。

「そうだったの……香ちゃん、教えてくれてありがとう」

羨ましさは否《いな》めないが、史織のこれまでの苦悩を知っているだけに、安堵と喜びの方が勝った。また、同様の苦悩を経て幸之介を授かった香の口から聞いたからか、吉報は励みとしてもじわりと律の胸を満たしていった。

「おととい、たまたま表に出た時に、広瀬さまが通りかかったのよ。幸之介を抱っこしていたから、足を止めてくださって……そのお顔からなんとなく閃いて、史織さまのことをお訊ねしたら、こっそり教えてくださったの。文月の初めから悪阻《つわり》が始まって、今もまだお加減が悪いみたい。りっちゃんたちには、いつ伝えようか迷っていらしたそうよ」

律は、文月朔日には史織と史織の実方《じつかた》の片山家を訪ねていた。悪阻が始まったのは、あれからほどなくしてのことなのだろう。

「気を遣わせてしまったわね」

広瀬さんにも、香ちゃんにも――

「そりゃあ、少しは……でも、私にばれたからには近々打ち明けると仰って、もしも私の方が先にりっちゃんかお兄ちゃんに会ったら、話してもいいという許しはいただいてるわ。それもあって私、早くりっちゃんとおしゃべりしたくてうずうずしてて、明日にでもお粂《くめ》にりっちゃんを呼んで来てもらおうと思ってたところだったのよ。そしたら、りっちゃんの方から訪ねて来てくれた――私たち、やっぱり親友ね」

「ええ。間違いないわ」

大きく頷くと、香は嬉しそうに目を細め、そんな母親を見上げて幸之介も声を上げた。

「お、うー」

「あっ！　ねぇ、今、『おっかさん』って言ったんじゃない？」

声を高くして律が言うと、香と幸之介は今度は揃って目をぱちくりした。

「もう、りっちゃんたら！　親莫迦《ばか》の私だって、思いつかなかったわ。ねぇ、幸之介、あなたの伯母《おば》さんはとんだ伯母莫迦よ」

「お、おー」

「ほうら、幸之介も伯母莫迦だって言ってるわ」

「もう、香ちゃんたら！」

ひとしきり笑い合うと、律は千恵が菊作りを始めることや、綾乃の縁談——近江から来た色男——の話も香に明かした。

「綾乃さんも、年が明ければ二十歳だものね……それにしても、お義姉さんは曲者《くせもの》のようね。なんだか、多代さまと同じ臭いがするわ」

顎に手をやってつぶやく様は涼太に似ていて、律はつい噴き出しそうになる。

「でも、その色男の総次さんとやらとくっついたとして、住まいはどうするの？　旅籠の次男なら料理屋でも役立ちそうだから、婿入りとして尾上に住み込むのかしら？」

「どうかしら？　でもまず、綾乃さんにその気はないそうよ」

「まあ、綾乃さんなら他にも縁談は引きも切らないでしょうけど……何か判ったら、また知らせてちょうだいね？」

「え、ええ」

「約束よ」

「判ったわ」

昼餉を挟んで二刻ほどもおしゃべりしてから、律は伏野屋を後にした。

京橋を渡ってまもなく、八ツの鐘が鳴り始める。

今井や涼太との一服には到底間に合わぬと知って、律は菓子屋・桐山《きりやま》の代わりに、藍井に寄って帰ることにした。

暖簾をくぐると、由郎も二人の店者も客の相手をしている。出直そうかと踵を返しかけた矢先、由郎が律に気付いて会釈を寄越した。

「言伝《ことづて》を預かっているのです。そちらでお待ちいただけますか？」

上がりかまちに座って待つことしばし。

客を見送りに出た由郎が、綾乃を連れて戻って来た。

二

噂をすれば影がさす――

「まあ！　お律さんもいらしてたんですね」

声を高くして、綾乃は律の隣りに腰かけた。

「――聞いてください、お律さん。もう、本当に困っていますの」

「どうしたのですか？」

「総次さんのことです」

由郎に促され、律たちは店の奥の座敷へ移った。

観菊ののちも綾乃は総次の誘いをそれとなく避けていたのだが、全ては断り切れず、先だって総次から贔屓の小間物屋を問われた折に、藍井を教えたそうである。

「おうちのご両親に何か気の利いた贈り物をと言うので、選《え》りすぐりの小間物を置いている藍井をお勧めしたのです。けれども、お求めになったのはこの櫛《くし》だったようで」

そう言って、綾乃は巾着から小さな包みを取り出した。

桐箱を包んでいる薄紙の印《いん》は「藍井」で、中身は牡丹の蒔絵の櫛だった。

「この印を見た時に嫌な勘が働きましたの。玄関先でお断りしたのですが、母が聞きつけて、総次さんを座敷に上げてしまったのです。その上、父まで呼んで来て……」

父親の前で、総次は国から届いたという文と櫛を改めて差し出した。文は総次の父親からで、母親、兄一家、親類共々、綾乃との縁組を喜んでいる旨《むね》が記されていたという。

「さりとて、娘御が近江に嫁入りとなると、さぞお気を揉まれることだろう——と、うちの親の心中を慮って、総次さんは江戸で嫁取り、または婿入りしてよいとまで書かれていたのです。きっと、母と総次さんはぐるだったのですわ。総次さんは母の懸念を知って、親御さんに父が得心《とくしん》ゆくような文を書いてもらったのでしょう」

綾乃の物言いにくすりとしながら、由郎が頷いた。

「ぐる——だったのでしょうね。それで、お父上はなんと?」

「父は……」

──総次さんのお気持ちや親御さんのお気遣いはありがたいが、娘にはまだその気はないようだ。何より、ちと、ことを急ぎ過ぎじゃないかね？──

──面目ありません。気が急《せ》いているのは確かでございます。このように心焦がれる方にはもう二度とお目にかかれないでしょうから、うかうかしていては他の男に引っさらわれてしまうと気が気ではないのです。加えて、お言葉ですが、綾乃さんはもうじき二十歳、私も再来年には三十路になりますゆえ、お互い急ぐに越したことはないかと──

──お互い想い合っているのなら、な。しかし、嫌がる娘を無理矢理嫁がせるような真似はしないよ──

──もちろんです。綾乃さん、どうもしつこくしたことで、嫌われてしまったようですね。どうか私に弁解と挽回《ばんかい》の機会をいただけませんか？　顔かたちは致し方ありませんが、至らぬところは、お心に添えるよう尽力いたしますから──

「父は、此度は総次さんが父の前では近江の言葉を引っ込めて、江戸の言葉で話したことが気に入ったみたいです。なので櫛はひとまず預かっておいて、今少し江戸見物を手伝ってあげてはどうかと言っておりました」

「なるほど。それで、綾乃さんはいかがなさりたいのですか？」

「私は、ひとまずこの櫛をお返ししたいのです。櫛なんて、あからさまな贈り物はいただけません」

むくれ顔の綾乃へ、由郎は再びくすりとして問うた。

「そんなにお気に召しませんか、総次さんは？　性急なことは否めませんが、今のお話からすると判らぬでもありません。店で少しお話ししましたが、京や大坂にもいらしたそうで、旅の話も含めて大分見識がおありのようでした。話し上手でもありますから、綾乃さんも退屈せずに済むのでは？」

「仰る通り、総次さんはお話し上手なので、ついつい乗せられてしまう時がありますわ。けれども、殿方として、心ときめく方ではありませんの」

「心ときめくことがない……ははは、それではどうしようもありませんね」

「そうなのです。どうしようもないのです」

頰を膨らませた綾乃が愛らしく、律もとうとう由郎につられて笑みを漏らしてしまった。

「笑いごとじゃありませんのよ」

「すみません」

由郎と声を揃えて謝ってから、律は由郎を見やった。

「由郎さんも、その気のない方にしつこくされてお困りだったことがありますでしょう。綾乃さんのために、何か良い手立てはありませんか？」

「そう言われましても、総次さんはいわば尾上ご紹介のお客さまですからね……しかし、うちの印を見て嫌な思いをされては私も困ります。この櫛はひとまず私が預かりましょう。もしも問われたら、親御さんにも総次さんにもそうお応えください。総次さんが――綾乃さんでも――お望みなら、いつでも返上いたします」

「ありがとうございます」

綾乃が安堵の表情を浮かべたのを見て、律は由郎と笑みを交わした。

「総次さんの首尾はさておき、道孝さんの方はきっとうまくいくと思います。今日はそのことを伝えに寄ったのです」

奉公人だった道孝もつい先日、藍井で櫛を買い求めたこと、巾着にその櫛の絵を入れたこと、二日前に江戸を発ち、米沢に着いたら妻問いすることを話すうちに、綾乃はむくれ顔から笑顔になった。

由郎の言伝は千代からで、十一日の茶会に涼太と律を招待したいとのことだった。

「炉開きは十日ですが、私は別の茶会に呼ばれておりましてね」

「うちの人も、十日はもう空いていないかと」

今年は十日が亥《い》の月――神無月《かんなづき》――の最初の亥の日で、いわゆる「玄猪《げんちょ》の日」にして「炉開きの日」でもある。よって、茶人の清次郎は言わずもがな、佐和や涼太もどこかしらの茶会に招かれている。

「件の着物のお披露目でもありますから、十日の茶会は外せません。そうお伝えしたら、お千代さんの方は翌日でも構わないとのことでしたので……十一日の八ツだそうです」

件の着物とは、律が描いた雷鳥の着物で、由郎は炉開きの茶会でこの着物を披露すると決めていた。

「では、うちの人に訊いてみます」

二人して藍井を辞去すると、まだ話し足りぬという綾乃と日本橋を北へ渡る。

「先ほどのお千代さんですけれど――」

やはり多少は噂になったらしく、千代が吉原遊女を身請けしたことを綾乃は知っていた。

「お千代さんは江戸にいらして一年にもならないから、どなたかつてを頼ったとお聞きしましたが、そのつてというのは由郎さんじゃありませんか？」

吹聴《ふいちょう》することではないと判じていたが、口止めはされてはいない。ましてや、浅草を庭としている綾乃にはどのみち隠しておけぬと、律は素直に頷いた。

「そうですよ。八朔の日、お千代さんは八朔見物のついでにそのお女郎に――お紺さんというお名前なのですが――会いに行かれたのです」

「とすると、もしや、お紺さんは由郎さんの馴染みだったのはありませんか……？」

「綾乃さんの勘働き――いえ、ご明察の通りです」

律が微苦笑と共に応えると、綾乃は満足げに、そして誇らしげに胸を張った。

綾乃に問われるがまま、由郎と紺の馴れ初めを、ついでに加枝のことも少し話した。読売になるほどの出来事ではなかったため、綾乃が聞いた噂では、千代は遊女を二人身請けしたことになっていたからだ。

「そうでしたのね。遊女を二人も身請けするなんて、お千代さんは女知音《ちいん》じゃないかとも噂されていて――ああ、女知音というのは」

「し、知ってます」

知音とは遊女の馴染みや恋人、親友を意味する言葉で、「女知音」は男色ならぬ、女を好む女のことである。

「そうでしたか。お律さんは、こういった言葉はご存じないかと思っていました」

「そ、それくらいは存じております。噂は誤りです。お千代さんは、その、けしてそういうお方ではありませんから」

「ふふ、なんだかお千代さんにお目にかかりたくなりましたわ。これからも親しくされるようでしたら、そのうち私にもご紹介いただけませんか？」

「ええ、そのうち機会がありましたら」

「それにしても、ふふふ、由郎さんにそのような女性がいたなんて……どちらも気になりますわ。かつての想い人も、お紺さんとのこれからも。今少し詳しく教えてくださいな」

「そう言われましても、私も今お話ししたことしか知らないのです」

綾乃は眉尻を下げたが、すぐに気を取り直して律に詰め寄った。

「では、また何か判りましたら、教えてくださいます？」

「え、ええ」

「約束ですよ」

「しょ、承知しました」

香ちゃんといい、綾乃さんといい――

――なんだか、お千恵さんみたいな目をしてますぜ――

ふいに基二郎の言葉が思い出されて、律は笑みをこらえるのに苦心した。

三

十一日の茶会は結句、律一人で赴いた。

涼太は前日に二つの茶会に顔を出したため、二日続けて店を空けられぬと判じたのだ。

「せっかくお招きいただいたのに、すみません。つい先日、手代が二人、出羽国に旅立ちましたので、少々忙しくしているのです」

「お律さんに来ていただけただけで、充分ですよ。さあ、どうぞ」

と、後を追うように、由郎も姿を現した。

「まあ！　素敵なお召し物ですこと」

千代の感嘆の声を聞きつけて、紺と加枝も玄関先へやって来る。

「よくお似合いで……」

「これはこれは」

千代たちが目を見張る中、由郎は優美に微笑んだ。

「昨日もお褒めの言葉をたくさん頂戴しましたよ、お律さん」

「光栄に存じますが、由郎さんがお召しになっていたからこそでしょう」

すらりとした由郎の左腰には遠目の、右膝には実物と変わらぬ大きさの雷鳥が、雪に覆われた白山から地上を見渡している。

「ははは、私は少々思い上がっておりました。合わせた時は、我ながら似合うと自負していたんですがね。いざ袖を通してみると、どうもまだ、私はこの着物にふさわしい器ではないと判りました。今こうして胸を張っているのは着物のためです。お律さんの腕前は間違いありませんから……こちらへ来るまでにも人目を引いたようで、三人に呉服屋の名を問われました。近いうちに、名指しで注文がくるやもしれませんよ」

「嬉しゅうございます」

案内された座敷には、先月納めた菊の着物が衣桁《いこう》にかけられていた。

「むむ、これはしてやられましたな。思っていたよりずっと美しい」

「着てしまうと、せっかくの菊が見られませんでしょう。この家には茶室もありますけれど、この人数には狭いので、座敷でゆるりと楽しみましょう」

そう言って、千代は火鉢にかけた釜から抹茶を淹れた。

いわゆる茶の湯の作法通りではないが、千代が淹れた茶は美味しかった。

おそるおそる茶碗を扱う様子からして、加枝は茶の湯をあまり知らぬらしい。そのこともあって、千代は型にはまった茶の湯は避けたと思われる。今日の茶会のために律は茶の湯をおさらいしてきたが、まだ加枝とそう変わらぬ素人ゆえに千代の心遣いがありがたく、気負わずに済んだ分、茶を楽しむことができた。

茶は服のよきように点《た》て――

清次郎から教わった利休の心得を思い出しながら、律は抹茶を味わった。

抹茶で一服したのち、千代は煎茶を淹れて、律たちは月見の宴の折のように、更に気安いおしゃべりに興じた。

紺は月に一度医者に通うことになったが、今のところ胸のしこりは良くも悪くもなっていないらしい。

加枝の怪我はほとんど癒えたようだ。傷痕は薄っすら残っているそうだが、髪で隠されていて傍目《はため》には判らない。一時ぼんやりしていた記憶もすっかり戻ったそうで、穏やかな話し方はそのままに、だが受け答えは前よりしっかりしている。成りゆきは違うが、長らく記憶が曖昧だった千恵が思い出されて、律は加枝の早い回復を喜んだ。

三人はまだ花前屋へ足を運んでいないものの、百世からの見舞いの遣いが、葉月と長月の月末に一度ずつ訪ねて来たそうである。

「お美奈は一度も顔を出さないのよ。まったく、礼儀知らずなんだから」

「あなたにがみがみ言われるのを恐れているのよ、お紺さん」

紺へ苦笑を浮かべてから、千代は付け足した。

「お美奈さんは、お加枝さんの薬礼《やくれい》のために、花前屋の仕事の他、内職もしていると、お遣いの方が言っていました」

「お紺、もっとお菓子をお食べ」と、由郎が微笑む。「好きだろう？　桐山の薄皮饅頭」

「いただきますとも」

見たところ、由郎さんとお紺さんは相変わらずの仲だけど……

綾乃との約束を別にしても、由郎の恋話には興をそそられる。だが、己からあれこれ問いかけるのは、律にはどうもはばかられる。

「お紺さんも桐山の薄皮饅頭がお好きなんですね。私の弟もなんです」

「弟さんも？」

「はい。お菓子好きが高じて、近所の菓子屋で奉公しているんです」

慶太郎の話をすると、紺は一石屋《いっこくや》を知っていた。

「お伺いしたことはないんですが、前に中でいただきました。丸に一つ石の焼印のお饅頭が美味しかったです」

「そう、その一石屋です」

「なんだか懐かしい味がしたので、よく覚えているんです。今度買いに行ってみます。ついでに、青陽堂さんにも。ね、お千代さん、いいでしょう？」

「ええ……じゃあ、お遣いお願いね」

「私一人じゃ、どのお茶がいいのか判らないわ」

「涼太さんかお店の方にお訊ねすればよいのよ。そうだわ。お加枝さんと一緒に行って、上野の広小路や寛永寺にも行って来たらどうかしら？」

「お千代さんは？」

「年寄りはおうちでのんびりよ」

「何言ってるの。ぴんぴんしてるのに……この間も、みんなで日本橋に行ったじゃない」

「時にはあなたたちも一人や二人で、のんびりするのもいいでしょう？　そんなに私に気を遣うことはないのよ」

「気を遣っているんじゃないの。お千代さんと一緒の方が楽しいからよ」

「優しい子ね」

千代が微笑むと、紺は照れ隠しにむくれ顔を作った。

三人暮らしも、まずまずうまくいっているみたい……

二人の身請けから二月が経とうとしている。女同士とはいえ、そううまくいくものだろうかと案じていたが、打ち解けた様子の三人に律は安堵しながら微笑んだ。

七ツの鐘を聞いて四半刻ほどで律が暇《いとま》を告げると、由郎が問うた。

「広小路辺りまでお送りしましょうか？」

「由郎さんも、もうお帰りですか？」

「いえ、私は今宵は浅草泊まりです」

「それなら、わざわざ悪いですわ」

「ですが、そろそろ出かけても……」

そう言って、由郎はちらりと紺を見やった。

どうやら、今宵は「紺と泊まり」らしいと踏んで、律は慌てて首を振る。

由郎と二人きりはもちろん、これから宿へ向かう二人と一緒というのもどうも気まずい。

「まだ明るいですから、一人でも平気です。由郎さんは今少しごゆっくり」

「そうですか？」

「ええ、お気遣いなく」

四

由郎さんは、お紺さんと身を固める気はないのかしら――？

二人の年の差は十年で、千恵と雪永、綾乃と総次よりも離れているが、紺は綾乃より二つ年上ゆえに来年には二十二歳になる。

紺は由郎ほど目を引く美貌ではないが、並より上には違いなく、可憐な面立ちに芯の通った眼差しが、飄々《ひょうひょう》としている由郎とお似合いだと律は思っていた。

昨日今日の仲じゃないのに……

由郎さんは、いまだ「彼の人」が忘れられないのかしら？

お紺さんは、このままでいいのかしら？

やっぱり、乳岩が悪くなることを恐れているのかしら――？

余計なお世話であることは承知の上で、一人悶々《もんもん》としながら今戸橋《いまどばし》を渡る。

橋の南の浅草金龍山下瓦町《きんりゅうざんしたかわらまち》を過ぎてまもなく、律は己の名を聞いて振り返った。

「お律さん！」

小走りに近付いて来たのは、いつぞやの御用聞きだった。

「ええと、広正さんでしたね。中秋の名月にお会いした――大伝馬町にお住まいの……」

「そうです。覚えていてくださいやしたか」

「今日もご友人のところへお出かけだったのですか？」

「へぇ、暇潰しと、ちょいと気になることがありやして……お律さんは、もしやまた、お千代さんちからのお帰りで？」

「ええ。今日はお茶にお呼ばれしたんです」

「さようで。あの……折り入ってお訊ねしたいことがあるんですが」

律を通りの端へいざない、声を低めて広正が言った。

「なんでしょう？」

相手が御用聞きゆえに、律は気を引き締めて問い返した。

「お千代さんのことなんですが……」

「お千代さん？」

もしや己がお上御用達の似面絵師であることを知って、似面絵を頼まれるのではないかと思っただけに、千代の名を聞いて律は驚いた。

「実は、お千代さんがどうも気になっておりやしてね。というのも、先日友人から更に聞いたところ、お千代さんはどうやら、あっしの昔の恩人の娘さんに似ているそうです。名前は違いやすが、瓜二つといっていい面立ちだと言うんでね。お千代さんは尾張からいらしたそうですが、生まれ育ちも尾張ですか？　もしや、左腕に目立つ傷痕がありやせんか……？」

微笑と躊躇いがちの口調から、律は広正はかつて——もしかしたら、今も尚——「恩人の娘」に懸想《けそう》していたのではないかと推察した。

「腕に傷痕があるかどうかは知りませんが、生まれも育ちも尾張だとお聞きしています。江戸には旦那さまの供養のためにいらしたそうです。その、旦那さまは江戸に来たがっていたけれど、それが叶わぬうちにお亡くなりになったので」

「そうでしたか……」と、広正は肩を落とした。「では、やはり人違いですね。もしやと思って、直にお伺いしようかどうか迷っていたんです。もしも彼の人なら、恩返しできぬものかと思いやしてね。ああ、恩人はとうに亡くなっておりますから、せめて娘さんに……いやはや、ここでお律さんにお会いしてよかった。あっしのような岡っ引きが藪から棒に訪ねたんじゃ、きっとお千代さんを怖がらせちまうでしょうから」

彼の人、と聞いて、再び由郎と紺が頭をよぎった。

由郎や加枝にとって紺がそうだったように、「似ている」といっても、千代と広正の「彼の人」がそっくりということはあるまい。

道孝さんだって、奥さまが仰るほどご子息に瓜二つではなかったようだし……

ただ、父母を亡くしている身としては、面影が似ている道孝に亡き息子を見た山本家の安由美の気持ちがよく判る。由郎の「彼の人」の生死は知らぬが、加枝や安由美のように、恋心でなくとも大切な者を偲ぶ心が、知らず知らずに似た者を探しているのではなかろうか。

「恩人の娘さんは、行方《ゆくえ》知れずなのですか？」

「そうなんです。恩人がお亡くなりになった時、あっしはちょうど仕事で忙しくしておりやしてね。お悔やみには伺いやしたが、そののちしばらく無沙汰をしてしまいやした。そしたら、いつの間にかいなくなっていたんでさ。後で聞いたところ、実は借金を抱えてて、金はなんとか返したものの、取立屋に脅されて、町では根も葉もない噂を立てられて、夜逃げ同然に引っ越したとか」

「それは心配ですね……」

「ええ。けれども、まあ、もう大分昔のことですから、どこかで仕合わせにしてくれればいいんですがね」

微苦笑を浮かべてから、広正は続けた。

「ところで、お律さんは青陽堂の若おかみさんだそうですね？」

「はい。昨年、青陽堂に嫁ぎました」

「ははは、由郎さんからは上絵師としかお聞きしなかったんでね。後でそのことを知って驚きやした。勘兵衛さんは息災ですか？」

「勘兵衛さんなら達者にしておりますが、お知り合いなのですか？」

「ええ、まあ。あっしは親父の代から日本橋の北側が縄張りでしてね。勘兵衛さんは奉公に行く前から――川南《かわみなみ》の長屋にいた頃から知っとりやす。とはいえ、そう親しい間柄ではありませんので、もう大分無沙汰をしておりやすが、青陽堂と聞いてちと思い出したもんで」

「そうでしたか。お伝えしておきます」

清次郎からもらった紙に「勘兵衛　番頭　神田」と書かれていたことを思い出しながら、律は応えた。

しかしながら、青陽堂に戻って勘兵衛に広正に出会ったことを伝えると、勘兵衛はなんともいえぬ顔をした。

「広正さんが……他に何か問われましたか？」

「いえ、ただ『息災ですか？』と」

「でしたら、きっと嫌みでしょう。あの人は私のことを嫌っておりますから」

微苦笑とはいえ笑みを浮かべてはいるものの、その目は珍しく冷ややかだ。

「そ、そうだったのですね。気付かずにすみません」

「いえいえ、お律さんにはなんの非もありません。私の方こそ、お手を煩わせてすみませんでした」

勘兵衛さんも広正さんを嫌っているのね……

人当たりが良く、大らかな勘兵衛ゆえに、広正との間に何があったのか気になった。

夕餉を終えて、寝所に引き取ってから、律は涼太に問うてみた。

「広正さんか……川南の御用聞きだから時折見かけるが、勘兵衛さんといざこざがあったとは知らなかった。勘兵衛さんがうちに奉公に来たのは、俺が生まれる十年も前のことだ。広正さんは五十二、三というお歳だろう？　とすると、勘兵衛さんより六、七歳は年上だから、子供の頃に何かあったってこたねぇだろう。店に来てからのことならおふくろが知っているだろうが、俺はなんにも聞いちゃいねぇから、おそらく店にかかわることじゃねぇんだろうな。気になるお前の気持ちは判るが、勘兵衛さんだって聖人君子じゃねぇ。気に入らねぇお人が一人二人いたっておかしかねぇさ」

涼太の言い分に頷いて、律は詮索《せんさく》をやめて夜具に包《くる》まった。

五

翌日、月番の保次郎が神無月に入って初めて八ツに現れて、律たちはようやく史織の懐妊の祝辞を伝えることができた。

香から聞いたと告げると、保次郎は安堵の表情を浮かべて小さく頭を下げた。

「温かいお言葉、痛み入る。史織も喜ぶよ。その、私がもたもたしていたものだから、あいつはずっと気を揉んでいてね……」

「こちらこそ、お気遣い痛み入ります」と、涼太。

「それでだね……ついでといってはなんだが、小倉の嫁も早々に懐妊したようで、史織にやや遅れて悪阻が始まったそうなんだ」

「まあ――おめでとうございます！」

小倉はもちろん、太郎もさぞ喜んでいるに違いないと、律はやや声を高くした。

「でも、いつの間に？　お嫁さんを迎えることは、大分前に太郎さんからお聞きしましたが、それきりだったような……？」

「それはだね……祝言は卯月《うづき》の終わりでね。おはるの自害やら、夜霧のあきの捕物やらが続いたから、太郎も小倉も伝えそびれていたようでね」

律の流産と前後したため、小倉は己の慶事を伝えられぬうちに、稀代の大泥棒・夜霧のあきの捕物、そののちの始末にしばらく忙殺されていた。文月に入ってようやく事件が落ち着いたと思いきや、今度は妻の悪阻が始まり、その少し前に懐妊が知れていた史織のことさえ律たちにはまだ知らせていないと保次郎から聞いて、太郎共々機を窺っていたという。

「どうもお気を遣わせてしまいましたね。改めてお礼申し上げます」

涼太が頭を下げたのへ、律も倣った。

「しかし、小倉さまには不義理をしてしまいました。とうに奥さまをお迎えになられていたとは露ほども知らず……近々お祝いに上がります」

「うむ。小倉も太郎も、冬佳《ふゆか》さんも喜ぶよ。ああ、冬佳さんというのだ、小倉の妻女は。冬佳さんは小倉からも太郎からも、涼太やお律さんのことをよく聞いているからね」

「ははは、めでたい話は気が晴れますな。まずは茶で祝杯といきましょう。涼太、今日も旨いのを頼むよ」

顔をほころばせた今井を見て、律たちもそれぞれほっと一息ついた。

保次郎は、月初からしばらくは忙しかったが、ここ五日ほどは大きな事件もなくのんびり過ごしているらしい。

ふと、昨日明るいうちから友人宅を訪ねていた広正を思い出して、律は問うた。

「広瀬さんは、大伝馬町の広正さんという御用聞きをご存じですか？」

「もちろんだ。おかみさんが妹夫婦と湯屋を切り盛りしていてね。川南を廻る時に、時折世話になっているよ。広正さんがどうかしたのかい？」

「昨日、浅草でお目にかかったんです。広正さんは何やら昔、うちの勘兵衛さんといざこざがあったみたいで」

やり取りを伝えるついでに、広正は「恩人の娘」に懸想しているのではないかという己の推察を話すも、保次郎は小首をかしげた。

「勘兵衛さんと何があったかは知らないが、広正さんはおかみさんに惚れ込んで嫁にきてもらったと聞いたことがある。生真面目なお人だからね。本当に恩返しのために、娘さんを探しているんじゃないだろうか。ああでも、たとえば二十年――いや、三十年ほど昔の話であれば、おかみさんを娶る前のことだからありうるか……」

「初恋の君だったのやもしれませんぜ」と、いつもの口調に戻って涼太が言った。

「そうだな。ならば、勘兵衛さんとのいざこざは、その娘さんとの恋のいざこざだったんじゃないか？」

保次郎が言うのへ、律はつぶやいた。

「恋のいざこざ？　あの勘兵衛さんが……？」

「こら、お律」と、今井が苦笑した。「勘兵衛さんとて、三つ子だった時もあれば、慶太郎の年頃、お前の年頃だったことがあるのだぞ。——いや、そもそも恋に歳はかかわりがない。また、皆が皆、お前や涼太のように開けっ広げな恋をするとは限らぬ。あの勘兵衛さんなら、おそらく人知れず密やかな恋をしたんじゃないか？　なんなら、今もってそうした恋情があってもおかしくなかろう」

律のみならず、涼太に保次郎までもが、目をぱちくりして今井を見つめた。

「……もしや先生も？」

期せずして三人の声が重なると、今井は呆れ顔で手を振った。

「広瀬さんまでよしてくれ」

六

ひとしきり笑ったところへ、戸の向こうから声がかかった。

「先生、ごめんください。夕《ゆう》です」

「まあ、夕ちゃん——」と、律は腰を浮かせた。

二軒隣りの長屋で生まれ育った夕は、慶太郎の想い人にして、今井のかつての筆子《ふでこ》でもある。夕の長屋にはもう一人市助《いちすけ》という幼馴染みがいるがゆえ、慶太郎が遊びに行くことの方が多く、夕が訪ねて来ることはまずなかった。

ましてや今日は、藪入りでもなんでもない。

「どうしたの？」

「お律さん――あ、広瀬さま……あの、ご歓談中にすみません……」

「いいんだよ。今井先生にご用かね？」

「あっ、あの、お律さんと先生と、ひ、広瀬さまに……」

「私にも？」

「ご歓談中に申し訳ございません。私は馬喰町《ばくろちょう》の若竹屋《わかたけや》の女将、玉《たま》と申します」

夕の後ろから、肉置《ししお》きの良い、ふっくらした女が顔を覗かせて頭を下げた。

引き戸を閉めて上がりかまちに腰かけると、玉は声を低めて突然の訪問の事由を語った。

夕の奉公先である若竹屋には、半年前から、毎月十日に泊まる太一郎《たいちろう》という客がいるという。太一郎は吉屋《きちや》という品川宿の万屋《よろずや》の手代で、市中での商談のために月に一度、馬喰町に宿を取っているそうである。

「ですが、この二月《ふたつき》、十日から翌朝にかけて、金蔵《かねぐら》からお金がなくなっているのです」

二度とも三分ほどと店にとってはそう大きな額ではないものの、金蔵の中でも目につくところへ置いていた金ゆえに、入れ間違いや数え間違いではなく、盗難だと玉は判じた。

「太一郎さんの振る舞いに怪しいところはなく、金蔵には錠前がかかっているのですが、この人は結構な色男でございましてね。うちの仲居たちの間では人気ですから、もしかしたら誰かをたぶらかして、お金を盗ませているんじゃないかと疑っているのです」

金蔵といっても若竹屋のそれは帳場に置いてある船簞笥《ふなだんす》だった。錠前の鍵を持っているのは玉とその夫のみだが、そう複雑な錠前ではなく、此度のことが知れるまでは寝所に鍵を置いていたこともあったため、合鍵を作ることもできたと思われる。

まずは錠前を変えたものの、お上への届け出を玉と夫は躊躇った。悪い評判を恐れてのことで、殊に旅籠や湯屋など客の荷を預かる商売では珍しくない話である。

「もしもうちの者がかかわっていたら、店は立ちゆかなくなります。誰が盗人が働く宿に泊まりたいと思うでしょう。それで、夫と二人でそれとなく奉公人を探ろうとして、まずは一番年下のお夕を呼んだのですが、何分私どもは素人です。何やら怪しいと反対に、早々にお夕に勘付かれてしまい、お夕の勧めでこちらにご相談に参りました」

「慶ちゃん――慶太郎さんから、お律さんがお上御用達《ごようたし》の似面絵師で、定廻りの広瀬さまから頼りにされていると聞いていました。広瀬さまには、火盗改のご友人がいらっしゃることも……それで、お律さんから広瀬さまにお伝えしてもらって、何か良い手立てを教えていただけないかと……太一郎さんは、来月も十日に来るそうなんです」

「旅籠に出入りしている色男……となれば、もしや火盗が探している件の者やもしれんな」

凡太郎の名は口にせず、保次郎は律たちをぐるりと見回した。

凡太郎やもしれない――と、玉の話を聞きながら律も推察していた。

「その男は三十路前後で、やや細目、どこか気取った、つんとした顔立ちではないか？」

「細目というほどでは……」と、玉。「年は二十六、七といったところですから、三十路前後ということもあり得ます。ただ、顔立ちはどちらかというと穏やかな……優男といいましょうか。商売人にしては愛想がありませんが、気取っているというほどではありません」

「あの」と、夕が口を挟んだ。「でも私、少し細目でつんとした男の人を、何度かうちの近くで見かけたことがあります。ここ二月ほどで三度ほど……」

「そうか。ならば太一郎はそやつとぐるやもしれぬな。――何はともあれ、お律に太一郎の似面絵を描いてもらおうか。見覚えがあるかどうか、火盗に検《あらた》めてもらうとしよう」

玉と夕から太一郎の顔立ちを聞き出し、半刻ほどかけて律は似面絵を描いた。

「どうですか？　似てますか？」

「そっくりです」

「慶ちゃ――慶太郎さんが言った通り」

玉と共に目を丸くしてから、夕は続けた。

「あの、先ほど仰っていた細目で気取り屋の男の人ですが、他のみんなもきっと見覚えがあると思います。その人だって結構な色男ですから。私、みんなに訊いてみます。ご近所さんにも……もしも、その人の似面絵があれば、みんなもっと思い出すかも――」

「お夕」と、保次郎が微笑を浮かべた。「お前の心遣いはありがたいがね。後は火盗に任せてやってくれ。太一郎にしろ、細目の男にしろ、皆の噂になったらおそらく逃げ出すだろう。次の十日まで、まだ一月ほどある。それまでに調べてしまうよう友には伝えておくから、お夕もお玉さんも、けしてやつらに悟られぬよう黙っておいてくれ」

「はい……」

しゅんとした夕へ、保次郎は更に微笑んだ。

「友には、お前の名も伝えておく。きっとお前からも話を聞きたがるだろうから、その時はお前が知っていることを話して、火盗を助けてくれるかね？」

「も、もちろんです！」

「こちらこそ、どうぞよろしゅうお願い申し上げます。あの、こちらは些少《さしょう》ながらご相談に乗っていただいたお礼です。それから、こちらはうちの香物《こうのもの》です。近所では評判で、売り物にもしております。よかったらお召し上がりください」

懐紙に包まれた金子と竹皮に包まれた漬物を差し出されたが、相談ごとや似面絵は「お上の御用」であるから、律は金子は返して漬物だけを受け取ることにした。

明るさを取り戻した夕を促して、玉が暇を告げた。

「さ、一石屋に寄って帰りましょう」

「一石屋に行かれるのですか?」と、律は思わず問うた。

「ええ。あすこのお饅頭はうちの人の好物でしてね。今日、こちらにお伺いすると言ったら、忘れずに買って来るよう言いつけられたんですよ。もうじき店仕舞いでしょうから、売り切れていないといいのですけれど――」

「ああ、それなら夕ちゃん。その……手ぬぐいを慶太に持って行ってくれないかしら?」

「慶太郎さんに?」

「この間、忘れて行ったのよ。ちょっと待っててね」

急ぎ仕事場に戻ると、箪笥の中から、伊三郎が使っていた百入茶色《ももしおちゃ》にかんつなぎが染め抜かれている手ぬぐいを取り出した。

忘れて行ったというのは方便で、手ぬぐいを口実に二人が束の間でも言葉を交わせぬだろうかと目論んでのことだ。というのも、文月の藪入りで、夕も「満更でもない」と市助の母親の兼《かね》から聞いたからである。

菓子作りにはまだ早いといわれている慶太郎の仕事は主に、届け物やら注文取りやらの外用だ。しかし七ツに近いこの時刻なら、もう店に戻っていることだろう。

その手絡《てがら》だって、慶太があげたものじゃないかしら――?

手ぬぐいを渡しながら、律は夕が髷に結んでいる朱色の縮緬《ちりめん》の手絡をちらりと見やった。

慶太郎は藪入りで夕に手絡を土産にしたと。これも兼から聞いていた。

「慶太郎によろしくね」

「はい」

頷いた夕の頬が、微かに染まったように見えた。

夕を先に外へと促した玉が、戸口で振り返って律を見た。

にんまりしたその笑顔から、実は夫への土産は二の次で、真の目当ては夕へのささやかな謝礼ではないかと律は思った。

だって、売り切れを案じるくらいなら、先に一石屋に寄った筈だもの――

思わず律もにんまりとして、玉へ小さく頭を下げた。

七

夕に玉、保次郎に涼太が帰って行って四半刻余り。

そろそろ湯屋に行こうと律が仕事場を片付けていると、出し抜けに足音が近付いて来て、引き戸ががらりと開いた。

「姉ちゃん！」

「きゃっ！　何よ、びっくりするじゃない」

「びっくりしたのはおれの方だ。なんでぇ、こいつは？」

伝法《でんぽう》な口調で、脱いだ草履を揃えもせずに上がり込んだ慶太郎は、先ほど律が夕に託した手ぬぐいを握りしめている。

「何って、おとっつぁんの手ぬぐいよ」

「そいつぁ見れば判るさ。いってぇなんの謎かけかって訊いてんだ」

「謎かけ？」

「だって、これは『かんつなぎ』だから、何かつなぎがあるって符牒《ふちょう》かと――」

「符牒……」

「おとっつぁんの手ぬぐいだって言ったら、大事《だいじ》が起きたんじゃないかって、おかみさんたちも姉ちゃんを案じてくれて、ちょいと帰って来いと言われたんだよ。姉ちゃん、何かあったの？　また誰かに脅されてるの？」

口調を改め、真剣な眼差しで慶太郎が問うた。

夜霧のあきが捕まったのち、涼太は慶太郎に巾《きん》という女を頭《かしら》とした盗人一味との因縁や、流産に至った事由――律がはるに、慶太郎を人質にしたと脅されてついて行ったこと――を明かしていた。律がこれからも「お上御用達の似面絵師」を続けるのなら、弟である慶太郎にもいざという時に備えてもらわねばならぬと考えたからである。

――おれも変なやつには気をつけるからよ。姉ちゃんも気を付けなきゃ駄目だよ――

慶太郎や一石屋の心遣いが胸に染みた。

ほろりとしそうになるのをこらえて、律はわざと大きな溜息をついた。

「……もう、何を言い出すかと思ったわ。手ぬぐいを言付けたのは姉心よ。ちょっとは夕ちゃんとお話しできた？」

照れ隠しににやにやしてみせると、慶太郎はみるみる頰を赤くした。

「ば、莫迦野郎！」

「こら、姉ちゃんに向かって莫迦とはなんですか」

形ばかり叱りつけたが、少年らしさが増してきた慶太郎が頼もしいやら、愛おしいやらで様にならなかった。

「うう、ごめんなさい。けどよ、おれ、びっくりしちまって、『忘れ物』だって言われたから、それも何かの謎かけかと思ってさ……うまく言い繕っておいたけど、手ぬぐいが気になって、おしゃべりどころじゃなかったよ」

「そ、そうだったの。それは悪かったわね」

「夕ちゃんも女将さんと一緒だったからか、なんだか他人行儀でさ。お饅頭買って、すぐに帰っちゃった」

「なぁんだ」

律は拍子抜けしたが、慶太郎は膨れっ面になる。

「なぁんだ、じゃないよ。まったく」

「ごめん、ごめん。お詫びと言っちゃなんだけど、その手ぬぐい、箪笥の肥やしにしとくのはなんだから、慶太が使ったらどう？」

「なら、もらっとくよ。それよりさ……女将さんのお伴の帰りに先生の顔を見に行って、先生のところで姉ちゃんに会ったたって聞いたけど、ほんとにそれだけだったのかい？」

――やつらに悟られぬよう黙っておいてくれ――

保次郎の言葉を念頭に、夕は慶太郎にそう告げたらしい。

「ええ。一石屋のお饅頭は、女将さんの旦那さんの好物だそうよ。だから、先生を訪ねたのはそのついでだったんじゃないかしら」

「ふうん……あのさ、姉ちゃんは夕ちゃんと、何か話したの？」

急にもじもじして問う慶太郎に、律は噴き出しそうになりながら頷いた。

「もちろんよ」

「な、なんの話をしたの？」

「近頃、若竹屋には色男が出入りしているそうよ」

「色男？」

「ええ。それで、仲居さんたちの噂になっているんですって」

からかうつもりで律が再びにやにやすると、慶太郎は一瞬押し黙ってからはっとした。

「あっ、もしかして、あの細目ですかした野郎のことか――」

これには律が驚いた。

「慶太も、細目で気取り屋の男を見かけたの？」

「一月《ひとつき》ほど前に若竹屋の旦那さんがうちに寄ったんだけど、あいにくお饅頭は売り切れだったんだ。それで、ついでの折でいいから届けてくれって頼まれて、明くる日に届けに行ったんだよ。その時に、そいつが表で仲居さんに馴れ馴れしくしててさ。上方言葉でなんだかえらそうだったのに、仲居さんは嬉しそうで……吾郎《ごろう》さんは『上方言葉や押しが強い男を好む女は少なくねぇ。加えて面がいいってんなら、そいつはもてるに違ぇねぇ』って言ってたけれど、そういうもんなの？」

「ど、どうかしら？　姉ちゃんは上方より江戸が好きだし、押しの強い人は苦手よ。男の人も女の人も……お江《こう》さんも夕ちゃんも、すかした男の人は好みじゃなさそうよ」

吾郎は慶太郎の兄弟子で、江は吾郎の妻である。

「そうかなぁ……」

「あのね、そんなことよりも――」

慶太郎が見かけたのは凡太郎ではなかろうかと、律は慌てて筆を執った。

「ちょっと待ってね」

凡太郎の似面絵を描いたのは、一月余り前のことだ。太郎に渡した似面絵を思い出しながら、目と眉、鼻、唇と描いていくと、顔の輪郭《りんかく》を描く前に慶太郎が声を高くした。

「そうそう、こいつだよ！」

どうやら、凡太郎が若竹屋の周りをうろついていることは間違いないようである。夕が見かけた「少し細目でつんとした男」も、凡太郎である見込みが高い。

「こいつはさ、梅景《うめかげ》にも出入りしてんだよ。どっちで見かけた時も身軽だったけど、旅籠相手の商売人なのかなぁ……？」

「梅景？」

「三好町の旅籠だよ。大川端で景色がいいから、お高いけど人気の宿さ。毎日じゃないけど、茶請けにうちのお饅頭を出してくれてんだ」

「三好町《みよしちょう》の旅籠――」

三好町は浅草御蔵《おくら》の北にある町で、馬喰町からそう遠くない。梅景の店構えを律は知らないが、安宿の多い馬喰町よりも浅草寺に近い大川端の旅籠の方が貯えがありそうだ。

兎にも角にも、凡太郎が「下見」をしているのは――岸ノ屋の次の狙いは――あの辺りの旅籠らしいと律は踏んだ。

本当に凡太郎かどうか――早く、太郎さんか小倉さまに知らせないと――

「本当にこの人だった？」

「ああ、間違ぇねぇよ。梅景でも仲居さんと何やら話し込んでたよ。――なんだよぅ。やっぱり姉ちゃんも、あいつが気になんのかよぅ」

「莫迦を言わないの」

一瞬迷ったのち、律は声を潜めて続けた。

「慶太郎、これから姉ちゃんが言うことは他言無用よ。おかみさんにも、旦那さんにも、吾郎さんにもよ。約束してちょうだい。何か勘付かれて問い詰められたら、姉ちゃんに直に話しに来るよう伝えればいいわ」

「う、うん」

頷いて、慶太郎は顔を引き締めた。

慶太郎は律にとっては「まだ十二歳」で、母親や父親の死の真相を——武家が絡んだ事の始末を——明かすには時期尚早だと判じている。けれども「もう十二歳」なれば、「約束」が守れぬような子供でもない。

「まだ定かではないけれど、この人はお上が探している悪者かもしれないの。夕ちゃんたちは実は、この人とこの人の仲間かもしれない人を疑ってうちに来たのよ。広瀬さまに似面絵を託すために……この人や仲間を探るのはお上の仕事だから、慶太はけして怪しまれてはならないし、口も手も出してはいけません。万が一、この人の怪しいところを見かけたら、見つからないようにそっと離れて番屋へ行きなさい。これも約束よ」

「——判った」

重々しく頷いた慶太郎を帰してしまうと、律は急ぎ青陽堂へ行って涼太を探した。

八

六ツが鳴る前に佐和のもとへ涼太が来て、今日のうちに火盗改に知らせねばならないことがあると告げられた。

「詳しい話は、お律に訊いてくれ」

そう言われて、清次郎と共に律から委細を聞いたのち、佐和は今宵は勘兵衛と共に二階で夕餉を取ることに決めた。

階下の奉公人たちは作二郎に任せて、清次郎に律、勘兵衛、女中のせいと五人で、佐和たちの寝所の隣りの、かつて香の部屋だった続きの部屋に集う。

「涼太を交えて話すつもりだったのですが、お上への御用で出かけてしまいました。けれども、お律やおせいさんには早くお話ししておきたいのです。お律、涼太には後であなたから伝えておいてください」

「はい」

張り詰めた顔で頷いた律が、御用聞きの広正のことだと聞いて驚き顔になる。

昨晩、勘兵衛から律が広正に会ったと聞いて、互いに苦々しさを隠せなかった。

「勘兵衛が言った通り、あの人の機嫌伺いは嫌みに違いありません。今後はまともに相手してはいけませんよ」

「は、はい……」

勘兵衛を見やってから、佐和は続けた。

「勘兵衛が十二歳でうちに奉公に来てから、来年で三十五年になります。その間、勘兵衛にはいくつか縁談がありましたが、どれもお断りして今に至ります。というのも、勘兵衛には生まれ育った長屋に相思の女子がいたからです」

律が目を丸くするのへ、勘兵衛が微苦笑を漏らした。

勘兵衛の両親は、勘兵衛が十一歳――青陽堂へ来る前年――の冬に共に風邪をこじらせて亡くなった。勘兵衛と同時期に他の店に奉公へ出た年子の兄は二十二歳で早逝《そうせい》し、三つ年下の妹は、叔父に引き取られたのち、その息子――勘兵衛の従兄――と夫婦になったが、五年前に三十八歳で亡くなっている。

二親を相次いで亡くしてまもなく、兄妹と離れて青陽堂へ奉公に来た勘兵衛を、佐和は今でもありありと思い出せる。青白くやつれた顔をしていたにもかかわらず、当時の店主にして佐和の父親の宇兵衛《うへえ》に、落ち着いた声でしっかりした挨拶を述べたのだ。

言葉にしてみて、あれからじきに三十五年になるのかと内心しみじみとする。

来年には清次郎さんが、私も再来年には五十路《いそじ》になるのだから……

「その方は名を『おせいさん』――ああ、仮名ではなくて青という字を書いてお青さんといいました。師走の、青星《あおぼし》が大層綺麗な夜に生まれたので、青と名付けられたのです。そうでしたね、勘兵衛?」

青星は、鼓星《つづみぼし》を挟んで昴《すばる》の反対側にある青白い星だ。

「はい。難産で、産婆に家から締め出されたお父さんは、青星を見上げながら、お青さんとおかみさんの無事を祈ったと聞きました」

懐かしそうに、また微かに照れ臭そうに、勘兵衛は青の名を口にした。

勘兵衛への最後の縁談は十年余り前のことで、以来、勘兵衛の口から青の名を聞いていない気がする。青への変わらぬ想いゆえに勘兵衛はその縁談も断って、身を固める気はないと佐和たちに告げたのだ。

いまだ一途な勘兵衛の想いを見て取ると、広正への苛立ちが増してくる。

「勘兵衛とお青さんは子供の頃から仲が良く、いずれ一緒になろうと約束していました。ですが、勘兵衛が奉公にきて四年が経った頃、お青さんのお父さんが病に倒れたのです」

父親はなかなか回復せず、寝たきりのまま薬礼がかさんで、青の家は借金を重ねた。

「一年と経たずにどうにも立ちゆかなくなって、翌年、年明け早々に、お青さんは借金を肩代わりした良玄《りょうげん》さんという医者に嫁ぎました」

花街に身売りするよりはましだと判じたのだろう。勘兵衛には寝耳に水で、藪入りで長屋を訪ねて青の母親からそのことを聞かされた。

良玄は青や勘兵衛より十三歳も年上だった。父親は良玄が二十代のうちに亡くなり、当時良玄は母親のまきと二人暮らしで、弟子は皆、通いだった。良玄は十代のうちから花街で遊んでいて、嫁取りには関心がなかったようだが、三十路が近付くにつれて母親に孫をせっつかれるようになったらしい。

青は十七歳になってすぐ良玄に嫁いだが、二年後にまきが足を滑らせ沓脱石《くつぬぎいし》で頭を打って、更に一年足らずで良玄が卒中で、子供ができる前に二人とも亡くなった。

「良玄さんが亡くなる少し前に、お青さんのお父さんも亡くなりました。それで、お青さんは診察所はお弟子さんたちに譲り、再びお母さんと長屋で暮らすことにしたのですが、良玄さんは大分貯め込んでいたそうで……お青さんは妬まれて、診察所の近くでも長屋でも、お青さんがお姑さんや旦那さんを殺したのではないかと、心無い噂が立ったのです」

他人はまだしも、長年暮らしを共にした長屋の者たちからも妬まれたことがこたえたらしい。ほどなくして、青は母親を連れて夜逃げのごとく長屋を去った。

「広正さんがうちへ来たのは、そのすぐ後です。あの人は勘兵衛がお青さんと相思だったことを突き止めて、勘兵衛がお青さんをどこかに匿《かくま》っているのではないか、それどころか、勘兵衛がお青さんに姑や夫殺しをそそのかしたのではないかと、しつこく詰め寄りました」

「もちろん、身に覚えのないことです」と、勘兵衛が口を挟んだ。「十七になってすぐ、睦月の藪入りでお青さんの嫁入りを告げられた時、お母さんに頼まれました。つらいのはお青さんも同じだから、嫁ぎ先に会いに行ったり、話しかけたりしないで欲しい、と。それからは長屋にも顔を出さずにおりましたので、お姑さんやお父さん、旦那さんの死や、長屋に戻ったこと、長屋を出て行ったことなど全て、私は人伝に知りました。ですが広正さんはまるで信じてくれず、何度も店を訪ねて来たので、大旦那さまと喧嘩になってしまったのです」

勘兵衛の言う「大旦那」とは、佐和の父親の宇兵衛のことだ。宇兵衛は取っ組み合いの末に広正と共に番屋にしょっぴかれ、喧嘩両成敗として諭された。

「広正さんがこともあろうに、勘兵衛がお青さんに毒入り茶を渡したのではないかなどとお客さまの前で言ったものだから、父も堪忍袋の緒が切れたのです。あの人のせいでうちはあることないこと——いえ、ないことばかり噂になりましてね。混ぜもの騒ぎほどではありませんでしたが、足が遠のいたお客さまもいました」

しばらくして、鉄砲町《てっぽうちょう》の両替屋・一文屋《いちもんや》を通じて長屋と青陽堂に言伝が届き、青たちは駿河国《するがのくに》の母親の実方に身を寄せたことが判った。妬み嫉《そね》みを受けたにもかかわらず、青は長年世話になった礼として——はたまた「手切れ金」として——少しまとまった金を言伝と共に大家に渡したという。

「一文屋というと、先生が昔お勤めになっていた——」

律が言うのへ、佐和は頷いた。

「そうです。今井先生が、その昔お世話になっていた店です。あそこのご隠居と私の父、それから丈右衛門《じょうえもん》さんは親しい仲で、町の指南所がお師匠さんを探していることや、うちの裏の長屋に空きがあることなどは、うちから丈右衛門さん、一文屋へと伝わったのです」

やはり鉄砲町に住む丈右衛門は青陽堂の得意客でもあり、律が嫁いできた折に共に挨拶に行っている。

「そうだったのですね」

「……旦那さまは、私に駿河へ行かないかと仰いました」と、勘兵衛。「女将さんが、道孝や友永を後押しされたように、旦那さまも私がお青さんのもとへゆくなら後押しすると言ってくださいました。ですが……今更押しかけては金目当てと思われぬだろうかと、また、私も道孝と同じく、朱引《しゅびき》の外に出たことがない世間知らずだったため、なかなか踏ん切りがつきませんでした。そうこう迷ううちに、お青さんは流行病で亡くなりました」

駿河国に越してから半年ほどのことで、良玄が亡くなってからも一年足らずの出来事だった。一文屋からの知らせによると、青の母親も同じ病で前後して亡くなったそうである。

「……兎にも角にも、こちらには広正さんと旧交を温めるつもりは微塵もありません。もしもまた顔を合わせることがあっても、余計な口は利かないように。私がそう命じたと言っても構いません」

黙ってしまった律とせいに、佐和は改めて念押しした。

膳を食べ終えてしまうと、律とせいを階下へ戻してから、佐和は勘兵衛に向き直る。

「さて、あなたの話を聞きましょうか」

今日は、勘兵衛からも話があると言われていたのだ。

じっと見つめると、勘兵衛は困り顔に微苦笑を浮かべ、おもむろに切り出した。

「……私もそろそろ、お暇をいただこうかと考えております」

「そんなことだろうと思いましたよ」

溜息交じりに、だが佐和も微笑んでみせると、勘兵衛も一息ついてから再び口を開く。

「昨日、久方ぶりに広正さんの名を聞いて、お青さんが亡くなった時の後悔を改めて思い出しました。昨年の混ぜもの騒ぎの折の後悔も……どちらもしてしまったことへではなく、なさなかったことへの悔いであります。私は、もっと早くに退いておくべきでした」

混ぜもの騒ぎのちも、勘兵衛は言っていた。

――店があまりにも居心地がよく……つい長居をして、結句、源之助《げんのすけ》のような者を出す羽目になりました。ですから若旦那が身を固め、店がまた落ち着いたら、私は今度こそ若いのに道を譲りたいと思っています――

「若旦那が身を固めて一年が過ぎました。売上も、もうすっかり元通りになりました」

「道孝と友永を失ったばかりです。この上、あなたまでいなくなっては困ります」

「ですから、今すぐにとは申しません。道孝と友永の後釜を育てる間に、作二郎に私の仕事を覚えてもらうのはどうでしょう？」

「しかし――」

「しかし、女将さんたちもご存じの通り、私は少々――いえ、多分に未練がましい性分でして、叶うなら番頭役を退いたのちにも、遣い走りでも構いませんので、ずっと店にかかわっていとうございます」

珍しく佐和を遮って言うと、勘兵衛はにっこりとした。

ふっ、と先に笑ったのは清次郎だ。

「ありがたい話じゃないか。なぁ、女将さん？」

「ええ……」

「今すぐどうこうしなくてもいいんだ。お前も勘兵衛も、細かいことはおいおい話し合っていけばいい」

「……そうですね」

勘兵衛が部屋を出て行くと、佐和はしばし沈思した。

佐和は勘兵衛より二つ年上で、勘兵衛が奉公にきた折には十四歳だった。ゆえに、佐和にとって勘兵衛は清次郎よりも長く、それこそ三十五年近くも共に青陽堂を守ってきた同志であった。

昨年、混ぜもの騒ぎで源之助と豊吉《とよきち》に裏切られてから、佐和も折々に店のこれからを、己の進退を含めて思案してきた。

昨年は店を立て直すことが先決でそれどころではなかったが、店が元通りになった暁には己は隠居してもいい――涼太に店を任せてもいい――と考えていた。だが、売上が戻ってみると、今少し様子を見ようと慎重になり、そうこうするうちに道孝と友永が巣立って、店は再びてんやわんやになっている。

混ぜもの騒ぎののちは新しく人を雇い入れることができず、合わせて四人の手代がいなくなった今、昨年に増して皆が負担を強いられている。ゆえに代わりの者を雇い入れ、それらの者が馴染むまでもう一踏ん張りしようと思う反面、離職が相次いだ昔が思い出された。

十五年ほど前、青陽堂は九人の手代をおよそ三年の間に失った。病や実家の事情はやむを得ないが、九人の内四人は店に「見切りをつけて」去ったと佐和は思っている。これ以上昇格できないことや、佐和が――女が――主であることが不満だったらしい。

私も、そろそろ退いた方がいいんでしょうね……

忙しさと、おそらくこれまでの恩義から、今は皆一丸となっている。しかしながら、これからも何かの折に店を離れる者が出てくるだろう。それは避けられないことではあるが、涼太が店主に、作二郎が番頭になれば、店に嫌気が差しての暇乞いは減るように思われた。

「お佐和」

ふいに隣りにいた清次郎に手を取られて、佐和は飛び上がりそうになる。

「なんですか、急に？」

「ははは、そう思い詰めることないだろう。勘兵衛の申し出はなかなかの妙案だ。何もいっぺんに、すっかり隠居することはない。涼太が五代目になった暁には、お前はのんびり、お客さまにお茶を出したりお遣いに行ったりしたらどうだい？」

店を継ぐ前は、佐和も店先で客に茶を淹れていたことがあったが――

「……涼太や作二郎が淹れる茶の方が、私の茶よりも美味しいのよ」

「そんなこたぁない。ほら、昔取った杵柄で……いや、なんなら二人でお客さまをもてなさないか？」

「年寄りが二人も店先にいたら、邪魔で邪魔で仕方ありませんよ」

「お客さまは喜んでくれると思うがなぁ？」

「そりゃ、あなたが淹れるお茶は絶品ですからね。けれども、涼太や他の皆はたまったものではないでしょう」

「ははは、そうか。そうだな。じゃあ、散歩を兼ねて注文取りに出かけようか？　ああ、その前に、身体が利くうちに富士山とお伊勢さんを拝みに行こうよ」

佐和は三十路前、二十九歳の暮れに四代目となった。その折に、陰ながら己を支えてくれる清次郎を労《ねぎら》うために、いつか――店が己の手を離れたら――富士詣でと伊勢参りに行こうと約束していた。

「そうですね。約束ですからね」

「うん」

にっこりとして、清次郎は両手で佐和の手を包み込み、ぽんぽんと優しく甲に触れた。

九

四日後の昼下がり、雪永が仕事場を訪ねて来た。

「いやはや、お律さん――」

「どうなさいました？」

「見たんだよ、四日前に」

「な、何をですか？」

「着物だよ。雷鳥の」

そう言って、雪永は溜息をついた。

千代の家での茶会の翌日、浅草から戻って来た由郎と通りで顔を合わせたという。

「悔しいが、あれは由郎さんの方がお似合いだ……あくまで、着る分にはだがね……」

「はあ……」

返答に困った律へ、雪永は苦笑を浮かべてみせた。

「お千代さんの菊の着物も見たよ。池見屋でね。仕立て上がった時にちょうど居合わせたんだ。雷鳥もそうだが、白いものを描くのは難しいだろうに、よくもまあ、少しもしくじることなく仕上げたね」

「それは……私は上絵師ですから」

類に褒められた後だけに、律は心持ち胸を張った。

「だとしてもだよ。――由郎さんは日本橋から浅草まで、あの着物を見せびらかして歩いたらしいな。それで、目を留めたというお人が先ほど池見屋に来ていたよ。上絵入りの着物を仕立てたいってね」

「そ、そうですか」

喜びに前のめりになった律へ、雪永も身を乗り出して言う。

「ああ。それで、こりゃいかんと思って、ここへ来たんだよ」

「えっ？　それはどういう――」

「どうか、先に私の注文を聞いてくれ」

客か注文がよほど変わっているのかと思いきや、律が新たな着物を引き受ける前に、自分の着物を描いて欲しいと言うのである。

「もちろんお引き受けいたしますが、何を描きましょう？」

他ならぬ雪永の頼みである。律はすぐさま諾したが、雪永は反対に歯切れが悪くなる。

「ええとだね……その、やはり菊の着物を、お千恵にどうかと……」

「お千恵さんに？　でも、お千恵さんは――」

「うむ。雑司ヶ谷ではいらないと言っていたがね……でも、菊の着物は持っていないし、これから菊を育てようって言うんだから、売り込みの折にも役に立つんじゃないかと……」

というのは口実で、千恵への贈り物は雪永の楽しみでもあり、喜びでもあるのだろう。

お千恵さんにとってもそうに違いないけれど、此度はどうかしら……？

「あの……ご注文は嬉しいのですが、お千恵さんが遠慮される気持ちも判らないでもないんです」

「お類に叱られたからかね？」

「そのこともありましょうが、その、やはりいただくばかりでは心苦しいのかと」

「私は物持ちだから、返礼は無用だと伝えてあるんだがね……」

「と、とはいえ、気にかかるものですよ。お千恵さんも仰っていました。今まであたり前のように受け取ってきたことが恥ずかしい――と。ほら、近頃は物忘れもなくなって、ようやく正気に戻られたから」

「それはつまり、もう飽いたということなのかね？　贈り物や……私に」

「ど、どうしてですか？　そんなことありませんよ」

突拍子もない問いに律は慌てたが、雪永は真剣な面持ちで更に問うた。

「――今思えば、私はただのお節介焼きで、贈り物も少々押し付けがましかったやもしれない。小間物やら着物やら、きっとお千恵に似合うだろうと、お千恵も喜んでくれると思っていたのだが、正気に戻ってみるとそうでもなかったのやもしれないな。何か、そのようなことをお千恵から聞いていないかい？」

「いいえ、まったく。小間物も着物も喜んでおられましたし、これからも喜ばれることと思います。雪永さんの見立ては間違いありませんもの。ただ――」

千恵が「受け取れない」と固辞する真の理由は、「与えられない」からではなかろうか。

それは雪永と対等でありたいという、煎じ詰めれば敬慕や愛情の念ゆえだと律は推察しているが、千恵の心を確かめていない以上、迂闊《うかつ》なことは言えなかった。

「ただ、なんだね？」

「い、今まであまりにもお金に無頓着《むとんちゃく》だったから、お千恵さんなりにいろいろ考えているのだと思います」

「だが、近頃お千恵は何やらよそよそしくて……村松さまの妻問いを断ってからは晴れ晴れしい顔をしていたのに、お彼岸の――彼岸花を見に行った頃から、どこか前とは違うように思えてね。帰りしなに寄った安曇屋でも、由郎さんの話ばかりしていたんだよ」

「それは、あの捕物は見ものでしたから。でも、お二人はこれから、一緒に菊作りをなさるのでしょう？　お千恵さん、楽しみにしておられましたよ」

「そうかい？」

「はい。したがって、よそよそしいように見えるのは、今は菊作りのことで頭が一杯だからではないでしょうか。だって、お千恵さんも雪永さんに負けず劣らず一途な方ですから」

「ふむ……だが、着物は諦めきれないな。お律さんだって、江戸菊を描いてみたいと思わないか？　丸抱に追抱、褄折抱《つまおれがかえ》、乱れ抱、自然抱に露心抱《ろしんがかえ》、管抱《くだがかえ》……こうも様々に変化するのは江戸菊ならではだ。花は黄蘗色《きはだ》――いや、蘇芳色に裏は薄紅か桜色はどうだろう？　とすると地色は桜鼠《さくらねず》、ううん、もう少し鼠色の方がいいかな。白鼠《しろねず》か銀鼠《ぎんねず》のような――」

雪永が歌うように七つの抱え咲きや色を挙げる端から、雑司ヶ谷で見た江戸菊や、新たな着物の意匠が思い浮かんだ。

その着物を着て、微笑む千恵も。

「描いてみたい――です」

つぶやくと同時に、勘兵衛も思い出される。

四日前、帰宅した涼太へ、律は佐和から聞いた話を伝えた。

涼太は委細は知らなかったが、勘兵衛が幼馴染みの青と相思だったことや、青が早くに亡くなったことは知っていた。

――恵蔵さんから聞いたんだが、勘兵衛さんはずっと俺たちの仲を後押ししてくれていたそうだ。道孝と友永のことを教えてくれたのも勘兵衛さんだ。きっとお青さんを偲びながら、俺たちが――みんなが悔いのないように、気を配ってくれているんだ――

勘兵衛の気配りには及ばぬだろうが、己も勘兵衛に倣って、雪永を後押ししたくなった。無論、着物への下心に加え、千恵の本心を知りたくもある。

「私、お千恵さんにお話ししてみます」

「ありがとう。頼んだよ」

安堵の表情を見せてから、雪永はにやりとして付け足した。

「雷鳥やお千代さんのとはひと味違う菊の着物で、由郎さんをぎゃふんと言わせてやりたいからね」

「まあ、もしかしてそちらが本心ですか？」

「いや、ついでだよ。ほんのついでさ」

いたずらな笑みを浮かべた雪永を見送って四半刻ほどして、八ツの茶のひとときに小倉と太郎が顔を出した。

十

涼太から凡太郎と思しき男が梅景や若竹屋に出入りしていると聞いて、火盗改はすぐさま辺りを調べたそうである。

「そしたらなんと、梅景に岸ノ屋の引き込みが——ああ、店者の振りをして一味を手引する者のことなんだが——雇われていることが判ってな。太郎が仲間を装って更に探りを入れて、一味の決行が二日後、つまり昨日の十五夜に迫っていることを突き止めたのだ」

「では、昨晩のうちに一味をお縄に?」

「うむ。やつらは暇を持て余している町の者を幾人か雇って梅景に宿を取り、月見だなんだと騒がせて、梅景の者があたふたしているうちに金蔵を狙いおった。だが、こちらは辺りをしっかり見張っていたからな。岸ノ屋の頭や鍵師を含めて、忍び込んだやつらは一網打尽にした。ただ、凡太郎はその場にいなかったため、今もって野放しになっている」

小倉の横で、太郎も苦々しげに口を結んでいる。

「その代わりといってはなんだが、凡太郎が若竹屋に出入りしていた訳は判ったぞ」

若竹屋は鍵師の江戸での定宿《じょうやど》で、いつも上方からの商人と偽って、此度は二月ほども長《なが》逗留《とうりゅう》していたらしい。

「なんでも、若竹屋は手頃な宿の割に飯が旨いそうで、やつは殊に香物が気に入って、この何年かは江戸では決まって若竹屋に泊まっていたそうだ」

「うむ、確かにあの漬物は旨かった」と、今井。

「ええ、近所で評判だというのも頷けます」と、律も同意する。

玉の土産の漬物は、あの晩、今井と律たちとで分けていた。佐和から大事な話があったため夕餉の席では口に上らなかったが、のちほど清次郎とせいから褒め言葉を聞いていた。

大根も蕪《かぶ》も、律や青陽堂の味付けよりやや薄味だった。だが、薄切りの蕪と葉の塩漬けには昆布と柚子《ゆず》、大根には酢醤油が、野菜そのものの旨味にそれぞれほどよく合っていた。

太郎曰く、鍵師は盗人がいうところの「一人働き」で、いつもは一人で小金を盗んでいるが、時には岸ノ屋のような一味に雇われて、共に「仕事」をすることがあるという。

「凡太郎はやっとつなぎを取る間に仲居とおしゃべりするようになって、若竹屋が船簞笥を金蔵として使っていることや、太一郎が毎月決まって十日に泊まっていることを知ったみてぇです。それで鍵師は凡太郎にそそのかされて、十日の夜か翌朝に小金を盗んでいたんでさ。太一郎に疑いの目を向けるべく……」

凡太郎は浅草一円を下見していたらしく、火盗改はこれから似面絵をもって、凡太郎の行方を探り、辺りに用心を促すという。

「似面絵は、しばらく番屋にも置いとくつもりです。実はここへ寄ったのは似面絵を頼むためでして、ついでに茶を一杯いただけないものかという下心が無きにしも非ず――」

「これ、太郎」

たしなめた小倉と首をすくめた太郎へ、今井が微笑んだ。

「それなら、お二人とも運がいい。涼太は近頃忙しくしておりまして、おやつに来たのは四日ぶりなんですよ」

先月描いた凡太郎の似面絵を律がもう十枚写す間、涼太は二人に茶を淹れて、小倉に婚礼と懐妊の祝辞を述べた。

「今更ですが、何分、四日前に広瀬さまからお聞きしたばかりでして」

「こちらこそ、かえって悪かった。それなのに、さきおとつい、うちのやつから祝いの品をもらったと聞いてな」

火盗改に知らせた時は急いでいたため、涼太は翌日改めて小倉の屋敷を訪ねていた。

「わざわざ届けてくれたそうだな。その礼も伝えておきたくて寄ったのだよ。けして、茶が目当てでは……まあ、まったく下心がなかったとは言わないが」

微苦笑を浮かべた小倉は、似面絵が描き上がるや否や、太郎と共に急ぎ同輩が待つ浅草へ発った。

十一

若竹屋の玉が現れたのは、神無月は十八日――小倉たちが訪れてから二日後だ。

旅立つ客を見送って、新たな客を迎える合間に急いで来たそうで、九ツの鐘が鳴って四半刻余りしか経ていない時刻であった。

「此度はお世話になりました。盗人の定宿になっていたとは露ほども知らず……お縄になったと聞いてほっとしました。お律さんや涼太さんのおかげです。ああ、慶太郎さんも」

「私は、捕物には何もお役に立ちませんで」

「ですが、お律さんがお上御用達の似面絵師だから、広瀬さまも火盗改も尽力してくださったのでしょう。——広瀬さまからお聞きしましたか？」

「何をですか？」

「実は、太一郎さんの謎も解けたのです」

「と、いいますと？　太一郎さんは盗人一味とはかかわりがなかったのでは……？」

「その通りです。太一郎さんはなんと、うちの花板《はないた》の息子でした」

「ど、どういうことですか？」

六日前に太一郎の似面絵を預かった保次郎は、その足で小倉の屋敷へ届けに行ったが、小倉も太郎も太一郎に見覚えはなかった。

似面絵は小倉のもとへ置いて行ったものの、保次郎は太一郎の身元が気になって、翌々日、ついでの折に足を延ばして品川宿の万屋・吉屋を訪ねた。

「すると、太一郎さんは吉屋の者ではなく、裏長屋に住む仕立屋だということが判ったそうです。うちで吉屋の者だと身元を偽ったのは、常五郎《つねごろう》——うちの花板——が、吉屋の名から自分とお母さんを思い出してくれぬだろうかと考えてのことでした。けれども、常五郎は客や仲居のおしゃべりには頓着しないので、まったく気付いていなかったのですよ」

太一郎の母親のくみは女郎上がりで、年季が明けてほどなくして、常五郎と男女の仲になった。やがて、くみは太一郎を身ごもって、常五郎と夫婦の杯を交わしたが、生まれてきた太一郎は父親に似たところがなかったらしい。常五郎はくみの不貞を疑って、太一郎が五歳の時に三行半《みくだりはん》を突きつけて、くみと太一郎を捨てて行方知れずとなったという。

「常五郎は八年前に、うちの人が飯屋から引き抜いたんです。生まれは江戸の上野で、大坂で修業したと聞いておりまして、そのことに偽りはないのですが、品川にいたことは隠されていて知りませんでした」

半年前、太一郎は己を捨てた父親が若竹屋にいることを知って、常五郎に恨みつらみを吐き出すつもりで若竹屋を訪れた。

「けれども、常五郎が作った膳を——殊に香物を食べたのちに迷いが生じて、何も言えぬまま帰ったそうです。母親の香物と同じ味だったそうで……長屋でも香物は常五郎が作っていたそうですから、お母さんは常五郎の漬け方を真似たのでしょう。それから太一郎さんは、いつ名乗り出ようかと迷いながら、毎月十日——お母さんの月命日に、うちへ泊まるようになりました」

「お母さんの月命日……」

「半年前、おくみさんは今際の際に、常五郎がうちで働いていることを、太一郎さんに告げたそうです。常五郎に問うてみると、おくみさんは如月に、うちまで常五郎を訪ねて来たことがありました」

――今の太一郎は、少しだけどあなたに似ているところがあるんです。あの子はあなたの子で間違いありません。どうか、あの子に一目会ってやってくれませんか？――

くみからそう頼み込まれて、常五郎は「藪入りにでも」と頷いた。

だが、くみはそののちすぐに病に倒れ、卯月に亡くなった。

常五郎はくみの死を知らぬまま――また、息子に会う踏ん切りがつかぬまま――文月の藪入りでも品川宿行きを見送っていた。

「広瀬さまからおくみさんがとうに亡くなっていたことを聞いて、常五郎は大層気落ちしております。病の折に寄り添えず、今際の際にも会えず、最後の約束を守らなかったことを悔いているのです。ほんに莫迦な男です」

こき下ろした玉の瞳が潤んだ。

「常五郎は面立ちは今一つですけれどね、腕前がいいので四十路前には縁談が、二、三あったんですよ。でも『もう女は懲り懲りだ』なんて言って、全て断ったんです。ずっと悔いてたって言うんです。おくみさんや太一郎さんを捨てて上方へ逃げたことを……男は――いいえ、女だって顔立ちよりも心意気なのに、品川なんて、上方に比べたらほんのすぐそこなのに、どうしてとっとと会いに行って、おくみさんとよりを戻さなかったのか……もう私の方が悔しいやら、悲しいやらですよ」

色男の太一郎は母親似ゆえ玉たちは気付かなかったが、太一郎に会って来たばかりの保次郎曰く、二人の耳や口元はそれとなく似ているらしい。

「太一郎さんは次の十日もうちに来るそうですが、常五郎にはその前に、品川に行くよう命じてあります。それこそ香物でも手土産に、おくみさんのご霊前に手を合わせて、太一郎さんとお酒でも酌み交わしてくればいいのです。まったくもう……ああ、代わり映えしないものですが、今日もこちらを手土産にお持ちしました」

「まあ、ありがとうございます。みんな喜びます。先日いただいた分、みんなで美味しくいただきました」

帰りしな、一石屋に寄ると言う玉に、律もついて行くことにした。おやつの茶請けを買いに行こうと思ったのである。

あいにく慶太郎は外用でいなかったが、おかみの庸《よう》が律たちの来店を聞きつけて、店の奥へと招き入れた。

「聞きましたよ。火盗からも、梅景からも。でも、慶太郎は頑なに『姉さんに直に聞いてくれ』の一点張りだから、今日あたり、こっそりお伺いしようと思ってたのよ」

およその顚末は梅景から聞いたが、捕物の前後に火盗改が慶太郎に会いに来たため、一石屋の面々は慶太郎からも事の次第を聞き出そうとしていたという。

「私が口止めしたんです。あんまり言いふらすと盗人一味に気付かれて、捕物の妨げになるだろうと思いまして……」

「うんうん。それも火盗の同心さまから聞いたよ。いやさ、大体のとこは同心さまと梅景さんから聞いたからいいんだよ。ただ、慶太郎はちゃんと約束を守ったってことをさ、お律さんに伝えたくってさ」

思わず顔をほころばせた律へ、庸は続けた。

「それにねぇ、一味をお縄にできたのは慶太郎のおかげだってんで、梅景が注文を倍に増やしてくれたんだよ。ふっふっふ――」

「うちも、注文をお願いしたくて参りましたのよ」と、玉。「梅景さんには敵《かな》いませんが、うちでも少し、一石屋さんのお饅頭をお客さまに出したいと思いましてね」

「ありがとうございます。若竹屋さんなら、慶太郎が喜んで届けに参りますよ」

「ふふふ、どうぞよしなに……」

饅頭を注文してから、玉はやはり手土産の漬物を庸に渡して帰って行った。

己と今井、それから涼太と保次郎が現れた時のことを考えて、律は丸に一つ石の焼印が入った一石屋の看板饅頭を四つ包んでもらった。

八ツまでまだ四半刻はゆうにあろうと、のんびり長屋へ足を向けると、通りの向こうから慶太郎がやって来る。

背負子を背負っている割には、軽快な足取りをしている。届け物が一区切りして、ひとまず店に帰るところなのだろう。

手を振ると慶太郎もすぐに律に気付いて、近付いて来た。

「姉ちゃん、お出かけ？」

「一石屋に行って来たのよ。若竹屋のお玉さんと一緒に。今日は、夕ちゃんは一緒じゃなかったわ」

先回りして言うと、慶太郎は恥ずかしげにつんとした。

「いちいち夕ちゃ——お夕さんの話をしなくたっていいんだよ」

「そうお？　聞きたいんじゃないかと思ったのよ」

「まったくよぅ、こんな往来で——」

近くで見ると、背負子《しょいこ》はまだまだ慶太郎には大きく感じた。

だが、ぶつくさ言う慶太郎の背丈は己ともう一寸と違わぬ上、神無月だというのに襷掛《たすきが》けにしている袖や、尻端折《しりばしょ》りにしている裾から覗いている手足は律より逞《たくま》しい。首元には先日渡したかんつなぎの手ぬぐいを巻いていて、それがまたよく似合っている。

気を取り直したように、慶太郎が問うた。

「あのさ、店でおかみさんか旦那さんと、件のこと、話したかい？」

件のこと、などと子供らしからぬ言い回しに驚きながら、律は頷いた。

「ええ。お玉さんもそのことでお礼にいらしたのよ」

「じゃあ、もうみんなに話してもいいんだね？」

「一石屋ではね。大っぴらにしては駄目よ」

「判ってるさ。あの細目の気取り屋は、まだ捕まってないんだってね。いつどこで、誰に恨まれるか判らないからって、同心さまから――涼太さんからも――ちゃんと教わったよ」

「そうよ。慶太、約束を守ってくれてありがとう」

「てやんでぇ、たりめぇだ」

照れ隠しか、慶太郎は急に伝法に言って胸を張った。

「慶太のおかげで、梅景からの注文が倍になったそうね。これからは、若竹屋でも一石屋のお饅頭をお客さまに出すそうよ」

「えっ、ほんと？」

「ほんと、ほんと。お玉さんは、慶太へのお礼と注文のために一石屋を訪ねたの。うちにもわざわざ寄ってくださって、今日もお漬物をお土産にいただいたわ」

「ああ、あの、盗人が気に入ってたっていう――」

「そうそう。おかみさんにも渡していたから、きっと夕餉に出てくるわ」

「そんなら、旦那さんが喜ぶや。若旦那も、若おかみも、吾郎さんも。お玉さんからは、こないだもお漬物をもらってさ。吾郎さんはおうちに持って帰って、お江さんと食べたんだよ。でもって、あんまり美味しかったから、一度若竹屋まで買いに行ったんだって」

「うちでも評判だったわ。先生にもね」

「でも、おれは姉ちゃんのお漬物の方が好きだよ」

「えっ？」

「若竹屋のは、あれはあれで旨いんだけどさ。なんか気取ってるからさ……姉ちゃんのお漬物の方が塩や酢が利いてていいよ。あれは、おっかさんから教わったんだろう？」

「あれは……もちろんおっかさんから教わったけど、お塩やお酢を多めに入れるようになったのは、おとっつぁんと一緒になってからだと聞いたわ。おとっつぁんは、濃いめの味付けが好きだったから……」

「あ、そうそう。おとっつぁんがそう言ってたや。お漬物はちょっとしょっぱい、酸っぱい方が飯に合うから、やっぱりうちのが一番旨いって。おれもやっぱり、うちのが一番さ。おかみさんや青陽堂のお漬物も悪くないけど、時々うちのが食べたくなるんだよ」

——往来でよかった。

無邪気に微笑む慶太郎へ、律も潤みかけた目を細めて精一杯笑顔で応える。

女中のせいと依がいるため、青陽堂へ嫁いでから、漬物どころか料理を一切していない。

「じゃあ、そのうちまた漬けるわね」

「そのうちっていつさ？」

「大根や蕪が美味しいうちに……でも、みんなには好みじゃないかもしれないから、藪入りにでも。藪入りにはうちで——長屋でご飯を食べましょう」

「うん。……おれも何か作ろうか？」

「何かって？」

「ほら、お餅と一緒にぜんざいとか。菓子作りはまだまだ先だけど、小豆の炊き方はちょっとずつ教わってるんだよ」

得意気な慶太は、年が明ければ十三歳だ。

「じゃあ、慶太郎はぜんざいをお願いね。直太郎さんも喜ぶわ」

尾上の奉公人で身寄りのいない直太郎は、次の藪入りも慶太郎と遊ぶ約束をしている。

「おう、任せとけ！」

大きく頷くと、慶太郎は一石屋の方へ顎をしゃくった。

「もう行くよ。おれ、昼餉がまだなんだ。お漬物の話を聞いたら、ますます腹が減ってきちまった」

「それはそれは、お疲れさま」

おどけて応えたのち、律は早足で歩いて行く慶太郎をしばし見送った。

風は少しひんやりしているが、陽はまだ高く、空には雲一つない。

さてさて、私ももう一仕事——ううん、その前に一休み……

饅頭の包みを抱え直して、律は足取り軽く長屋へ戻った。

第四章

結ぶ菊

一

「お律さん！」

千恵の声が聞こえて、律は急ぎ表へ出た。

神無月は二十日の昼下がりである。

「お千恵さん――どうなさいました？」

思い詰めた様子の千恵を招き入れて、戸を閉める。息が乱れていて、頬が赤いのは走って来たからだろうが、目も赤く、手ぬぐいを握りしめているのはどうしたことか。

「何があったんですか？」

涙するほど悲しいことか、恐ろしい目に遭ったのかと、律は声を潜めて問うた。

千恵は顔を歪めたが、悲しみや恐怖からではないようだ。

しばし目を落としたのち、ぽつりぽつりと話し始めた。

「今日、雪永さんとべったら市に行ったのよ」

そのことは昨日、池見屋に鞠巾着を納めに行った折に聞いていたから、律はただ頷いた。

べったら市は大伝馬町の宝田《たから》神社への参道に、恵比寿講《えびすこう》——一年の無事と五穀豊穣《ごこくほうじょう》、商売繁盛を祈願する祭り——のために立つ市だ。魚や野菜、縁起物の小間物の他、大根を砂糖と麹《こうじ》で漬けてある「べったら漬」が名物である。

「市はお参りを済ませてからゆっくり見ようって、お参りを先に済ませたの。それで……」

「それで？」

「お参りをして鳥居を出たら、来た時よりもたくさん人がいたの。それで、市を歩いているうちに私はちょっと遅れてしまって、雪永さんを見失ってしまったの。でも、雪永さんはすぐに気付いて、戻って来てくれたのだけど、そしたら……」

「そしたら……？」

「なんだか困った顔をして、私と手をつないだの。人が多いから、迷子になったら困るから、つないでおいた方がいいだろうって……そうして歩き出したから、私、びっくりしちゃって涙が——ううん、涙が出たからびっくりしちゃって、そしたら、雪永さんもびっくりしたみたいで、すぐに手を放したの。もう気まずくて、何がなんだか判らなくなって、用事を思い出したから帰りますって、そう言って、帰って来てしまったの……」

潤んだ目に手ぬぐいをやったのち、千恵はじっと律を見つめた。

「お律さん、どうしましょう……？」

どうしましょう、と言われても——

三月前、村松周之助が現れた時のことを思い出しながら、律は言った。

「そうですね。まずはお茶を飲みませんか？」

千恵も己も、ひとまず落ち着いた方がよい。

目をぱちくりしてから、千恵は安堵の表情を浮かべた。

「そうね。まずはお茶ね」

玄猪――炉開きの日――を経て、仕事場でも火鉢を使う日が増えた。五徳《ごとく》の上の湯はほどよく沸いていて、律は手際良く茶を淹れる。

茶を一口含むと、千恵の顔はますます和らいで、律もほっとした。

二口、三口と、しばしゆっくり茶を味わってから律は問うた。

「……そんなにお嫌だったんですか？　手をつなぐのは？」

「そ、そうじゃないの。ただ、初めてだったから」

「初めて？」

問い返してから、無きにしも非《あら》ずと思い直した。幼い子供や足元のおぼつかぬ年寄り、はたまた、恋人同士か夫婦でもなければ、いい歳した大人が往来でわざわざ手をつなぐことなどまずなかろう。

――つないどこう。迷子になったら困るからな――

葉月に浅草広小路で涼太と手をつないだことが思い出されて、律はどぎまぎした。

「ええ。今まで雪永さんとあんな風につないだことは……まるで村松さまと――あっ」

はっとした千恵の目に、再びじわりと涙が滲んだ。

が、それはけして悲しみや苦しみの涙ではなかった。

「あの、お千恵さん。まるで村松さまと、ということは……」

「そうよ、お律さん。そうだったんだわ。私、ちっとも嫌じゃなかったのよ。ただ驚いてしまっただけで、本当は嬉しかったのよ。だって――だってもう二度と、自分がこんな気持ちになるなんて思わなかったんですもの」

茶碗を置いて涙を拭うと、輝きを取り戻した目で千恵は言った。

が、すぐにまたしても顔を曇らせる。

「でも、雪永さんは、きっと嫌な思いをしたでしょうね？　私が急に往来で泣いたから、周りの人に、ひどい男だと思われたんじゃないかしら？　何より、またおかしくなったと思ったかしら？　今度こそ――嫌気が差してしまったかもしれないわね？」

矢継ぎ早に問う千恵へ、律はにっこりしてみせた。

「あの雪永さんが、今更そんなことで動じる筈がありません」

「そ、そうかしら？」

「そうですとも」

大きく頷いて太鼓判を押してから、ここぞとばかりに律は問うた。

「……お千恵さんもご存じなのではないですか？　雪永さんが、お千恵さんを好いていらっしゃることを」

「や、やっぱりそうかしら？」

真剣な面持ちで問い返した千恵へ、律は今一度大きく頷いた。

「私には火を見るより明らかですよ」

「そうではないかと思う時もあったのだけど、雪永さんは昔からのうちの――池見屋のお得意さまだし、私はずっとおかしかったから、思い違いやもしれないと……」

「そんなことはありません。だって」

雪永さんは、お千恵さんが村松さまに出会う前から、想いを懸けていらしたんですよ――

そう打ち明けてしまいたいところを、すんでこらえる。

雪永が己の想いを打ち明ける前に、千恵は周之助と恋に落ちて、結句、雪永は何も言わずに身を引いたのだ。たとえ千恵が雪永の想いに気付いていたとしても、これまでのことやこれからのことは雪永の口から聞く方がよい。

「――だって、『迷子になったら困る』だなんて、体《てい》のいい口実ですよ。子供じゃあるまいし、きっと雪永さんは、お千恵さんとただ手をつなぎたかっただけなんですよ」

言葉にする端から涼太が思い浮かんで、何やら頬が熱くなる。

と、千恵の頬にも赤みが増した。

「ただ、手をつなぎたかっただけ……そうね。そんなこともあるのよね」

「はい」

「でも、お律さん……私、どうしたら……」

「まずは、驚いてしまっただけだと、雪永さんにお伝えしてみてはどうでしょう？」

「そ、そうね。それはほんとのことだもの」

頷いた千恵へ、律はおどけて畳みかける。

「そうですよ。お二人が仲直りしてくれないと困ります。着物はどうなるんですか？」

これも昨日、池見屋で話したばかりだ。

菊作りをするとして、奉公人はいないが千恵は「女将」のような者であり、売り込みの折にも「看板娘」のごとく菊の着物を着ていた方がよいのではないか——などといったことを並べて、律は千恵の説得に努めた。半分は雪永との約束を果たさんがため、もう半分は江戸菊の着物を描きたいという私欲のためだったが、千恵ももともと乗り気だったと踏んでのことだ。その証に、千恵は遠慮しつつも嬉しげに、この「贈り物」を受けると決めた。

「まあ！」と、千恵もおどけて、わざと口を尖らせる。「慰めてくれたのは、下心からだったのね？」

「だって、もういろいろ意匠を考えているんです。お千恵さんのための、お千恵さんにお似合いの江戸菊の」

律は昨日、池見屋を出たその足で日本橋の雪永を訪ねていて、地色や花の色はおよそ先だって雪永が言った通り、だが意匠を含めて細かいことは全て律に任せると言われていた。

「もう……」

顔をほころばせてから、千恵はまた茶を一口含んだ。

「お律さんのところへ駆け込んだのは、これで二度目ね。ただ逃げては駄目だと、ちゃんと話さないといけないと教えてもらったのに、私はまたこの体たらく……お律さんには、いつもお世話になってばかりだわ。今はなんにもお礼ができないけれど、いつか恩返ししますから、気長に待っててちょうだいね」

「恩返しなんていいんですよ。池見屋でいつも美味しいお茶をいただいていますもの」

「でも、いい歳して恥ずかしいわ。ああ、せめてべったら漬を買ってくればよかった。それどころじゃなくて、すっかり忘れていたわ。せっかくお姉さんからお小遣いをもらって来たのに……綾乃さんなんか、まだ十九歳なのに挨拶やら手土産やらしっかりしていて、私も見習わないといけないわ――あ、そうそう、綾乃さんといえば」

目を落としたのも束の間、千恵は何やら思い出したらしく手を叩いた。

「総次さんがね、実は江戸の人かもしれないんですって」

「えっ？　総次さんは近江からいらしたのでは？」

「それがええと、賢次郎さん――だったかしら？　浅草の『親分の右腕』だってお人が総次さんを見かけて、若竹屋って旅籠の跡取りに似ているって教えてくれたんですって。だから綾乃さんは、総次さんの身元を調べてみるつもりだと言ってたわ」

「ちょ、ちょっと待ってください。若竹屋って馬喰町のですか？」

馬喰町の若竹屋なら夕の奉公先で、女将の玉とはつい一昨日会ったばかりである。

「ごめんなさい。馬喰町かどうかは覚えていないわ。でも、綾乃さんが『探りに行く』と言っていたくらいだから、尾上からそう遠くないんじゃないかしら？　ああ、跡取りといっても、昔のだそうよ。でも、もしもそうだとしたら、総次さんは嘘をついてたってことでしょう？　嘘つきなら今度こそはっきり断れると、綾乃さんは張り切ってたわ」

綾乃は昨日、律が帰った後に、池見屋を訪れたそうである。

「総次さんが若竹屋の跡取り……」

夕の奉公先ということの他、律は若竹屋のことをよく知らない。

綾乃ほどではなかろうが、律の胸中にもむくむくと好奇の念が湧いてきた。

二

翌朝。

律は若竹屋を訪ねてみることにした。

青陽堂の茶と一石屋の饅頭を手土産に差し出してから、玉に正直に問う。

「今日は、若竹屋さんのことをお訊ねしたくて参りました。総次さんという方が、かつてこちらの跡取りだったと耳に挟みまして……」

「あら、お律さんも？　私、昨日もおんなじことを問われましたのよ」

「もしかして、浅草の尾上の――」

「そうです。綾乃さんという娘さんがいらしたのです」

綾乃は早速、昨日若竹屋を訪れて、総次のことを問うていた。

玉曰く、玉と夫は九年前に、若竹屋の沽券《こけん》を買ったそうである。

「うちの人は旅籠の三男でしてね。実家は下総で長男と次男が切り盛りしていて、夫は私の家に婿入りしたんです。うちは料理屋でしたが、父が亡くなってから夫と奉公人が気まずくなって……結句、奉公人に乗っ取られるように店を手放すことになりました」

玉の母親は祝言を挙げる何年も前に亡くなっていて、玉と夫の間には子供ができなかったため、二人は料理屋を手放してから、それぞれ勤め先を探して細々と暮らしていた。

「夫はずっと旅籠をやりたかったそうで、口入れ屋にも旅籠の仕事を頼んでいました。そしたらある日、口入れ屋が若竹屋のことを教えてくれたんです。ここの前の女将さんは、旦那さんが亡くなったのちに後夫《ごふ》を迎えたんですが、この後夫がとんでもない放蕩者《ほうとうもの》で、女将さんは心労が祟《たた》ったのか、卒中で倒れて亡くなったそうです。女将さんには前の旦那さんとの間に息子さんと娘さんが一人ずついましたが、後夫は女将さん亡き後も放蕩三昧《ざんまい》で、借金のかたにまずは娘さんを吉原に売り飛ばしたのです」

「ひどいことを……」

「ほんにひどい男です。娘さんは耐えきれずに、吉原で自害したと聞きました。後夫はそののちも借金を重ねて、すぐににっちもさっちもいかなくなって、ここで自害しました。女将さんもここで亡くなっていますから、女将さんが怨霊《おんりよう》となって取り殺したんじゃないかなんて噂になったそうで……そのおかげといってはなんですが、相場よりずっと安くしてもらえたので、うちの人は実家に頭を下げてお金を借りて、念願の旅籠を手に入れたんです」

「そうだったんですか。でも、息子さんはどちらへ？」

「息子さんは行方知れずなのです。後夫が自害した後にいなくなったそうですが、置文《おきぶみ》が残っていて、どうやら大川に身を投げたらしいと奉公人やご近所から聞きました……と、綾乃さんにはお伝えしたのですが――」

「ですが？　まだ何か？」と、律は身を乗り出した。

「ええ。綾乃さんとお話しした後、私も少し気になって、古参《こさん》の奉公人に訊いたのです」

不幸が続いたからか、前の奉公人の多くは玉たちが沽券を買う前によそへ移り、この九年を経て残っているのは、かめという五十路過ぎの仲居だけだという。

「というのも、前の旦那さん――後夫じゃなくて、最初の人が、確か『そうじろう』だったと思いましてね。でも、ここを買う前に聞いたきりだからうろ覚えでして」

はたして、玉が古参の奉公人・かめに確かめてみると、前夫の名は「宗次郎」であった。

「字は違いますね」

「ええ。ですが、息子さんは生きていたら二十八歳ですから、歳は綾乃さんが言う総次さんと同い年。ちなみに、息子さんの名は浩太郎《こうたろう》、娘さんの名は『いく』ですよ」

「えっ？」

息子の名はともかく、娘の名に律は驚いた。

「育てる、の育ですか？」

育なら加枝の恩人の名と同じで、やはり吉原で自害している。

「娘さんの方の字は聞きませんでしたが、少々お待ちを」

そう言って、玉はかめを連れて来た。

「私は字は書けませんが、育つの育で間違いありません」と、かめ。「早産で並の赤子より小さかったので、『しっかり育つように』と名付けられたのだと、お育さんからお聞きしました。それがあんな……まさか吉原でお亡くなりになるなんて」

しかしながら、かめは加枝を知らなかった。

「私が若竹屋に雇われたのは、ちょうど十年前です。その頃はここはもう泥舟のような有様でしてね。だからこそ、四十路を過ぎてた私みたいなのでも雇ってもらえたんですが」

前の女将の名は徹《てつ》、後夫の名は仁士《ひとし》といい、仁士は色男であることを鼻にかけ、徹をたぶらかしたそうである。

「お徹さんはご自身が美人だったこともあって美男好きで、亡くなった宗次郎さんもお顔立ちが気に入ってお婿にしたそうです。でも宗次郎さんは、仁士さんとは比べものにならないくらい賢くてお人柄も良い方だったと、昔からの奉公人はみんな口を揃えて言っていました。浩太郎さんもお育さんもしっかりした優しいお子さまでしたのに、宗次郎さんが早くにお亡くなりになったがために、あんなことに――」

かめが聞いたところによると、宗次郎が亡くなって悲嘆に暮れていた徹は、一年余りで水戸からやって来た旅人の仁士に一目惚れした。

仁士を後夫として迎えたのち、徹は人が変わったように子供たちや奉公人をないがしろにするようになったらしい。望むがままに金を与えたために仁士は増長し、花街行きこそ控えていたが、若い仲居にちょっかいを出すようになって、徹の妬心《としん》を煽《あお》った。

「お徹さんや仁士さんに嫌気が差して、何人も辞めていったそうです。店の評判は落ちるわ、仁士さんの浮気を案ずるわで、お徹さんはすっかりやつれて、とうとうある日、卒中でなくなったんです。私がここへ来て、ほんの半年ほどのことでした」

「のちにお育さんが吉原で、仁士さんがここで自害されたことはお聞きしましたが、浩太郎さんは行方知れず――いえ、大川に身を投げたとか。置文にそう書かれていたのですか？」

「私は読んでいませんが、聞いた話では、文には『あの世の父と妹に会いに行く』というようなことが書かれていたのみでした。けれども浩太郎さんが出て行った日、大川沿いで、川面を見つめる浩太郎さんを見かけたと言う人が幾人かいたんです」

「でも、亡骸《なきがら》は見つからなかったんですね？」

「はい。ですから、跡取りが行方知れずとして、店は一旦お徹さんの親類に預けられました。けれどもお徹さんは仁士さんのことで前々から親類に疎遠にされていて、親類はこの店は不吉で気味が悪い、怨霊に殺される、などと言って、すぐに安く手放すことにしたんです」

矢立を取り出し、律は総次の似面絵を描いた。

とはいえ、律が総次の顔を見たのは、葉月の初旬に二度のみで、もう二月余り前のことである。記憶はおぼろげで、ほどなくして出来上がった似面絵には自信がなく、かめに見せるも手応えは芳《かんば》しくなかった。

「似ているといえば、そういえないことも……でも、若旦那はもっと落ち着いた、お優しい顔でしたよ。まあ、もう昔のことですし、若旦那もまだ十九歳でしたからねぇ……」

涼太さんだったらきっと、もっとしっかり覚えているんでしょうけれど――

かめを仕事へ帰してしまうと、玉が問うた。

「お律さんはどう思います？」

似面絵の出来はさておき、総次が浩太郎ではないか、その妹の育が加枝の恩人ではないかという見込みは捨て切れない。

律がそう言うと、玉は更に問うた。

「では、そのお加枝さんという方と総次さんを引き合わせることができたら、総次さんが浩太郎さんかどうか判りますね？」

「そうですね。お加枝さんがこちらにお勤めだったのなら、浩太郎さんを知らない筈がありませんから。ですが、もしも総次さんが浩太郎さんだったら、どうなさるのですか？」

「判りません。うちの人に話してみないと……ここはもう私たちの店です。ただ、もしも浩太郎さんが生きているのなら、会ってみたいという気がしないでもありません。私たちはとうとう子供を授かることがなかったので、跡継ぎもおりませんし……」

妹の育が加枝の恩人だとしても、浩太郎が総次であるとは限らない。尾上では総次の手形を確かめていて、親からの文も受け取っている。ゆえに今はまだ、他人の空似であるという見込みの方がずっと高いように思われる。

だが、面立ちが似ているということの他、歳が同じであること、浩太郎の父親の名が宗次郎であること、総次が「旅籠」の者であることが律には引っかかった。

「私、総次さんのことをもう少し探ってみます。手始めに、綾乃さんとお加枝さんを訪ねてみようと思います。何か判りましたら、また知らせに上がります」

「まあ、頼もしいこと……流石お上御用達のお律さんだわ。ありがとうございます」

御用達といっても似面絵に限ったことである。だが、何やら期待に満ちた目を向けられて、律は曖昧に笑みを返した。

御用聞きごっこだと笑われるかしら――

涼太に保次郎、今井の顔が次々浮かぶも、律は肩をすくめて暇を告げた。

三

浅草御門を北へ抜けて、今度は一路、東仲町の尾上へ向かった。

幸い綾乃は家にいて、嬉々として律を招き入れた。

「聞いてください、お律さん。総次さんは身元を偽っているのかもしれないのです」

「お千恵さんからお聞きしました。綾乃さんが張り切っていらっしゃるとも……それでちょっと気になって、様子をお伺いに来たのです」

「また私が御用聞きごっこをしていると、案じていらっしゃるんでしょう？」

「ええ、まあ……身元の詐称《さしょう》も悪事には違いありませんから、用心するに越したことはないでしょう」

総次が他人の空似ならよいのだが、浩太郎であるならば、綾乃が言う通り、総次は「嘘つき」であり、恋心よりも悪意を感じる。若竹屋ではそう突き詰めて考えていなかったが、ことは己が思っているより深刻ではなかろうかと、道々不安が増していた。

私や綾乃さんのような素人は、うろちょろ探り回らない方がいいような……

漠然とした己の疑念や不安をどう伝えたものかと迷う間に、綾乃が言った。

「祖父や父にも、大人しくしていろと言われましたわ」

「さようで……」と、律はひとまず胸を撫で下ろした。「でも、綾乃さんは昨日若竹屋にお出かけになって、息子さんが行方知れずだということをお聞きになりましたね？」

「まあ、どうしてご存じなんですか？　お千恵さんとはその前に会っただけなのに」

「実は若竹屋には少々つてがあるんです」と、律は澄まして応えた。

綾乃は昨日のうちに「味方」である父親に、賢次郎や玉から聞いた話を伝えたそうである。

「それで、父が早速総次さんを呼びつけようと、直を多田屋《ただや》へ遣いにやりましたのよ。けれども、総次さんはお留守だったんです」

直こと直太郎は尾上の丁稚だ。多田屋は深川の船宿で、総次の居候先だという。

「総次さんのご友人は正二《しょうじ》さんというのですが、直が言うには多田屋の店主は女の人で、正二さんは旦那さんではないそうです。つまり、正二さんも居候だったんですよ。驚きましたわ。てっきり正二さんのお店だと思っていたので」

「では、正二さんという方は女将さんの、その……情夫のような方なのですか？」

「そうらしいですわ」

頷いてから、綾乃はくすりとした。

「お律さんは、情夫なんて言葉もご存じでしたのね」

「もちろんです」

これまた澄まして応えると、玉やかめからのちに聞いた話は明かさずに、律は問うた。

「跡取りだった浩太郎さんは置文を残していて、おそらく大川に身投げしたといわれているようですが、綾乃さんはそれでも総次さんが浩太郎さんだとお考えなのですね？」

「ええ。だって勘働きが――ああ、私だけじゃありませんのよ。昨日、若竹屋からの帰り道で賢さんに会いましたの。そしたら、賢さんは少し前に総次さんをまた見かけていて、此度は声をかけたんですって」

――浩太郎さん！　若竹屋の浩太郎さんだろう？　あんた、生きていたんだな？――

――ひ、人違いや。わいは浩太郎なんかやおまへん――

――上方へ行ってたのか？　なんで今更、尾上に取り入ろうとしてるんだ？　綾乃さんに心底惚れたってんならいいけどよ。金目当てなら手を引きな――

――金目当てなんて、とんでもおまへん。何より人違いです――

「総次さんは人違いだと言い張ったそうですが、賢さんの勘では総次さんは若竹屋の跡取りで間違いないそうですわ。賢さんが浩太郎さんを最後に見かけたのはもう十年ほど前のことで、面構えは少々変わっていたそうです。でも、賢さんは目配りの利く人ですもの。私は賢さんの勘を信じていますわ」

「そうですか。あの賢次郎さんがそう仰るなら……」

賢次郎とは数えるほどしか顔を合わせていないものの、奉公人共々ならず者から助けてもらったこともあり、信頼に足る人だと律も判じていた。

「まあ、私の勘は信じてくださいませんの？」

綾乃がわざとらしく頰を膨らませるのへ、律は微笑んだ。

「綾乃さんの勘働きも信じていますよ。ですが、お二人の勘が正しいとなると、総次さんが身元を偽っている事由が気になります。総次さんのことはお父さまに任せて、ことがはっきりするまで、綾乃さんは総次さんに近付かない方がよろしいかと」

「判っていますわ。そっくり同じことを父に言われましたから」

無念を露わに頷いてから、綾乃は律を昼餉に誘った。

「広小路で、帰蝶座を見物しながら焼き餅を食べませんこと？」

帰蝶座の座長の帰蝶と、英吉《ひできち》と松吉《まつきち》という手妻師の兄弟とは知り合いだ。帰蝶座の近くのその名も「やきもちや」の幟《のぼり》を掲げた屋台で、律たちは焼き餅を二つずつ頼んだ。

残念ながら、帰蝶も英吉・松吉兄弟も出番はないまま餅を食べ終えると、律は綾乃へ声をかけた。

「そろそろお暇します」

「私もおやつに祖父のお伴をする約束が」

加枝を訪ねてみたくはあったが、三日後に納める鞠巾着がまだ仕上がっていない。約束もしていないゆえ、今日のところは帰って仕事に打ち込むことにする。

鞠巾着を描き終えたら、改めて浅草に出て来よう——

そう決めた矢先に、西の方から己を呼ぶ声がした。

「お律さん！」

振り向くと手を振る紺と、その隣りの千代と加枝の姿が見えた。

小走りに近付いて来た紺が、律と綾乃に頭を下げる。

「お邪魔してごめんなさい。お帰りのようだったから、慌てて呼び止めてしまいました。ちょうど、お律さんの話をしていたところだったんです」

「私もちょうど、お紺さんたちのことを考えておりました。その、皆さんどうしていらっしゃるかと……」

加枝に若竹屋のことを問うてみたいが、往来でははばかられた。若竹屋の育が加枝の恩人であってもそうでなくても、加枝にはこき使われた辛い日々や育の死を思い出させてしまうだろう。また、綾乃の前で「若竹屋」の名を出せば、藪蛇《やぶへび》になりかねないと律は案じた。今なら加枝が総次を「首実検」せずとも、綾乃の父親が白黒つけてくれそうである。

「じゃあ、以心伝心《いしんでんしん》かしら」と、追ってやって来た千代も微笑む。「ううん、菊理媛神さまのお導きやもしれませんね。縁結びは男女の仲に限ったことではありませんもの。お律さんとは何やら不思議なご縁があるようです。本当に今しがた、この着物とお揃いの巾着を注文しようかと話していたところだったのですよ」

紫鳶色の着物は己が描いたものに違いなく、内側の菊は見えぬものの、胸に手をやった千代の満面の笑みが律の胸を満たした。

「ありがとうございます」

礼を言ってから、律は千代と綾乃を引き合わせた。

「お律さんからお話を伺っております。お目にかかれて光栄ですわ。帰蝶座を見物にいらしたのですか？」

「ええ。お紺さんのお勧めで、帰蝶座とやきもちやに寄り道を」

「前に、由郎さんと一緒に寄ったんです」と、紺。

由郎の名を聞いて綾乃はきらりと目を輝かせたが、すぐに落胆の表情を浮かべた。

「今日は祖父と約束していて、もう帰らねばならないのです。もっと、ゆっくりお話ししたかったですわ」

「でしたら近々、うちでお茶会でもどうかしら？　八ツからだと話し足りなくなるやもしれませんから、お昼も一緒にいかが？　巾着の注文も急いでおりませんから、お律さんと綾乃さんのご都合の良い日に、女同士でゆっくりおしゃべりしませんか？」

無論、律に否やはない。千代たちや綾乃はいつでも都合がつくとのことで、茶会は律が池見屋に行く日に合わせて、三日後の二十四日とした。

「あの、お律さん。池見屋にいらっしゃるなら、お千恵さんもお誘いしては……？」

遠慮がちに綾乃が囁いた。

由郎の話となれば千恵も興を示すに違いない――という思いかららしい。

女同士の茶会なら、千恵のいい気晴らしなるだろうと、律も頷く。

「今一人、友人を誘ってもよいでしょうか？　池見屋の女将さんの妹で、私と一緒に茶の湯を習っているお千恵さんという方です。お千恵さんは菊がお好きで、これから菊作りをされるそうで、先だって、売り込みに着て行く菊の着物の注文をしてくださったのです」

茶の湯よりも菊作りに菊の着物が、千代の興をそそったようだ。

「是非お誘いしてみてください。なんなら、池見屋の女将さんもご一緒に。ふふふ、これもきっと菊理媛神さまのご縁ですわ。だって、先ほど私たち、巾着の注文に池見屋に行こうかとも話していたんですもの」

千代たちは田原町の口入れ屋に行った帰りだという。

「田原町からそのまま池見屋に行こうかとも考えたのですが、お昼時でみんなお腹が空いていたものですから、池見屋はまた今度にすることにしてこちらへ来たのです」

「さようで……しかし、口入れ屋にはどうした訳で？」

「それが、三人でやると家事もそう手間いらずでしてね。私はもちろん、この二人ももう充分のんびりしたから、そろそろ何か仕事をしてもいいんじゃないかという話になったのですよ。でも、なかなかほどよい仕事が見つからなくて」

千代が言うのへ、紺もむくれ顔で付け足した。

「散々でしたわ。お千代さんのことは、この辺りでは知れ渡っているみたいで、口入れ屋からも客からも嫌みを言われましたのよ」

さしずめ、「道楽で仕事をするな」「暮らしに困っておらぬのに人から仕事を奪うな」といったところだろうか。

口にするのは大人げないが、千代たちが妬まれる立場であることは確かだ。

千代はそのことを、おそらく身をもって知っているのだろう。顔を曇らせた千代を励ますように、加枝が苦笑を漏らした。

「あの口入れ屋とは相性が悪かったのよ。また今度、違うところへ行きましょう。ねぇ、お千代さん？」

「そうね。そうしましょう。あんな口入れ屋ばかりではない筈だもの」

「捨てる神あれば拾う神あり、ですものね」と、紺。「それこそ良いご縁があるように、菊理媛神さまを拝んでおくわ」

気を取り直した紺がおどけて、菊の着物を着た千代を拝んだ。

四

九ツの鐘を聞いてほどなくして、涼太は勘兵衛と恵蔵に声をかけた。

「じゃあ、六太は連れて行くよ」

両国の茶屋・江島屋《えじまや》と、浅草花川戸町の三味線師・音丸《おとまる》に茶を届けに行くのだ。音丸は清次郎の茶人仲間で、試しの茶を届けるだけのどちらかというと私用だが、江島屋は道孝が受け持っていた客で、此度六太に任せてみようということになった。六太の指南役は恵蔵だが、江島屋の引き継ぎの他、今日は六太に折り入って話がある。

六太をいざなって表へ出ると、指南所から帰って来た今井と鉢合わせた。

「これから出かけるのかい？」

「ええ。両国と浅草へ」

「お律も今日は浅草だったたな。となると、おやつは一人か……」

千代の家の昼餉だか茶会だかに出かけた律は、夕刻まで戻らぬ筈だ。

「広瀬さまがいらっしゃるやもしれませんよ。その折には件のこと、お伝えください」

「うむ、承知した」

六太の手前、丁寧な言葉で頼んでから、涼太は六太を東へ促した。

――広瀬さんがいらしたら、相談してみるわ――

三日前の夜にそう聞いてから、保次郎はまだおやつに現れていない。

件のこととは、綾乃に言い寄っている総次という男についてだ。

律曰く、総次はかつての若竹屋の跡取りやもしれぬらしい。また、千代に身請けされた加枝も、以前、若竹屋で働いていた見込みが高いという。総次のことはさておき、加枝のことは、今日の茶会でこっそり問うてみるつもりだと律は言っていた。

綾乃の「一大事」ゆえに律は思い案じているようだったが、八丁堀に知らせに行くほど急を要することではない。綾乃の父親が総次を呼びつけたのであれば、今頃かたがついているやもしれないと涼太は諭した。何より、涼太は今は店が忙しく、律もこの二日は鞠巾着やら千恵の着物の下描きやらに勤しんでいた。

「何かまた、事件ですか？」

「いや、事件というほどのことじゃないんだ」

六太へ首を振ってから、内心くすりとする。

綾乃に憧憬《しょうけい》を抱いている六太にとっては、総次への疑惑は「事件」といえよう。

だが、今はそんなことよりも――

和泉橋《いずみばし》を南に渡り、柳原沿いを東へ歩きながら、涼太は切り出した。

「あのな、六太。年が明けたら、お前を手代にしようと女将さんと話しているんだが、お前はどう思う？」

「わ、私を手代に？　あの、でも、乙吉さんは……？」

乙吉は六太より一つ年上の十六歳で、丁稚では最年長だ。

「乙吉も一緒にだ。道孝と友永の分、人を入れねばならないんだが、口入れ屋から手代を雇うよりも、店のことをよく知っている乙吉とお前を手代にして、丁稚を二人迎えてはどうかと考えているんだよ」

「さようで……嬉しいお話ではありますが、私に務まるかどうか――私はまだ、店に来て五年になりませんし……」

十二歳で奉公に出る子供が多いが、母親と二人暮らしだった六太は十一歳から青陽堂で働き始めた。今年十五歳で、年が明けてようやく十六歳になる。

青陽堂は神田では大店に数えられているものの、間口は八間で、十間からといわれている並の大店よりやや小さく、奉公人も少ない方だ。それゆえに手代までの昇格は早く、よほどのことがなければ皆二十歳までには手代となるが、その上の番頭は一席のみだ。

給金は周りの大店に引けを取らず、食事に夜具、お仕着せなどは手厚い方だと自負している。奉公人同士の仲も良い方だと思っているが、己はよそで働いたことがなく、混ぜ物をした源之助や豊吉が不満を抱いていたことに気付いていなかった。

六太の働きぶりなら、手代になっても危なげないだろう。

だが、あまりに早い昇格は、他の手代に妬心を抱かせるやもしれない――

それでも、よそから見知らぬ者が初めから手代としてやって来るよりも、気心の知れた乙吉や六太の方がよいと佐和と涼太は判じていた。

「そうだな。十六で手代というのは、うちでも滅多にないことだ。女将さんがいうにはお前で二人目で、一人目は勘兵衛だそうだ」

「勘兵衛さんも……」

勘兵衛が奉公に来たのは十二歳の時だったから、六太より幾分早く昇格したことになる。

「ああ。勘兵衛もお前のように、若い頃から飲み込みが早く、機転が利いたんで、大旦那が早々に手代にしたんだ。ゆくゆくは手代に――そう考えてお前を見習いにしてから、じきに二年になる。だから、ちっともおかしなことではないんだよ。もちろん、手代になったからといって、すぐに一人で放り出すような真似はしないから安心おし。判らないことや困ったことは、これまで通り恵蔵に訊くといい。私もできる限り力になるよ。作二郎や勘兵衛も」

涼太が言うと、六太は安堵の表情を浮かべた。

「精一杯努めます」

「そう気負わずともいいさ。まずは江島屋だ。あすこは店主が変わってからの付き合いなんだが――」

江島屋は回向院《えこういん》から少し南の、弁財天《べんざいてん》の近くにある水茶屋《みずぢゃや》で、かつて京という看板娘がいたのだが、二年前に客に執着されて絞め殺された。

「それからけちがついたのか、客とのいざこざが続いて、前の店主が甥御さんに店を譲ったんだ。それまではちゃらちゃらした茶汲み女が多くて、茶も菓子も今一つだったんだが、新しい旦那さんがどちらも仕入れ先を変えたから、前よりずっとよくなった。付き合いは短いが、混ぜ物騒ぎの折にもうちを信じてくれた大事な店だ。しっかり頼むよ」

「はい」

涼太も六太も早足な方で、江島屋の話をするうちにみるみる浅草御門が見えてくる。

浅草御門を横目に馬喰町を通り過ぎると、町角に密偵の太郎が佇んでいるのが見えた。

太郎も涼太に気付いて微笑む。

「若旦那、お出かけですかい？」

「仕事だがね。……太郎さんはまだ凡太郎を探しているのかい？」

声を潜めて涼太は問うた。

「へえ。一つ手がかりがありやしてね。凡太郎らしき男が、もう一人の色男と話しているとこを見たってお人がいたんでさ。そのお人の連れが、もっと何やら覚えているかもしれねぇってんで――ああ、こっちでさ」

二人連れの男が近寄って来て、一人が顎をしゃくりながら太郎に言った。

「こいつと一緒の時に見かけたんだよ。こいつにさっきの似面絵を見してやってくれ」

太郎が凡太郎の似面絵を見せると、もう一人の男が声を上げる。

「ああ、そうそう。あん時見た男だ。『しょうじ』って呼ばれてたな」

「しょうじ……」

顎へ手をやった太郎へ、男は続けた。

「もう一人は『そうじ』と呼ばれてたぜ。しょうじ、そうじ、と似ていたから覚えてら」

「そうじだって？」と、涼太は思わず問い返した。

「そうじ」という名は珍しくないが、「色男」ということが気になった。「しょうじ」という名にも何やら覚えがある。

——総次さんは、深川のお友達の家に居候していると綾乃さんは聞いていたの。でも、居候先の船宿は女の人が切り盛りしていて、お友達——正二さんっていうそうだけど——も居候だったんですって。なんだかいかがわしいし、怪しいわ——

三日前に律から聞いた言葉を思い出し、涼太は慌てて六太を手招いた。

「お前は総次さんを見たことがあるんだろう？　綾乃さんに言い寄っているやつだ。どんな男だったか教えてくれ」

委細を告げずとも大事を察したらしい。六太はすぐさま、総次の背丈や身体つき、面立ちを話した。瓜実顔で、役者ほどではないが整った目鼻立ち——などと、顔かたちは言葉ではやや曖昧だが、背丈や身体つきは男たちが見た者に似ているようだ。

何より、「しょうじ」も「そうじ」も上方言葉を話していたという。

「それならますます、綾乃さんに言い寄ってた総次と思われます。総次は深川の船宿に居候していると聞きました。正二もです。店の名は聞いていませんが、店主は女だそうです」

さん付けをやめて律から聞いた話を伝えると、太郎は「ありがてぇ！」と喜び勇んで、涼太たちに礼を告げるや否や駆け出して行った。

「やれやれ……」

「総次さんは盗人なのですか？　もしや、尾上のお金を狙って綾乃さんに近付いたのでしょうか？」

「その見込みは大いにあるな」

綾乃を案じる六太に己が知っていることを話しながら、両国橋を渡って江島屋へ向かった。

江島屋で無事に引き継ぎを済ませて茶を納めると、今度は花川戸町の音丸を訪ねるべく大川の東側を北へと歩く。

江島屋では大人しくしていたが、実はまだ興奮冷めやらぬらしく、六太は先ほどのことと併せて、一月余り前に涼太が道孝と凡太郎の後をつけたことや、昨年、巾一味に攫われた折に、涼太が六太を見つけ出したことなどを持ち出した。

「若旦那にはやはり、何か特別なつきがあるみたいですね。これでその凡太郎とやらが捕まれば、また若旦那の手柄になりますね」

想い出話をするうちにあっという間に大川橋に着き、涼太たちは橋の南側を渡り始めた。

「手柄なんて大げさだ。お前が総次をしっかり覚えていて助かったよ。身元を偽っていただけでなく、盗人一味とかかわりがあるとなれば、総次もお縄になるやもしれん。綾乃さんともこれきりだろう。——安心したか？」

「か、からかわないでくださいませ」

「からかっちゃいないさ」と言いつつ、涼太はにやにやした。「綾乃さんもお律も喜ぶに違いない。早く知らせてやりたいが、今日は夕刻まで帰って来ないそうだ——うん？」

ふと見やった南東の袂から、船着場を離れたばかりの猪牙舟《ちょきぶね》が川面を北へ遡《さかのぼ》って行く。船頭を含めた四人の内、一人は女で、御高祖頭巾《おこそずきん》を被っていて顔がよく見えない。それはまだしも、残りの男三人も頭巾や手ぬぐい、襟巻などで顔を隠していることが気になった。日に日に寒さを増しているとはいえ、船頭まで顔を隠しているのは珍しい。また、船尾《せんび》にいる船頭のみならず、それなりの身なりをした客と思しき男二人も、左右に分かれて櫂《かい》を漕いでいる。川を遡るには船尾の櫂のみではかどらぬのだろうが、漕ぎ方からして二人の男は傍目にも素人だと判る。

目を凝らしてみるも、猪牙舟はちょうど橋の下にかかって隠れてしまった。

「若旦那？」

「ちと気になる舟が……」

橋の北側へ行くと、欄干に手をかけて猪牙舟が橋の下から出て来るのを待った。

やがて姿を現した舟は、舳先を六町余り離れた対岸の山谷堀の方へ向けている。

追って来た六太が、猪牙舟を見やって息を呑んだ。

「あの着物は総次さん……」

「なんだと？」

右側の漕ぎ手と同じ着物を、総次が着ていたというのである。錫《すず》色の着物には青鈍《あおにび》色の高《こう》麗格子《らいごうし》――「高麗屋」の屋号を持つ、四代目松本幸四郎が流行らせた格子文様――が入っており、「ぼんぼん」にふさわしい洒落《しゃれ》た着物だ。

「身体つきからしても総次さんかと。とすると、隣りは正二でしょうか？　やっぱり若旦那には人探しの才が――」

「いいから、追うぞ」

六太を遮って、涼太は橋を西へと足を速めた。

五

池見屋で茶会に誘うと千恵は束の間不安を露わにしたが、綾乃も同行することや、由郎の馴染みにして今も付き合いが続いている紺のことを聞くと、乗り気になった。

「残念ながら私は残るよ。今日は昼から大事な客が来るんだ。お前は、お律や綾乃さんと楽しんでおいで」

「ええ。お律さんと綾乃さんと、きゃいきゃい楽しんで来るわ」

四半刻ほど支度に大わらわだったものの、それを見越して律は早めに家を出ていた。道中で尾上に寄ったのが四ツ半といった時刻で、約束の九ツには千代の家に着く。

「千恵と申します。本日はお招きありがとうございます」

手土産の干菓子を差し出しながら、しゃちほこばって千恵は挨拶した。

だが、女同士の気安さに、千代たちの人柄が相まって、ほどなくして緊張はほぐれたようだ。千代が用意した上方風の散らし寿司を前にして、いつもの笑顔を見せた。

千代が加枝と紺を身請けしたおよそのいきさつは、千恵も綾乃も既に知っている。

三人の暮らしぶりよりも、綾乃は——千恵も——恋話に関心があるようで、散らし寿司に箸をつけて早々に紺に切り出した。

「由郎さんとの馴れ初めを聞かせてくださいな」

紺が、自分が由郎のかつての想い人に声や後ろ姿が似ていることを話す合間に、加枝と育のことが律の頭をよぎった。

道中の綾乃曰く、あれから総次は姿を現しておらず、綾乃の父親は昨日改めて、直太郎ではなく「知り合いの強面《こわもて》」を深川に送ったそうだが、此度は総次も正二も「しばし伊豆へ出かけた」と告げられたという。

――きっと、嘘がばれると思って雲隠れしたんですわ――

そう綾乃は言っていたが、総次が消えたのなら加枝に首実検を頼むこともない。

加枝の昔の奉公先が若竹屋だったかどうかは、のちのちこっそり訊ねてみればいいと、律は始まったばかりの恋話に耳を傾けた。

代わりでもなんでも、嬉しかった――と、馴《な》れ初《そ》めを語るついでに、紺は己の身の上にも触れた。父親に借金のかたに売り飛ばされたと聞いて、千恵がしんみりしてつぶやいた。

「苦労なさったのですね……」

「まあ、それなりに――すみません。しめっぽい話をするつもりじゃなかったんです。だって、私は今とっても仕合わせなんです。あんまり仕合わせで、怖いくらい」

「それならよかったわ……由郎さんは、今も変わらずお紺さんにご執心だと聞いたわ」

「ご執心というほどではありませんわ」

「あら、そうなの？」

「ええ。私も今は由郎さんは二の次です。由郎さんとのお出かけは楽しいけれど、商売のことを考えるのはもっと楽しいもの」

「商売？」

「勤め先を探すよりも、いっそ三人で商売を始めようか――なんて話しているんです」

「まあ、楽しそう！」

「お千恵さんも、菊作りを始めるとお聞きしましたわ」

紺が言うのへ、綾乃がすかさず付け足した。

「そうなんですのよ。雪永さんとという殿方とご一緒に」

「あら！　それなら今度は、お千恵さんのお話を聞かせてくださいな」

紺が目を輝かせたのを見て取って、綾乃が律に目配せをする。

「私の話なんて……」

千恵はしばし躊躇ったが、ちらりと律を見やってから、意を決したように口を開いた。

「私は、十五年前にその……男の人にひどいことをされて、自害しようとしました」

自害と聞いて加枝ははっとしたものの、紺や千代、綾乃は静かに千恵を見守った。

「不忍池に身を投げたのですが、死に切れずに息を吹き返して……でも、それからおかしくなって、自分に都合のいいことばかり信じて、姉や雪永さんに甘えてきたんです」

事件により祝言がなくなったこと、それなのに周之助と夫婦になったと思い込んでいたこと、そのために長らく椿屋敷で暮らしていたこと。

一昨年、ようやく記憶を取り戻して池見屋に戻って来たこと、今は「正気」で、三月前には周之助の再びの妻問いを断ったこと、雪永とは二月ほど前からぎくしゃくしていて、つい四日前にべったら市で手を取られて、思わず逃げ帰ってしまったこと――

それらを千恵は言葉を選びながらゆっくりと、だがしっかりと皆に話した。

「でも、お話ししたら、雪永さんは判ってくださったのでしょう？」と、綾乃。

「それが、まだ……べったら市に行った翌日、雪永さんが様子を見にわざわざ訪ねて来てくれたのだけど、うまく話せそうになくて、出かけたことにしてもらったの……」

「そうだったんですか」

律がつぶやくと、千恵は気まずそうに頷いた。

「面目ないわ。お律さんに励ましてもらって、ちゃんと話さなきゃって思っていたのに、いざそうしようと思うと怖くなって……ああ、怖いのは雪永さんじゃなくて、その……」

ふと、嫁入り前に見た春本《しゅんぽん》が思い出された。

相思ならば、手に手を取った後は懐抱や接吻、睦《むつ》みごとへと続くだろう。だが、手込めにされた身であれば、たとえ好いた男とでも男女の営みには不安や恐れがあるに違いない。

どう声をかけたものか律が迷う間に、千代が微笑んだ。

「すっかり同じとはいきませんが、お気持ちは判らないでもありません。実は私、二度祝言を挙げているのです」

「えっ？」と、驚いたのは紺だ。

加枝も驚き顔をしていることから、この話は二人にも初耳らしい。

「いい機会ですから、話してしまいますね。傷痕のこと、気になっていたでしょう？　いずれ話そうと思っていたけれど、暗い話はどうも打ち明けにくくて……」

紺と加枝に微笑んでから、千代は千恵に向き直った。

「私の身体にはいくつか目立つ傷痕があるのですけれど、この子たちは優しいから、何も問わずにいてくれたのです。二人目の夫とは身分違いだったので、私は先に別の人と一緒になったのですよ。この一人目の夫がそれはもうひどい男で、人目を避けて殴る蹴るが茶飯事《さはんじ》でしてね……ようやく逃れたのちは、もう男の人なんて二度とごめんだと思いました」

律は以前、千代は元遊女ではないかと推察していたが、この一人目の夫ゆえに、千代は遊女のように「逃げるに逃げられぬ」者を助けようとしたのだろう。

「そんなこんなで、二人目の夫に妻問いされた時はすぐに断りました。初めは男の人がただ怖かったから、でも時を経て、この人とならと思うようになっても、なかなか踏ん切りがつきませんでした。出戻りで傷物であることが――生娘《きむすめ》でないことに加えて、傷痕が恥ずかしくて――夫にはふさわしくない女だと、心苦しかったのです。それでも夫は根気よく、私が心を決めるまで待ってくれました」

千代の言葉に、千恵の顔が和らいだ。

「……私もです。私も恥ずかしくて、心苦しくて……でも、お千代さんはついには心をお決めになったのですね？」

「大分、時がかかりましたがね。お聞きしたところでは、雪永さんもうちの人に負けず劣らず温かくて、気の長い方ではないかしら？」

「そう、そうなんです」

「あら、なんだか悋気に聞こえますわ」と、紺。

「の、悋気だなんて——」

みるみる顔を赤らめた千恵を見て、加枝も微笑んだ。

「羨ましいです。好いた殿方と手をつなぐなんて、私はざっと十年はご無沙汰ですもの」

「私なんて、まだ一度も」と、綾乃。「手をつなぐどころか、好いた殿方と二人きりで出かけたこともありませんわ」

「ふふふ」と、千代が笑みを漏らした。「綾乃さんの手を取りたい殿方はたくさんいるでしようけれど、綾乃さんが心ときめくかどうかは別のお話ですものね」

「そうなんですの」

綾乃が大きく頷くのへ、皆、顔をほころばせる。

「でも、綾乃さんなら縁談は引きも切らないでしょう？　そのうち思わぬ良縁があるやもしれませんよ」

「そうだとよいのですけれど……これはという方はなかなかいないものですわ。それどころか、此度言い寄ってきた方なんて、どうやら身元を偽っているようなのです」

「身元を……？」

眉をひそめた千代に、綾乃は再び大きく頷いた。

「ええ。近江の出だとお聞きしていたのに、どうやら江戸の人みたいなんです。手形は見せてもらったのですが、父が言うには手形の偽造はそう難しくなく、なんならお金を積めば、偽名で本物を書いてもらうこともできるとか」

「そうですね……綾乃さんは、どうしてその人が身元を偽っていると思うのですか？」

「賢さん——賢次郎さんというこの辺りの目付役のような、信頼に足る方が教えてくださいましたの。総次さん——その身元を偽っている方——は、九年前に馬喰町の旅籠からいなくなった浩太郎さんという跡継ぎだろうって」

「まさか！」

驚き声を上げたのは加枝で、そんな加枝を見やって皆も驚き顔になる。

図らずも機が訪れて、律はおずおず訊ねた。

「浩太郎さんをご存じなのですね……？　お加枝さんはやはり、昔、若竹屋に勤めていらしたのでは？」

「やはりとは？」と、綾乃が問う。「お律さんは、どうしてそのことを？」

「浩太郎さんの、妹さんの名前がお育さんなのです」

「吉原で自害されたという……？」

「そうです。その妹さんが、お加枝さんの恩人と同じ名前なのです」

加枝が呆然としてつぶやいた。

「他人の空似ではないのですか……？　浩太郎さんは、大川に身を投げてお亡くなりになった筈……」

「私もそうお聞きしました。ですが、私も賢次郎さんの所見を信じております。総次さんは浩太郎さんと同い年で、見目姿が似ているだけでなく、『旅籠』の者だと言っているんです。こんな偶然がありましょうか？」

「でも、何ゆえ浩太郎さんはそんな——総次という人の身元を名乗るような真似をしているんでしょう？」

「どういったいきさつかは判りません。お加枝さんが浩太郎さんと顔を合わせれば、総次さんが他人の空似かどうかははっきりするかと思いますが、総次さんは賢次郎さんに正体を問いただされたのち、伊豆にお出かけになったようです」

「賢さんに図星をつかれて逃げ出したんですわ」と、綾乃。「私の父にとっちめられると思って——ううん、身元を偽ることはれっきとした罪ですもの。下手をしたら罪に問われると恐れたのやもしれません。でも、いなくなったことが、総次さんが浩太郎さんである証になりませんこと？」

「そんな……もしも浩太郎さんなら、やむを得ない事情がおありなのです」

総次を庇う加枝の沈痛な面持ちから、加枝は若竹屋にいた頃、総次——浩太郎——を好いていたのではないかと律は思った。

千恵がおもむろに口を開いた。

「……浩太郎さんはもしかしたら、総次さんだと思い込んでいるのやもしれませんね。私のように、身投げをした折に少しおかしくなってしまったのやもしれませんよ」

「お千恵さん……」

加枝が微かに顔を和らげた矢先、表から女の声がした。

「お千代さん、ごめんください。妙《たえ》です」

六

「お妙さん……？　どなたかしら？」

小首をかしげながら、千代は腰を浮かせた紺を手で押しとどめて、自ら座敷を出て行った。

ほどなくして千代は数人の足音と共に戻って来たが、襖戸から覗いた顔は真っ青だ。

「皆さん、どうかお静かに」

震える声でそう言った千代の首には縄がかかっている。

「どうしたの？　何があったの？」

紺が再び腰を浮かせたところへ、すっと襖戸が大きく開いて、頭巾や襟巻で目元の他を隠した男が二人、入って来た。

男たちは律たち四人を見て目を見張ったが、二人の内、やや細目の男が先に匕首《あいくち》を閃かせて、下座にいた綾乃に駆け寄った。

「何をするのです！」

「静かにせえ。騒いだら殺す」

背中から綾乃の首へ腕を回して、男は首筋へ匕首の切っ先を近付けた。

仲間の冷ややかな声を聞くや否や、もう一人の男もすぐさま、やはり下座にいた紺を同じように捕らえて匕首で脅す。

「総次さん……正二さんも、どうして――伊豆へ行ったんじゃ……？」

綾乃がつぶやいて、律は改めて紺を捕らえている男を見た。頭巾に隠されていて目元しか見えないが、背格好を含めて見覚えがある。総次に違いないと律も見て取った。

そして、この人が正二さん――

綾乃の後ろの男を見やって、律は内心はっとした。

いいえ、この男は凡太郎では――？

眉と目からそう推察して慄然《りつぜん》とする。凡太郎の似面絵は八日前に十枚も描いている。

綾乃さんを攫いに来たんだろうか？

でも、どうして今、こんなやり方で？

腑に落ちぬまま、律は上座の千恵を庇うべく身を乗り出して、三人の闖入者《ちんにゆうしや》を窺った。

人質を捕らえた男たちの間へ、千代を押し出しながら妙と名乗った女が姿を現す。こちらも御高祖頭巾を被っていて冷然とした目元の他、顔立ちはよく判らない。

妙は片手に小柄を、もう片手に千代の首にかけた縄を持っている。

「どういうこと？ 身請けしたのは二人じゃなかったの？」

「その筈や。残りはただの客やろう。――とんだ災難やなぁ」

律と千恵、加枝を見回して、正二はおそらくにやりとした。

左右の正二と総次を見やって、千代が問う。

「あなたがたは、何が目当てなのですか？」

「金に決まっとるやろう」と、正二。「金さえもらえたら、すぐに退散してやるで」

「お金なら、あるだけ差し上げます。ですから、まずはその二人を脅すのをやめていただけませんか？」

「莫迦を言わんと。金と引き換えや。そのための人質やさかいな」

「そ……それなら」

わななきながら、加枝が総次の方を見て言った。

「せめて、私を人質にしてください。お願いです、浩太郎さん……」

名を呼ばれて初めて、総次は加枝に気付いたらしい。驚きに目を見開いた。

「浩太郎？　お前、ほんまは浩太郎っていうんか？」

「……昔のことや」

正二が問うのへ、絞り出すように総次が応える。

「浩太郎さん、どうかその子を――その子はお育さん……」

「お育やと？」

首に回していた腕を緩めて襟首をつかむと、総次は匕首を振りかざしながら紺の顔を検めた。匕首を恐れずに紺がきっと睨み付けるのへ、総次の方が怯《ひる》んだ目をする。

「た、戯言《たわごと》もいい加減にしろ。こいつはお育じゃない。お育は中で死んだんだ。私が亡骸を引き取ったんだぞ」

狼狽《ろうばい》を露わに、総次は江戸の言葉で言った。

「ええ、判っております。その子はお育さんじゃありません。ですが、私にはお育さんに等しい大切な子なんです。その子は――お紺さんはお育さんが引き合わせてくれたんです」

浩太郎を見つめて、加枝が必死に訴える。

「お育さんと同じく、まっすぐで心優しい子なんです。あんなにお世話になっておきながら、私はお育さんの大事に何もできませんでした。この上お紺さんまで守れなかったら、あの世でお育さんに合わせる顔がありません。どうか――どうか……」

「うるさい、黙れ！」

短く叫ぶと、総次は紺を勢いよく放し、代わりに加枝を捕らえて匕首を突きつけた。

「お加枝さん！」

「静かにせえと言うたやろ」

声を高くした紺へ、正二は綾乃の頬を匕首の腹でぴたぴたはたいてみせた。

それから、立ったままの千代を見上げて顎をしゃくる。

「さあ、今すぐ、あるだけ金を持って来い」

「お金は、寝間《ねま》に」

「ほな、案内せえ」

綾乃の首にかけた腕を引っ張り、正二は綾乃と立ち上がる。綾乃の苦しげな顔を見て、千恵が腰を浮かせた。

「私も……私が綾乃さんの代わりに」

「あんた、誰や？」

「い、池見屋の千恵と申します」

「池見屋？　ああ、上野の呉服屋か。あかん。あそこより尾上の方が金があるやろ。ほれやったら、いざという時は綾乃さんの方が役に立つ。なんなら売り飛ばすにも、こっちの方が大年増より高う売れるで。――なぁ、綾乃さん？」

綾乃と千恵が二人して今にも泣き出しそうに唇を噛み、律の胸を締め付けた。

「おやめください」と、千代。

「お金は差し上げますから……こちらへどうぞ」

千代が先導するように座敷を出て、縄を持った妙、それから綾乃を連れた正二が続いた。

四人が座敷から離れると、加枝が囁いた。

「浩太郎さん……生きていらしたなんて……」

「お加枝さんこそ、何故また江戸に？」

「六年前に風の噂で、若竹屋はもう大分前に人手に渡ったと聞いたのです。女将さんが亡くなり、お育さんは中に売られて、あいつと浩太郎さんは自害したとも……私は帰郷してからの数年で親兄弟を相次いで亡くしまして、六年前には一人暮らしをしておりました。上総《かずさ》の田舎では、私のような独り身はあれこれ変な噂が立って肩身が狭く、いっそまた江戸で暮らそうかと考えていたところでした。それで、今こそお育さんへ恩返ししようと江戸に戻ったのですが……中を訪ねてみると、お育さんもとうに自害されていたと知って、途方に暮れました。そんな折にお紺さんに出会ったのです。お育さんのお導きに違いありません」

加枝が言った通り、紺の面影や眼差しは育に似ているのだろう。

再び紺を見やって、総次は顔を歪ませた。

「……頼むから、大人しくしていてくれ。みんなも……正二の目当ては金だ。あんなことを言っていたが、人質は足手まといになるから連れて行くことはない。あいつは血を見るのが嫌いだから、金さえ手に入れれば誰も傷付けずにすぐ引き上げる。だから、もう少しだけ辛抱してくれ。お加枝さん、あなたには――いや、他の誰にも手出しはさせない」

総次が言うのへ皆で頷いた矢先、寝間の方で千代の小さな悲鳴が聞こえた。

腰を浮かせた律たちを首を振って押しとどめると、総次は加枝を抱えるようにして襖戸から寝間を窺った。

「どうした？」

「どうしたもなんも……切り餅が一つしかないと言うんや」

俗にいう「切り餅」は二十五両で、律には大金だが、盗人たちにはあてが外れたようだ。

「本当です」と、震える声で千代が応える。「お金は両替屋に預けていて、うちには今、それだけしかないのです。両替屋に行けばもっとあります。ざっと千両は……お金は差し上げますから、どうか誰も傷付けないでくださいまし」

「両替屋は近くなのかい？」と、妙。

「鉄砲町です」

「鉄砲町というと――小伝馬町の隣りか。あかん。あないなとこまで行ってられるか」

「でもあんた、これっぽっちじゃまったく足りないよ。あんたと総次がここに残って、私と伸之《のぶゆき》がこの女を連れて両替屋まで行くってのはどうだい？」

一味にはどうやら少なくとももう一人、伸之という男がいるらしい。

「阿呆か。千両も一度に支度しろいうたら、必ず怪しまれる。たとえうまくいっても、鉄砲町まで一里はあるんや。いくら伸之でも、千両も抱えてほないに歩けるもんか。道中は婆ぁに縄つけておくこともできんのやぞ。逃げられて助けを呼ばれたらそれで終わりや。命と金とどっちが大事やねん」

正二が舌打ちしたところへ、表から今度は涼太の声がした。

「ごめんください。青陽堂です」

七

涼太さん――！

「誰や？」と、正二が千代に問うた。

「……葉茶屋です。お茶を届けに来てくださったのでしょう」

落ち着きを取り戻して応えた千代の声を聞いて、律は黙って考えを巡らせた。

たとえ近くについでがあったとしても、涼太は女同士の茶会に顔を出すような野暮ではない。危機を知らせに来たか、助けに来てくれたのだと律は信じて疑わなかった。

「お妙、お前が出ろ。なんでもええさかい、追い返せ」

正二と共に戻って来ると、妙はしばし迷って千代を縄ごと座敷の中へ押しやった。

「口を利くんやないで。少しでも怪しい素振りをしたら二人とも殺す。捕まればどのみち死罪やさかい、道連れや」

正二に脅されてしんとした座敷に、涼太と妙のやり取りが微かに届く。

「あの、お千代さんは今、留守にしておりまして……」

「あなたは、どちらさまで？」

「近所の者です。留守番を頼まれたのです」

「……困りましたな。茶を届けるついでに、茶器を預かる約束をしていたのですが……お千代さんには娘さんが二人いらっしゃいますが、みんなお留守なんですか？」

「ええ」

「何度も足を運ぶのは面倒なので、こちらで待たせてもらってもよいですか？」

「困りますわ。見知らぬ人は上げられません。お帰りは夕刻になるとお聞きしておりますから、日を改めて出直してくださいまし」

戸を閉めた妙が、戻って来て囁いた。

「早いとこずらかろう。ありゃほんとに店者かどうか怪しいよ。前掛けはしてたけど、やけに貫禄があって、後ろには小者みたいなのが控えててさ。その小者みたいなのが、あたしをすごい目で睨んでた。あいつら実は岡っ引きか、火盗の手下じゃないか？」

「くそっ。お妙、まずは婆ぁの縄で、婆ぁとそっちの若いのを縛れ」

正二に言われて、妙は千代の首に回した縄でまずは千代を後ろ手に、それから紺を背中合わせに、これまた後ろ手に縛り上げた。

「次はそっちの年増二人だ。手ぬぐいか襷を——」

言いかけたところへ、今一度、玄関先から涼太の声がした。

「何度もすみません！　せめて言伝をお願いできませんか？」

「——ちっ！　お妙、総次、行くで」

「わいは残る」

「なんやて？」

「面も正体もばれてるんや。もう逃げられん」

「勝手にせえ、この阿呆が！」

「綾乃さんは置いてってや」

「阿呆が！」と、正二は繰り返した。「ほんなんできるか。ええかお前ら、ここで黙ってじっとしとけや。やなかったら、こいつがどうなってもしらんで」

妙が先に勝手口の方へ駆け出し、正二が綾乃を抱えるようにして続いた。

三人の姿が見えなくなると、律は忍びやかに立ち上がり、玄関へ向かった。

「涼太さん」

「お律、無事か？」

「綾乃さんが勝手口から連れて行かれたの。匕首で脅されてるのよ」

「勝手口なら、今、六太を向かわせた。戻って来ても逃げられねぇよう、俺はこっちから挟んでやる。舟にやつらの仲間が一人待ってる。表で人を呼んでくれ」

「判ったわ」

家の中から勝手口へ向かう涼太とは反対に、律は人を呼ぶべく東側の木戸から大川沿いに走り出た。

すると、路地の手前で立ちすくんでいる六太と、正二に脅されながら連れられて行く綾乃の姿が見えた。川沿いには猪牙舟が停まっていて、船頭の他、妙が乗っている。

妙と六太が口々に叫んだ。

「正二さん、早く！」

「綾乃さんを放せ！」

「うるせぇなぁ……ほれ！」

忌々しげにつぶやきながら、正二が綾乃を大川へ突き飛ばす。

「綾乃さん！」

六太と律、それから律の後を追って来た千恵の叫び声が、水しぶきと重なった。

「出せ！」

「だが、総次がまだ――」

「いいから、出せ！」

猪牙舟が岸を離れた。

六太が急ぎ岸辺に駆けつけるも、伸ばした手は空を切り、綾乃はほんの一間ほど先をあっぷあっぷしている。

「綾乃さん！」

叫ぶや否や、六太が綾乃へ向かって飛び込んだ。

今度はしっかり綾乃の手をつかんだものの、六太も泳ぎを知らぬようで、二人してじたばたと水面から顔を出すので精一杯だ。

「六太さん！」

律は表店に出ていた幟をとっさに引き抜き、六太へ差し出した。

六太が片手で幟の横棒をつかむのへ、千恵と二人で懸命に引っ張る。

「お律！」

涼太の声が路地の方から聞こえたかと思うと、横棒が折れて律と千恵は尻餅をついた。

六太たちが流されて行くのへ、律は立ち上がって竿を投げ出し、声を限りに叫んだ。

「助けて！　誰か！」

両手を大きく振って、川面をゆく舟へ叫ぶ。

「助けて！」

「誰か！」と、隣りで千恵も両手を上げつつ、飛び跳ねた。

「助けてくれ！」

涼太も交えて三人で助けを呼ぶと、二、三、猪牙舟が近付いて来た。

三間ほど離れたところを浮き沈みしながら流れて行く六太たちの後ろには、白い幟が友禅流しのごとく細く伸びている。

一番早くやって来た猪牙舟の客が、身を乗り出して幟をつかんだ。今一人の客と共に幟を引っ張り、まずは綾乃、それから六太が船上に引き上げられる。

岸辺の律たちが安堵の溜息を漏らすと同時に、綾乃が六太にしがみつき、子供のように声を上げて泣き出した。

八

六日後の霜月《しもつき》朔日の昼下がり。

鞠巾着を描いていると、小倉と保次郎が連れ立ってやって来た。

「いやはや、いやはや」と、小倉がにこにこするのへ、

「いやはや、いやはや」と、保次郎が苦笑を浮かべる。

「事の始末があらかたついたんで、知らせに来たのだよ」

「私はまあ、非番になって暇だから」

「あいにく涼太さんは今日は出かけておりますので、私がお茶を」

隣りから今井を呼んで、少し早いが一休みの茶を淹れる。

――六日前、六太と綾乃が岸に着いて四半刻ほどで、正二と妙、船頭の伸之が乗った舟は捕まった。六太たちを助けにやって来た舟の他に、逃げた正二たちを追って行った舟も何艘《そう》かいたのだ。

同じ頃、深川の船宿・多田屋でも捕物があった。涼太から正二――凡太郎――の居候先を聞いた太郎は、深川に着いてすぐ番屋で女が主の船宿を問い、番人と一緒に多田屋に向かった。多田屋には木更津《きさらづ》行きの舟が一艘停まっていて、店では太郎が見知った盗人が一人、正二たちの帰りを待っていた。

「やつらは猪牙舟を飛ばして深川まで帰り、舟を乗り換えて、あの日のうちに木更津まで逃げるつもりだったのだ」と、小倉。

多田屋の亡き主は女将の妙の父親で、かつては一人働きの盗人だった。ゆえに多田屋の客には盗人が多く、奉公人は妙の情夫の正二も悪党だろうと推察していた。

伊豆へ出かけたというのは嘘で、正二は岸ノ屋一味が梅景で一網打尽にされて以来、多田屋に隠れていた。ほどなくして総次から火盗改が自分を探していることや、似面絵まで出回っていることを知って江戸を離れねばならぬと判じたが、先立つ物がなかった。

千代のことは、浅草を「下見」した際に噂で知ったそうである。

「花川戸町にやもめの金持ち女がいる——とな。やもめ女なら自分が一人でくどき落としてもいいと思ったものの、やつが下見をした時には、既にお紺さんとお加枝さんがいてな。同居人が二人もいるとなると情夫になるのは難しいと判じたそうだ。勝手口のことは下見の折に気付いていて、此度は初めから勝手口より逃げるつもりだったらしい」

切羽詰まった正二は、身元がばれそうになって焦っていた総次と、己に惚れ込んでいる妙を説き伏せ、千代から金を奪った足で木更津へ逃げる算段をつけた。

あの日、正二たちは人目を避けて深川から大川の東側を大川橋まで歩き、妙の顔が利く船宿で猪牙舟を借りた。しばし川を遡って舟を今戸町の岸辺に着けると、千代の家に妙を先頭に三人で乗り込んだ。表店の店者が三人を見ていたが、顔は隠していても身なりがよかったため「茶会」の客だと思ったという。

一方、涼太は六太と川沿いに舟を追った。やがて停まった舟から三人が降りて、木戸をくぐって行くのが見えたものの、船上の伸之に気取られぬよう一度は木戸の前を通り過ぎ、北側の路地をぐるりと回って西側の木戸から千代を訪ねた。妙から千代が留守だという嘘を聞いて危機を悟った涼太は、裏に勝手口があることを思い出して六太をそちらへ向かわせた。

だが、木戸から通りへ出て路地へ回ろうとした六太は、ちょうど路地から出て来た正二たちと鉢合わせた。正二が綾乃を人質にしていたがため手が出せず、うろたえる間に綾乃が川へ突き落とされたのである。

「とっさのこととはいえ、泳げぬのに飛び込むとはな」と、保次郎が苦笑を漏らした。

「ああ」と、小倉も苦笑で応える。「お律さんの機転も見事だった。すぐさま涼太と話して綾乃さんを助けに出て、六太に幟を差し出したそうだな。幟があったから、六太たちを救いやすかったと舟の者も言っていたぞ」

「六太さんが幟を放さなかったからです。幟も、綾乃さんも」

「うむ。だが、お律さんが人目もはばからずに声を上げ、川岸でぴょこぴょこ跳ねていたから、辺りの舟がすぐに事件に気付いたとも聞いた」

「は、跳ねていたのはお千恵さんです」

「ははは、お千恵さんにもよくよくお礼を伝えておいてくれ」

のちに呼ばれた番人に、総次は自らお縄になった。

総次は九年前、置文を残して大川へ向かったそうである。

「けれども、近所で無様な亡骸をさらしたくないと悩みながら大川沿いを南へ下り、品川宿まで行ったところで船乗りたちの喧嘩に巻き込まれた」

殴られて気を失った総次は、目覚めた時に身元を問われて、とっさに父親の名の宗次郎をもじって「総次」と名乗った。誤って総次を殴った男は船乗りで、その船乗りを引き取りに来た船頭は総次が「訳あり」だと見て取って、手下が罪にならぬよう示談を持ちかけた。

「金はいらない、どうせ死ぬつもりだからと総次は笑い飛ばしたが、船頭は総次に同情して、示談金で手形を偽造して総次を船に乗せたそうだ。死にたくなったら、いつでも海に身を投げればいいと諭してな……」

ならばそうしてやろうと総次は船頭と一緒に上方行きの菱垣廻船《ひがきかいせん》に乗ったが、身投げの決心がつかぬまま嵐に遭って、船は道中の鳥羽《とば》に流れ着いた。この嵐で船頭は亡くなり、命からがら助かった総次もしばらく記憶を失っていたという。

「手形によると己の名は総次、近江の出らしいと、総次は近江に行ってみることにした。近江は亡くなった船頭の郷里だったそうだ」

道中、伊勢《いせ》参りに寄った折、総次は正二に出会った。正二は記憶があやふやな総次の面倒を見ながら、総次を彦根城下の旅籠・彦根屋に連れて行った。

「だが、なんとこの彦根屋は多田屋のごとく、表向きはまっとうな旅籠なんだが、店主は実は岸ノ屋一味で、盗人がよく出入りしていた」

彦根屋で働くうちに、総次は正二にそそのかされ、その「手ほどき」を受けて紐のような暮らしをするようになった。ほどなくして記憶は戻ったものの、己が継父《ままちち》のごとき暮らしをしていることへの羞恥よりも、そんな男にやすやすと引っかかり、己や育、奉公人をないがしろにした母親への怒りが勝って、暮らしを改めることはなかった。

「総次は記憶が戻った後も、己は一度は死んだものとして、江戸者だということの他、正二にも身の上を明かさなかった。だが、正二は総次が『ぼんぼん』だったことは見抜いていたらしい。正二は総次の一つ年上で、総次を弟分としていたが、下心もあったそうだ。やつは総次の名前と見目姿が気に入って——ああ、男色ではないぞ。似たような名前と年頃、身体つきに加えて、面立ちは違えど総次も『色男』だったことから、もしもの折には己の身代わりにできぬかと考えて、伊勢で総次に声をかけたと言っていた」

総次はやがて正二や彦根屋の主の正体を知ったが、岸ノ屋への誘いには乗らなかった。時折正二が「仕事」で大坂や京へ行くのへついて行き、正二の「知り合い」のもとでしばし暮らしては、女を引っかけ、貢がせた。だが、どんなに誘われても江戸には同行しなかった。

「それなら、どうして此度は江戸へ……？」

「長年の望郷の念に加えて、そろそろ正二や岸ノ屋から離れた方がよいと判じたそうだ」

江戸に留まるつもりはなかった。正二が「仕事」を終えて江戸を去る時に袂を分かって、己はどこか違う地に旅立とうと総次は考えていた。

「だが、馬喰町を訪ねて気が変わった」

町も若竹屋も九年の間に様変わりしていて、見知った町の者も、若竹屋に唯一残っていた仲居のかめも、総次にまったく気付かなかったそうである。

「無理もなかろう。皆、総次は死んだと思い込んでいるのだからな。また、昔の総次——浩太郎——はどちらかというと奥手で真面目、世間知らずのぼんぼんだったらしいが、今はどこから見ても正二のごとき、女たらしの遊び人だ」

ならばいっそ、総次として江戸で暮らしてもいい――そう考え始めた矢先、総次は当座の女を探すべく出かけた上野で、綾乃と千恵を見かけた。

「寛永寺で二人の身元を聞いたのち、綾乃さんに的を絞って近付いたのだが、尾上の名を聞いて、正二が『意趣返し』しようと言い出した」

「意趣返しというと？」と、今井。

「盗人どもの間では、巾一味が尾上での『仕事』をしくじり、揃って死罪となったことが知られているそうなんですよ」

――俺の弟分のお前が尾上の娘と一緒になったら、それだけでええ意趣返しになる。見事ほないに運んだら、いつか俺にも小遣いをくれや。この仕事が済んだら、江戸にはしばらく来んのやさかい、それくらいは約束してくれてもええやろう――

そう言って、正二は総次を売り込むべく尾上を共に訪ねたり、手形や文を偽造したりして総次に助力したという。

「総次は綾乃さんを少なからず好いていたそうだ。惚れたというほどではないが、無邪気でまっすぐな綾乃さんにかつての自分や妹が重なって、綾乃さんとなら今一度まっとうな、あわよくばぼんぼんの暮らしに戻れるのではないかと夢想していた、と」

おずおず律は小倉に訊ねた。

「あの……それで、沙汰はどのように？」

「正二に妙、伸之は、切り餅を盗んだ咎《とが》で死罪だ」

「総次さんは……？」

「総次は岸ノ屋一味ではなかったこと、お加枝さんの嘆願と併せて人質を助けようと尽力したこと、ゆえに――表向きは――正二に加担したのは『脅されてやむなく』のことだったのだろう……と斟酌《しんしゃく》されて、盗人の汚名は免れた。しかし、身元を詐称していた咎はそのままに、所払《ところばらい》と相なった」

所払は居住する町村からの追放で、追放刑の中では最も軽い。

「そうでしたか。お加枝さんは、そのことをもうご存じで？」

「今頃はな。お千代さんの家には太郎が知らせに行った」

きっと安堵したことだろう――と、律も胸を撫で下ろした。

五日前――捕物の翌日――に、加枝は律を訪ねて来た。千代や紺と三人で火盗改に総次の処遇を嘆願しに行った帰りで、疲れが出た千代は紺と一足先に家路に就いたと聞いた。

千代の名代として一連の出来事への礼を述べたのち、加枝は総次もまた、自分にとっては恩人だったと打ち明けた。

かめは「ちょっかい」という言葉を使ったが、加枝は十一年前、若竹屋で総次や育の継父の仁士に手込めにされていた。加枝の様子がおかしいことに気付いた総次が育に相談し、育はすぐさま仁士の所業を悟ったらしい。身投げすべく大川へ向かった加枝を育は総次と共に探し出し、すんでで加枝を思いとどまらせると、母親の徹に仁士の所業を言いつけた。

——女将さんは私が誘ったのだろうとお怒りでしたが、お育さんはまったく動じずに、このままでは若竹屋に悪評が立つとして、それまでの給金に加え、暇金を弾むよう女将さんを諭《さと》してくれたのです。まだ、ほんの十五歳だったのに——

そののち、加枝がそれとない事由で皆に暇を切り出し、郷里までの旅支度をする間、総次は仁士に目を光らせて加枝から遠ざけ、旅立ちの日には育と共に両国橋まで見送りに来てくれたそうである。

「総次さんは、お加枝さんを慕っていたのではないでしょうか？　お加枝さんの方が四つ年上ですけれど、その……年上の人に憧れることもありますでしょう？」

六太を思い浮かべながら律は問うた。

「うむ。なればこそ——継父の仁士の自害を私は疑っている。九年前のことを調べたところ、仁士は首を吊って自害したことになっていたが……」

「小倉さんは、総次が殺したとお考えなのですな？」と、今井。「総次にとって仁士は、母親を金蔓《かねづる》にし、好いた女を手込めにし、妹を売り飛ばして結句死なせた仇だった。一度は身投げを決意したのも、継父を殺したからやもしれませんな」

「私もそう推察しております。自白も証もありませんが」

やるせない顔で応えてから、小倉は再び律へ向き直った。

「総次が若竹屋の浩太郎だと見破ったのは、浅草の賢次郎だそうだな。総次は驚いて、これはまた逃げるしかないと追い詰められたが、一方で一人でも昔の己を覚えている者がいたことが嬉しくもあったと言っていた。今更ながらこの九年の己の所業が次々頭をよぎって、女たちや綾乃さんに悪いことをした、妹や恩人の船頭に恥ずかしいと自省したとも……それで当初の目論見通り、どこかでひっそりやり直そうと思案していたところへ、正二が企みを持ちかけてきた。総次は初めは渋ったが、正二には多少なりとも恩義を抱いていたそうだ。ゆえに、誰も傷付けぬ、己は分け前を受け取らぬ、木更津に着いたら互いに縁を切るという約束で事に及んだ。いざという時は――もしも正二たちが、お千代さんたちに手をかけようとしたならば――己が身を挺《てい》して守ると決めてな」

「恩義に加えて、慈悲もあったのではないか？」と、保次郎。「正二はいうなればぼんぼんの――己の成れの果てのような者だからな」

「うむ……」

加えて――船の行き先が木更津だったからじゃないだろうか、と律は思った。

加枝の郷里は「上総」の田舎らしい。総次はどこかで加枝を想い続けていて、加枝の消息をたどることで昔の己を取り戻そうとしたのではなかろうか。そして思いがけず加枝に再会したことで、自訴《じそ》を決意したのではなかろうか――

しばしの沈黙ののち、小倉が懐から包みを取り出した。

「忘れないうちに、これを渡しておこう。青陽堂の若旦那、若おかみ、それから丁稚に、お頭からお礼を預かって来たのだ」

「お礼なんて……」

「受け取ってもらえねば、私がお頭に叱られる」

「そうとも」

頷いてから、保次郎は付け足した。

「賂《まいない》ではないからな。受け取ったからとて、この先火盗を贔屓せずともよいのだよ」

「つまらぬ嫉妬はよせ、広瀬。――聞いてください、今井さん、お律さん。こいつときたら、近頃お律さんや涼太は火盗を助けてばかりだと拗《す》ねているのです」

「す、拗ねてなど――」

「確かに、夜霧のあきに岸ノ屋と、盗人の大捕物が続いたな」と、今井が微笑む。「だが、町奉行所では助っ人が入り用な事件がなくて何よりだ。市中が平和な証だよ」

「お説ごもっともではありますが、小倉には太郎がいるのに、お律さんや涼太まで……」

恨めしげな保次郎の顔を見て、律は妙の言葉を思い出した。

――ありゃほんとに店者かどうか怪しいよ。前掛けはしてたけど、やけに貫禄があって、後ろには小者みたいなのが控えててさ。その小者みたいなのが、あたしをすごい目で睨んでた。あいつら実は岡っ引きか、火盗の手下じゃないか？――

涼太に続いて、六太まで「御用聞き」に誘われては困る。

広瀬さんには黙っとかなきゃ……

そう密かに決心しながら、律は火盗改からの金子を押しいただいた。

九

身元を詐称の咎で所払——

保次郎と小倉、今井の三人が帰ったのち、律はしばし沈思した。

総次のことではなく、千代のことである。

というのもあの日、妙が千代と紺を縄で後ろ手に縛った際、めくれた袖から千代の左前腕に二寸ほどの傷痕が見えたのだ。

その時は渦中にいたため、成りゆきを窺うのに精一杯で、さして気に留めていなかった。

だが、ことが落ち着いてみると、御用聞きの広正の問いが思い出された。

——お千代さんは尾張からいらしたそうですが、生まれ育ちも尾張ですか？　もしや、左腕に目立つ傷痕がありやせんか……？——

広正の友人曰く、千代は広正の恩人の娘に「瓜二つ」らしい。

でも、その娘さんがいなくなったのは「大分昔」のことの筈……

友人が近年の娘を知っているならば、広正にその行方をとうに教えているだろう。そうでなければ、友人の物言いは想像からに過ぎず、「瓜二つ」というのは誇張ではなかろうか。

一口に傷痕といっても様々で、広正からは詳しく聞いていない。また、千代は一人目の夫からの殴る蹴るで、身体にいくつか目立つ傷痕があると言っていた。

だから他人の空似に違いないと思う反面、千代のふとした問いが気にかかっていた。

――綾乃さんは、どうしてその人が身元を偽っていると思うのですか？――

総次の手形は偽物だった。綾乃の父親が言ったように、偽造はそう難しくないらしく、千代のような金持ちなら尚更だろう。

だが、よしんば千代が広正の恩人の娘だとしても、千代には身元を偽らねばならない事由がある筈だ。己の余計な詮索で千代が罪に問われては、千代はもとより紺や加枝に申し訳が立たぬ。何より、佐和から広正には近付かぬよう命じられているではないかと、律は疑念を追いやった。

六日前、捕物ののち、律は涼太や六太と共に番人や火盗改に事の次第を話したり、綾乃や千恵を送って行ったりと、夜まで忙しく過ごした。

綾乃はあの後、寝込んでいた。顔や首を切られるのではないか、殺されぬまでも連れ去られて、千恵の言う「ひどいこと」をされるのではないかという恐怖にさらされた上、泳げぬ身で冬の大川に突き落とされたのだ。心労に風邪が重なって、結句、丸四日間も床に臥していたそうである。

六太も似たようなもので、綾乃を尾上に、千恵を池見屋に送り届けるまでは大事なく振舞っていたのだが、店に戻った途端に倒れて、二日ほど熱が下がらなかった。

綾乃の父親の一森《かずもり》と祖父の眠山は、捕物の翌日に感謝の念を伝えに青陽堂を訪れた。あいにく六太は寝込んでいたが、律は初めて二人と顔を合わせた。一森は涼太と同じくらい背が高く、にこやかでありながら、はきとした物言いに商人らしさを感じさせた。眠山は粋人らしい洒落者で、綾乃の面立ちはどちらかというと眠山に似ているようだ。

律は捕物の翌日から粛々と仕事に励んでいた。

鞠巾着を仕上げた後は千恵の着物の下絵を済ませて、捕物から四日を経た一昨日、井口屋の基二郎に下染めを頼みに行った。

昨日訪れた池見屋では、千恵は杵と買い物に出かけていて留守であったが、類曰く、そこそこ元気にしているらしい。

——そこそこ、とは？——

——悪者が捕まった、お律や涼太さんの大手柄だと喜ぶ傍ら、一つ間違えば取り返しのつかないことになっていたんじゃないかと、時折気を沈ませてんのさ——

総次から、正二は血を見るのが嫌い、金さえ手に入ればすぐ引き上げると聞いたから、律は正二たちが外に出てすぐに涼太に助けを求めた。総次が言った通り、血を見ることはなかったものの、逃げる時を稼ぐために正二は綾乃を川へ突き落とした。綾乃はもちろん、助けに飛び込んだ六太も一つ間違えば溺れ死んでいたやもしれぬと思うとぞっとする。

——小倉から事の始末を聞いて三日が過ぎ、霜月は四日の昼下がりになって、基二郎が下染めした布を持って来た。

律は鞘巾着を朝のうちに仕上げてしまって、一日早いが池見屋へ納めに行くか否かと悩んでいたところであった。

「こんなに早くできるなんて——ありがとうございます」

「お律さんは俺のお得意さんですからね。お千代さんとやらの着物に続いて、お千恵さんの着物まで任せてくださるとは、こちらこそ毎度ありがとうございます」

地色は白鼠色とした。

白鼠色は鼠染めの中で最も淡く、焦《しょう》、濃《こ》、重《じゅう》、淡《たん》、清《せい》で表す「墨の五彩《ごさい》」では「清」にあたる。基二郎の白鼠色は、鼠色の趣はそのままに、別名の銀色にふさわしい、銀のごとき仄かな光を含んで見えた。

「雷鳥の着物が大層評判だと、兄貴が言ってやした。歯嚙みしたくなるほど、由郎に似合っていたとも……お千代さんの着物は難しいですが、お千恵さんの着物なら俺も目にすることがあるでしょう。楽しみにしていやす」

「私も楽しみです。お千恵さんと打ち解けた分、今なら雪華よりもお似合いの着物が描けると思うんです。由郎さんと雷鳥に負けないくらいの――」

「その心意気でさ。負けねぇどころか、どうか由郎をぎゃふんと言わしてやってくれ」

――由郎さんをぎゃふんと言わせてやりたいからね――

雪永を思い出して、律は微苦笑と共に基二郎を見送った。

池見屋にはやはり明日行くことにして、律は浮き浮きしながら下染めされた前身頃を張り枠に張り始めた。

――と。

「お律さん！」

呼ばれて律は、律は急ぎ土間に下りて千恵を迎えた。

「ようこそ、お千恵さん。私、つい先ほどまで一日早くお伺いしようかどうか迷っていたんですよ。鞠巾着を描き終えたので、事の始末をお伝えしたいと思って。でも、お千恵さんがまたお出かけだと残念ですし、下染めも届いたので、やっぱり明日にしようかと――」

「私もよ。事の始末がどうなったか知りたくて、お伺いしたかったのだけど、仕事の邪魔になってはいけないから、明日いらっしゃるまで待とうと思っていたの。でも、やんごとないことが起きて――」

「やんごとないこと？」

「雪永さんからお遣いが来て、明日、うちへ来ることになったの」

「……それが、やんごとないことなんですか？」

「だ、だって、私、まだあれから雪永さんとお話ししていないのよ」

「あれからというと、まさかべったら市から？」

「そのまさかなの」

べったら市の翌日訪ねて来た雪永に、千恵が居留守を使ったことは千代の家で聞いた。

「とすると、十日余りも、お店にもいらしていないのですか？」

「そうなのよ。最後にうちに来てから十二日、べったら市からは十三日よ。うちに戻ってから、こんなに長く雪永さんに会わなかったことはないわ」

「それは――」

雪永さんは、お千恵さんの居留守に気付いて、お千恵さんに嫌われたと思い込んでいるんじゃないかしら……？

「お遣いの人は、なんと仰ったのですか？」

「捕物のことを耳にしたから、お見舞いを兼ねて、そのことを詳しく聞きたいんですって」

「それなら、何もおかしくないではありませんか」

正二たちの捕物は読売にならなかった。雪永が池見屋を避けていたなら、今日まで千恵にもかかわりがあったことを知らなかったのだろう。

「でも……」

「でも糸瓜《へちま》もございません」

遠慮を捨てて、律はきっぱり言った。

「お千恵さんは、雪永さんに会いたくないのですか？　お千恵さんは雪永さんを好いていらっしゃるのだと――お千代さんのところでお話を聞いて、私はますますそう思いました」

「そ、それはその通りよ。私もお千代さんのおうちで皆さんとお話しするうちに、ますますそうだと気付いたの。だから明日こそ、雪永さんにしっかりお話ししようと思うのよ」

心を決めた様子の千恵に、律は大きく頷いた。

「素晴らしいご決断です」

「でも、そのためには、お律さんの力が入り用なの」

「えっ？　どうしてですか？　こういったことは、お二人でお話しした方がよろしいかと」

「駄目よ、駄目。だって、雪永さんは『捕物のこと』を聞きに来るのよ。お姉さんやお杵さんだって、あの人たちがどうなったか知りたがっていたわ。だから、どのみち二人きりにはならないのよ」

「沙汰は今からお伝えしますから、お類さんやお杵さんには今日のうちにお話を――」

「駄目よ、駄目」と、千恵は繰り返した。「こういったお話は、お律さんの方がお得意でしょう。それにほら、村松さまとのお話は、お律さんに来てもらったおかげでうまく運んだじゃない。だから此度も、お律さんが一緒ならうまくいくような気がするの。お願いよ。どうかこの通り」

千恵に拝まれて、律は頷かざるを得なかった。

どうせなら昼餉を共にしようと、類は遣いの者に九ツに来るよう言付けたという。

「だから、お律さんも九ツまでには必ずいらしてね。約束よ。それから、詳しいお話は明日まで待つけれど、総次さんがどうなったのかだけ、今教えていただけないかしら？」

律が総次は所払で済んだことを伝えると、千恵は安堵の表情を浮かべた。

「おやつには少し早いですが、お茶をいかがですか？」

「今日は遠慮しておくわ。帰って明日の支度をしないと。お昼はお杵さんにお任せだけど、お茶とお茶菓子は私が支度することになってるの」

嬉しげに微笑んで、千恵は張りかけの、下染めが終わったばかりの布を見やった。

「これは、丸抱に褄折抱ね。こっちは追抱……」

青花で描いた下描きを指差しながら、千恵が言う。

「私にもできるかしら？　ちゃんと花を咲かせられるかしら……？」

「もちろんですよ」

「うまく咲いた暁には、お千代さんにも一鉢差し上げたいわ。お千代さんには簪と着物に合わせて、江戸菊よりも美濃菊がいいわね。美濃菊も作らないと……ふふふ、巣鴨では千代見草の他にも、菊の名前をたくさん雪永さんから教わったわ。ええと、隠君子《いんくんし》、隠逸花《いんいつか》、唐《から》蓬《よもぎ》、河原御萩《かわらおはぎ》、翁草《おきなぐさ》、齢草《よわいぐさ》、星見草《ほしみぐさ》……」

千恵が指折りながら唱えた菊の別名を聞いた途端、律の脳裏に一つの推し当てが閃いた。

十

暖簾を下ろした後も、片付けに品出し、湯屋、夕餉と奉公人たちはばたばたしている。

仕方なく夕餉が済むまでじりじり待って、律は涼太に頼み込んだ。

「勘兵衛さんにお訊ねしたいことがあるの。一緒にお部屋を訪ねてくれない？」

「勘兵衛さんに？」

驚いて涼太は問い返したが、委細は訊かずに頷いて、二階の勘兵衛の部屋を訪ねる代わりに、律に座敷で待つよう促した。奉公人たちも皆もう夕餉を済ませて二階に上がっているため、階下の方がゆっくり話せると踏んだらしい。

しんとした座敷で待つことしばし、涼太や勘兵衛より先に、開け放していた襖戸の陰から佐和が顔を出した。

「何をしているのです？」

「あっ……か、勘兵衛さんにお話が」

「勘兵衛に？」

「お青さんの？」と、今度は階下へやって来た勘兵衛が問い返す。

結句、三人を招き入れた座敷で、律は懐に入れて来た絵を二枚取り出した。

一枚は皺を控えめにした千代の似面絵、もう一枚は千代の菊の簪を写したものだ。

「これはお青さん……？　この簪は、私が昔……」

「やはり、勘兵衛さんがお千代さんに――いえ、お青さんに贈られた物だったのですね？」

呆然としている勘兵衛の代わりに、佐和が応えた。

「そうですよ。手代になって初めての給金を出した時、菊の簪を買いたいと勘兵衛が言うので、馴染みの小間物屋にいくつか見繕ってもらったのです。少々値は張りましたが、菊花紋よりもこちらの方がよいと、勘兵衛が選んだ簪です。そうでしたね？」

「はい。しかしどうして……この人がお千代さんだと思うのです。お青さんということは――」

「お千代さんはお青さんの左腕には、この辺りに、これくらいの傷痕がありませんでしたか？」

問いながら、律が己の腕を使って傷痕の場所と大きさを示してみせると、勘兵衛が目を見開いて頷いた。

「それなら他人の空似ではない筈です。何より名前が……お青さんは、生まれた折にお父さんが見上げていた青星から名付けられたのでしたね。星見草は菊の別名です。だから勘兵衛さんはお青さんに、菊の簪を贈ったのではないのですか？」

「……その通りです。ついでにお青さんのお父さんは、本当は星と書いて『せい』としたかったそうですが、お母さんがそんな名前をつけたら、すぐにでも天上へ去ってしまうかもしれないとお泣きになって、青の字を使うことにしたと聞きました」

「ああ、それなら尚更合点がいきました。お千代さんが偽名を千代としたことに……星見草に千代見草、星と千代――千代見草も菊の別名なんです」

「存じております。前にお律さんからお千代さんというお客さまの名を聞いて、私はお青さんを思い出しました。ですが、お青さんは駿河でお亡くなりになったと……」

「何か事由があったに違いありません。死んだことにせざるを得なかった事由が」

「それはそうでしょう」と、佐和。「あなたの推し当て通りだとして、やんごとない事由がなければ、死んだことになどしないでしょうから……それにしても、お律はどうして、お青さんの腕に傷痕があることを知っていたのです？」

「そ、それは、実は前に広正さんから――」

「広正さん？」

佐和に睨まれて律はしどろもどろに、広正に二度目に会った折、勘兵衛の様子の他、千代のことも問われていたことを打ち明けた。

「あの時は、お千代さんと勘兵衛さんにかかわりがあるとは思いませんで……」

眉をひそめて勘兵衛が憤りを露わにした。

「広正さんは、お千代さんに目を付けているのですね。恩人の娘などと、お律さんに嘘までついて身辺を探っていたとは、相変わらず恥知らずな人だ」

「お律は葉月と神無月と、二度広正さんに会ったのでしたね。執念深いあの人のことですから、そう容易く諦めないやもしれません」

佐和が言うのへ、涼太が口を挟んだ。

「それなら、お千代さんに知らせた方がよいのでは？　もちろん、お千代さんがお青さんかどうか、しかと確かめてから……」

「そうですね。勘兵衛、明日にでもお律と一緒に、お千代さんのところへお伺いしなさい」

「わ、私もですか？」

「あなたなら真偽がすぐに判るでしょう。お青さんやもしれぬのですよ。あなたは、お青さんに会いたくないのですか？」

「それは……ですが、お青さんの方は判りません。実は、お青さんの腕の傷は、私を庇って負ったものなのです」

十六歳の文月の藪入りに一緒に町をそぞろ歩いていた折に、酔客と酒売りの喧嘩に出くわした。酒売りが振り回していた割れた手桶が勘兵衛の方へ飛んで来たため、千代はとっさに腕を伸ばして勘兵衛を押しやり、勘兵衛の代わりに怪我を負ったそうである。

「大きな傷だったので、腕のいい医者に縫ってもらいたいと思って、大伝馬町まで出向いて良玄に看てもらいました。良玄はあの傷の手当をするうちに、お青さんに目を付けたのだと、のちに長屋の人から聞きました」

慚愧《ざんき》にたえぬといった面持ちで、勘兵衛は続けた。

「私のために負った傷が、良玄の呼び水になっただなんて……大旦那さまにも打ち明けられずにいましたが、このことも私に駿河行きを躊躇わせた事由の一つでありました」

千代は青陽堂を訪ねたことはないようだった。炉開きの茶会で、紺が一石屋のついでに青陽堂にも行こうと言い出した折も、加枝と二人で行くよう促していた。

もしかして、勘兵衛さんを避けていたのかしら……？

ううん、きっと会いたいのに迷ってた——

千代が葉月に一度、仕事場を訪ねて来たことを思い出して、律は打ち消した。

——番頭さんにもお気遣いいただいたようですね……——

茶葉を受け取った千代が困った目をしたのは、こんなに近くにいながら——再会を望んでいながらも——己は「傷物」であり、勘兵衛にとっては「裏切り者」にして「死者」でもあるからではなかろうか。

黙り込んだ勘兵衛に律は訴えた。

「お千代さんも、勘兵衛さんとの再会を望んでおられると思います。だって、長屋にいらした時、お千代さんはこの菊の簪を挿していました。きっと、どこかで願っていたんです。ご自分から訪ねる勇気はなくとも、もしかしたら、勘兵衛さんを垣間見ることが、勘兵衛さんと相まみえることがあるかもしれないと……そもそも、勘兵衛さんをいまだ想っているからこそ、この簪を意匠にした着物を注文したのではないでしょうか――」

千代は二人目の夫を語る際、勘兵衛への想いを織り交ぜていたのだろう。

千代の「幼馴染み」にして「嫁ぐ前」に簪を贈ったのは勘兵衛だ。

しからば、千代が着物で「供養」しようとしたのは、「身分違い」の「木曽屋」の亡夫ではなく、勘兵衛への未練だったやもしれない。

律が思い巡らす間に、佐和が勘兵衛に命じた。

「お律と一緒に行きなさい。さもなくば、また一つ悔いが増えるやもしれませんよ」

十一

翌朝五ツ。

涼太を「番頭代」として店に残し、律は勘兵衛と連れ立って青陽堂を出た。

二人とも気が急いていて早足だったため、半刻足らずで浅草今戸町に着く。

木戸の前で勘兵衛は束の間躊躇ったが、中から広正の声を聞いた途端、律を押しのけるようにして木戸をくぐった。

「しつこいわね。お千代さんは、今日もお出かけになったと言ってますでしょう」

「また居留守だろう。その手にはもう乗らねぇぞ」

玄関先で紺と広正が押し問答している。

「広正さん！」

勘兵衛を認めた広正が、紺の後ろに向かって声を高くする。

「勘兵衛が来たぞ！　逃げずに話をしたらどうだ！」

しばしの沈黙ののち、紺の後ろから千代が姿を現した。

「どうかお静かに」

「ほらみろ、居留守だったじゃねぇか」

「お上がりください。お律さんも――勘兵衛さんも」

座敷でどっかとあぐらをかくと、広正はずばりと切り出した。

「お前はやっぱりお青だったんだな。こうしていまだ勘兵衛と通じてるってこた、やっぱりこいつとつるんで良玄先生を――おまきさんも――殺したんだろう？」

「あなたは、まだそんな戯言《ざれごと》を」

「いかにも私は青です。いえ、青でした」

勘兵衛を遮って、千代は怯まずに広正を真っ向から見つめた。

「勘兵衛さんは、あの二人とはかかわりがありません。嫁入り前——十六歳の秋からこのかた、勘兵衛さんにお会いするのは実に三十年ぶりでございますから」

「そんならお前が一人で殺ったのか？　駿河で死んだことにしたくせに、今になってのこのこ江戸に戻って来やがるとはな。ようやくほとぼりが冷めたと——もうみんな覚えちゃいねぇと思ったか？　そうは問屋が卸さねぇぜ。俺は忘れちゃいねぇからな。とっとと観念して、洗いざらい吐いちまえ」

きっと千代は広正を睨みつけた。

「私だって忘れてはいませんよ。忘れられるものですか。——ようございます。こうして皆が顔を揃えたのも巡り合わせ……この際、洗いざらいお話ししましょう。もう何度も申し上げましたが、私はあの二人を殺してはいません。ですが……」

「ですが、なんだ？」

「——ですが、殺したいと思ったことは幾度もありました。姑がこと切れているのを見つけた時も、良玄が卒中で死した時も、これっぽちも悲しくありませんでした」

きっぱりと、落ち着いた声で千代は言った。

「良玄は外面《そとづら》は大層ようございましたが、人目のない家の中では、ことあるごとに私をいたぶりました。姑とて初めは見て見ぬ振り、ほどなくして良玄と一緒になって——」

「嘘をつくな」

「嘘など申しておりません。証なら、この通り」

襟をつかんで身体をひねると、千代は左肩を剝き出しにして見せた。腕の付け根の辺りに、三寸余りの引っつれた傷痕がある。

広正は傷痕を睨みつけ、勘兵衛と律は目をそらした。

「五徳で殴られたんです。これだけではありませんよ。他の傷痕もお見せしましょうか？」

「だ、だがお前はあんときゃ、そんなこた一言も言わなかったじゃねぇか」

「あの時は、町の人に良玄や姑の本性が知れたら、お弟子さんたちが苦労すると思ったからです。悪評が立って、お弟子さんたちが診察所を出て行くことになったら――医者がいなくなったら――患者さんだって困ります。それに、あの時申し立てていたら、あなたは尚のこと私を疑ったに違いありません。私には二人を殺す事由があった、と。――良玄は私をいたぶる度に、父の薬礼を盾に私に口止めしました。父が亡くなった後、私はあいつから逃げる算段を始めました。あの日、あいつは卒中で死ぬ前に、私をぶとうとしたんです。私があいつから逃げようとしていると知ったから……」

苦虫を嚙み潰したような顔をしてしばし黙り込んだ後、広正は唸《うな》るようにして問うた。

「……仙之助は――木曽屋の旦那はどうした？　疝気で死んだそうだが、その前から寝込んでいたから、親類や町の者はお前が毒を盛ったんじゃねぇかと噂していたぞ」

「ただの噂です。江戸と同じですよ。ああいう人たちはどこにでもいるんです。金が絡もうが絡むまいが勝手に妬んで、なんとしてでも貶《おとし》めてやろうという人たちが。木曽屋の親類というのは、仙之助さんの叔父や叔母、従兄弟たちでしょう。仙之助さんの親兄弟と違って、あの人たちはずっと私を嫌っていましたからね」

駿河国の母親の実方に身を寄せて安堵したのも束の間、千代のことはまた噂になり、町の者には妬まれ、親類にはたかられるようになった。母親が流行病で亡くなったのは本当だったが、千代はそののちすぐに母親の実方を出て、駿河国でも実方から離れたところで己も流行病で死んだことにした。

「偽の手形を買って尾張へ発って、今度はお金のことを知られぬように、一人でひっそり内職をすることにしました。けれども、時折両替屋に行くうちに長屋の人にお金を持っていることがばれて、また居づらくなって……それで再び身をくらませようと算段していた時、両替屋で知り合った仙之助さんが、一緒になろうと言ってくれたのです」

――前もここにいらしたやろう？　私は人の顔かたちを覚えるのは苦手なんやけど、菊が好きでしてなぁ。その簪はよう覚えとる。美濃菊やんな。平打には珍しい意匠や――

そんな風に話しかけてきた仙之助に、事情を話してみてはどうかと両替屋の主が勧めた。

――ここで会うたのもなんかの縁や。いや、きっと菊理媛神さまのお導きや。私は大分前に好いた女子を亡くしてなぁ……それからその気はあらへんのやけど、親兄弟が身を固めろとうるそうて……せやけど、そこらの女は金目当てばかりや。どうや？　私と一緒になって、堂々と金持ちを名乗らんか？　妬まれる身であることは変わらんが、少なくともいちいち逃げやんで済むと思うんやがなぁ――」

それなら、あの着物はやはり、亡くなった旦那さんの供養のためでもあった……

「仙之助さんと一緒になって、私はようやく安らぐことができました。子供には恵まれませんでしたが、あの人も、あの人の親兄弟も私を大事にしてくれました。あの人とは、二十年余りも連れ添ったのですよ。私が仙之助さんを殺す筈がありません」

「だったら、どうして旦那の墓を離れて江戸へ戻って来たんだ？　旦那の供養のためだと聞いたが、ほんとにそうか？　ほんとは、勘兵衛に未練があったんじゃねぇのかい？　だから、お律さんに着物を注文したんだろう？」

「――もちろん、未練はありました」

勘兵衛のみならず、律まで思わずはっとした。

「よりを戻そうなどと、大それたことは考えていませんでした。ただ死ぬ前にもう一度だけ、勘兵衛さんに会ってお話ししたかった。江戸行きはあの人も望んだことです。いつか一緒に行こうと話していたのに、私が渋っているうちにあの人は身体を悪くして、長旅ができなくなりました。私たちは初めは嘘の、のちに本当の夫婦になりました。あの人もずっと亡くなった人を想っていて、私もずっと勘兵衛さんを忘れずにいましたが、互いにそれをよしとしてきたのです。だからあの人は今際の際に、江戸に戻れと言ってくれたのです。あの人が教えてくれたのですよ。勘兵衛さんは今も息災で、もう随分前に番頭になったと……意地を張っていた私の代わりに、人を使って調べていてくれたのです」

凜とした千代の応えを聞いて広正は再び黙り込んだが、此度は穏やかな顔をしていた。

「……そうかい。それがほんとのことなんだな」

「信じてくださるのですか？」

「伊達に三十年も岡っ引きを務めちゃいねぇよ。浅草や尾張だけじゃねぇ。俺ぁこの二月余り、大伝馬町や神田も調べ直したんだ」

友人が近くに住んでいるというのは嘘で、広正は友人と出かけた吉原の八朔でたまたま千代を見かけて、まずは面影に、次にその声を聞いて、青ではないかと疑念を抱いたという。

由郎や律に声をかけたのは偶然ではなく、広正は八朔以来、仕事の合間を縫って一人で千代の身辺を探り、千代の家に出入りする者を見張っていた。木曽屋のことは、この二月の間につてを頼って、尾張国へ行った者に調べさせていたそうである。

江戸では、時を経て「義理」や「恩義」から当時口を閉ざしていた者たちが、漏れ聞いたり、垣間見たりした良玄やまきの所業、長屋や町の者たちの妬み嫉み、千代に浴びせた心無い言葉などを、此度は広正に明かした。

尾張国へ行った者は木曽屋を継いだ仙之助の妹夫婦を始めとする親兄弟にも話を聞いていて、こちらは皆、千代の人柄を褒め称え、噂は嘘だと口を揃えていたという。

「お前——いや、あんたが言った通り、傷痕のことをあん時聞いてたら、あんたを尚更疑ってただろう。どのみち証はなんにもねぇが、こんだけ時と手間をかけて調べたんだ。最後にもう一度あんたに話を聞くまでは、仕舞《しめ》ぇにできねぇと思ってよ……だが、此度はなんだか腑《ふ》に落ちた。あんたは人殺しじゃねぇってな」

「——私も二十五年前、あなたのことは少々調べました。良玄はその昔、あなたの妹さんの命を救ったそうですね？」

「そうだ。あんたにゃ仇だったが、俺には恩人だった。良玄先生の腕がなきゃ、俺の妹は死んでた。おまきさんがすぐに先生を呼びに行ってくれたから、あいつは助かったんだ」

「薬礼も受け取らなかったとか？」

「岡っ引きの妹だからな。貸しを作っとこうと思ったんだろう」

「あの……今少し時をいただけませんか？　お上のもとへゆく前に、この子たちと——勘兵衛さんとも言葉を交わしとうございます」

願い出た千代へ、「ふん」と鼻を鳴らして広正は腰を上げた。

「勝手にしやがれ。お青は駿河で死んだんだ。そっくりさんには、もう用はねぇ」

どうやら、身元詐称は見逃してくれるらしい。

「……ありがとう存じます」

「礼はいらねぇ。そん代わり、詫びも言わねぇぞ」

今一度鼻を鳴らして、広正は慌ただしく去って行った。

広正の足音が聞こえなくなってから、勘兵衛がゆっくり口を開いた。

「私は……私もあなたを忘れたことはなかった」

「……実は弥生に江戸に戻って来てすぐに、青陽堂を訪ねてみたのです。けれどもあなたはお留守でした。気を取り直して七日後にも訪ねてみましたが、またしてもお留守で……」

「おかしいな。私は滅多に店を留守にしないんだが」

勘兵衛の言葉に、千代が微苦笑を漏らした。

「ええ、二度ともお店の方にそう言われましたわ。ですから、やっぱりご縁がなかったのだと、すっかりくじけてしまいましたのよ」

息災なのだから、それでよいではないかと己に言い聞かせ、江戸での新たな暮らしに馴染もうとしていた時に、千代は藍井で和十郎と彼岸花の着物の話を聞いた。

「上絵師がお律さん——青陽堂の若おかみだと聞いたのは、着物を注文しようと決めた後です。菊理媛神さまが、今一度励ましてくださったような気がしました。それでまた、何度か会いにゆこうとしたのですが、踏ん切りがつかないまま今日に……不甲斐ないことです。今度こそ後悔しないようにと、江戸に戻って来たというのに」

「……私も、後悔はもうたくさんだ」

見つめ合う二人の間に、三十年という時を超えた絆を律はしかと見て取った。

ふっと微笑んで、千代が皆を見回した。

「積もる話をする前に、まずはお茶を淹れますね。皆さんも喉が渇いているでしょう」

「あの、私はもうお暇いたします。今日はもう一つ、菊理媛神さまのお遣いがあるんです」

腰を浮かせて律が言うのへ、加枝と紺も顔を見合わせる。

「私たちも少し出かけてきます。ね、お紺さん?」

「そうそう。お昼もおやつも済ませてくるから、積もる話はどうかお二人でごゆっくり」

三人三様に微笑んで、律たちはいそいそと表へ出た。

十二

「お律さんが勘兵衛さんを連れて来てくださってよかったわ」

そう言って、紺は加枝と笑みを交わした。

捕物の後、千代は昔のこと——勘兵衛への想いや、偽名を名乗り始めた事由など——を紺たちに打ち明けたそうである。

「そういうことなら、早々に勘兵衛さんにお目にかかれるようお律さんに相談しようと言ったんですが、今少し落ち着いてからとか、私は所詮裏切り者だからとか、うじうじしているものだから、業を煮やしていたんです」

「お千代さんがうじうじ……」

「でも、それすなわち恋の証じゃありませんこと？」と、紺はにっこりとした。「とにかく、いつまでもこのままじゃなんだから、勝手にお律さんと算段して、騙し討ちにしちゃどうかしらとお加枝さんと話していたら、昨日あの岡っ引きが訪ねて来て……あの分だといずれ自分が青だとばれる、総次さんは所払で済んだけど私はどうなるか判らない、どのみちこの家は出てゆかねばならないでしょう——なんて言い出したから、そうなる前に、今日にでも青陽堂に引っ張って行こうと思っていたんですよ」

総次——浩太郎——は、沙汰が出たのちに千代の家に寄り、加枝と昔話を交わしたという。所払になったがゆえに馬喰町には住めないが、そもそももう家がなく、親兄弟もいない。

「ですから、まずは土浦に行ってみるそうです」と、加枝。「江戸に未練がなくもないけれど、今少し静かなところで、じっくり身の振り方を考えたいと言っていました。定かではないそうですが、土浦は正二の郷里かもしれないので、ささやかながら供養も兼ねて……」

正二は総次にも火盗改にも生国を明かさなかった。だが、いつだったか琵琶湖の話をしていた折に、正二が霞ヶ浦を引き合いにしたことがあったという。近江国の琵琶湖には遠江国の浜名湖を引き合いに出す者が多いため、総次の記憶に残っていたらしい。

「正二は博打好きが高じて、家から勘当されたらしいとも言っていました。そのせいか、正二は浩太郎さんに女遊びは教えても、賭場にはけして連れて行かなかったとか」

正二は己の身代わりに使えぬかと総次に近付いたが、結句、岸ノ屋に無理矢理引き込むことはなく、弟分として――おそらく昔の己を重ねて――総次を可愛がっていたらしい。総次の江戸への未練は加枝への未練であるやもしれないが、ともあれ総次と加枝の淡い恋は想い出のままとして終わるようだ。

――でも、勘兵衛さんとお千代さんはきっと違う。

お千恵さんと雪永さんのように、二人ともまだまだこれからよ――

浅草広小路で加枝と紺と別れると、律は弾んだ足取りで池見屋へ向かった。

道中で手土産を買い、約束の九ツまで四半刻はあろうという時刻に池見屋へ着く。

迎え出た千恵は、律が描いた雪華の着物を着ていた。

はにかんだその姿を見ただけで、天を味方にしたがごとく、律は上首尾を確信した。

やがてやって来た雪永も、千恵を一目見て微笑んだ。

「やあ、初雪だ」

雪永の笑顔に、千恵もほっと顔をほころばせる。

杵が支度した膳に舌鼓《したつづみ》を打ちつつ、律は千代宅での捕物を皆に話した。

「相手は匕首を持っているのに、お千恵さんは綾乃さんの身代わりを申し出たんですよ」

「お加枝さんの真似をしただけよ。それに、大年増はいらないと断られたのよ」

「一緒に幟を引っ張って、助けを呼んでくださったんです」

「だって、お律さんまで川に落ちちゃったら困るもの。私一人だったら、幟に気付くこともなくて、きっと一人でおろおろしてたわ。助けを呼んだのだって、お律さんの真似っこよ」

謙遜する千恵へ、律は小さく首を振った。

「真似でもなんでも、私には身代わりになる勇気はありませんでした。お千恵さんが一緒に引っ張ってくださったから、六太さんたちはそんなに遠くに流されずに済んだんですよ。私一人だったら、きっとすぐに幟と一緒に落ちていたことでしょう。それに、小倉さまが仰っていましたよ。お千恵さんが助けを呼びながらぴょこぴょこ跳ねていたおかげで、辺りの舟がすぐさま大事に気付いたと……」

ぷっ、と類が噴き出した。

「ぴょこぴょこってなんだい、お千恵？　お前、本当にぴょこぴょこ跳ねたのかい？」

「ちょ、ちょっと跳ねただけよ。ぴょこぴょこだなんて、ひどいわ、お律さん」

「私が言ったんじゃありません。小倉さまが——いえ、おそらく船頭の誰かが——ああ、そうそう。小倉さまからご褒美をお預かりしているんです」

火盗改からの礼金は一両で、涼太と相談の上、千恵にも分けることにした。

「ご褒美？　私に？」

膨れっ面から打って変わって嬉しげに、千恵は一分が入った包みを押しいただいた。

「うふふ、ぴょこぴょこした甲斐があったわ」

「これぞ現金だね」と、類。「ひねりも何もありゃしない」

「だって、これはお小遣いとは違うもの。お姉さんからもらうお駄賃とも違うわ。私、人様からお金をいただくのは初めてよ」

にこにこして言い返す千恵へ、雪永が眩しげな眼差しを向ける。

「それにしても、涼太はすごいな。六太も……二人は昨年も、尾上の危機を救ったんだったな。私には六太のような勇気も、涼太のような人探しの才もつきも、腕っぷしもないからね。肝心な時に、役に立てそうもない……」

つぶやくように言った雪永へ、千恵が慌てて首を振る。

「そんなことないわ。雪永さんは肝心な時も、そうでない時も一緒にいてくれたわ。この十五年――ううん、その前からずっと」

居住まいを正し、雪永をまっすぐ見つめてから、千恵は頭を下げた。

「この間……べったら市ではごめんなさい」

「私の方こそすまなかった。急にその……驚かせてしまったね」

「そうなんです。突然のことだったんで、驚いてしまっただけなんです。でも私、あれからまた思い出したの。もうずっと、ずーっと昔にも同じように、雪永さんに心ときめいたことがあったって」

「同じように……私に？」

「うふふ」

驚き顔になった雪永へ照れ臭そうに微笑んで、千恵は懐から蒸栗色の手ぬぐい――否、手袋を取り出した。桜の縫箔《ぬいはく》が入った、子供向けの小さなものだ。

「私、ちゃんと覚えていたわ。長らく忘れていたけれど、おとをし、ちゃんと思い出したのよ。子供の頃、私は一人で雪だるまを作ろうとして、でも他の子たちと雪合戦した後だったから手が冷たくて、作れなくて……悲しくて泣いていたら、私の代わりに雪永さんとお姉さんが雪だるまを作ってくれたわね」

「……うん、そんなこともあったね」

「あの後、雪永さんはこの手袋をくれたわね。『これがあれば冷たくないよ』って。あの時私はまだほんの十歳で、雪永さんには馴染みの呉服屋の子供でしかなかった。なんなら仲良しの妹でしか……だから、先にときめいたのは私の方よ。私、あの頃はしばらくお姉さんが羨ましかったわ」

雪だるまと手袋の話は、一昨年千恵から聞いたことがあった。雪永が千恵を女として意識し始めたのは、千恵が年頃になってからだから、当時は千恵の方が雪永を「憧れの君」として、より好いていたのではないかと律は思ったものだ。

「仲良しだなんて、私とお類はけして、そんな」

「ええ、判っています。私、この二年でもいろいろ思い出したから……ついでに、この手袋をいただいた次の年、私は雪永さんのような手の届かない人は早々に諦めて、母のお遣いでよく行っていたお菓子屋の息子さんに岡惚れしたわ。でも、ほどなくしてその人には好いた幼馴染みがいることが判ってがっかりしちゃった。それから、仕立屋のお弟子さんや、寿司売りのお兄さん、習いごとのお師匠さんの甥っ子さん……」

「知らなかったよ」と、類がにやにやした。「お前は案外気が多かったんだね」

「ちゃ、茶化さないで。たまに挨拶したくらいで、誰とも、なんにもなかったわ。手をつないだのは――それが涙が出るほど嬉しかったのは二人だけよ。村松さまと雪永さんだけ」

再び驚き顔になった雪永へ、千恵はおずおず切り出した。

「私……雪永さんが大好きです」

「わ、私もだよ、お千恵」

「でも私、まだ怖いんです。雪永さんじゃなくて――雪永さんとはこれからもずっと一緒にいたいけど、祝言や……その、夫婦になるのはまだ……」

「いいんだよ。お千恵が嫌なら祝言なんてどうでもいいんだ。今のままで――今の言葉だけで私には充分だ」

「でも――」

「あ、あの」

思わず律は口を挟んだ。

「差し出がましいこととは存じますが、それならまず、許婚になるのはどうでしょう？」

「許婚……？」

刹那、千恵はきょとんとしたが、ただちに目を輝かせた。

そんな千恵を見て、雪永も顔をほころばせる。

「お千恵がよいなら、そうしようか……？」

「それがいいわ。そうしましょうよ、雪永さん」

目を細めて頷く千恵に、類と杵も笑みを交わす。

昼餉ののち、千恵が茶を淹れた。またひととき捕物の始末やら、千恵たちの菊作りやら閑《かん》談《だん》するうちに八ツの鐘を聞いて、律は暇を告げた。

「玄関先まで見送るわ。ねぇ、雪永さんもご一緒に」

そう言って腰を浮かせた千恵が、雪永の手を取った。

はっとした雪永の頬がみるみる赤く染まるのへ、類と杵は顔を見合わせてにんまりし、律は目のやり場に困ってうつむいた。

十三

長屋の木戸をくぐると、青陽堂へ続く勝手口の前で涼太と顔を合わせた。

「なんだ、今帰りか？」

「ええ」

「その顔からすると、雪永さんとお千恵さんはうまくいったんだな？」

「その通りよ」

「勘兵衛さんがつい先ほど戻って来てな。お前ももう帰っているかとちょいと知らせに来たんだが、まだみてぇだったから引き返して来たとこさ」

「あちらもうまくいったのよね……？」

「そうらしいぞ」と、涼太が微笑んだ。「明日はお千代さんがこっちに来るそうだ。おふくろに話があるんだと。どうやら、お千代さんは茶屋を開く気らしい。お加枝さんとお紺さんはもちろんのこと、勘兵衛さんも交えてな」

「まあ……」

「おふくろが勘兵衛さんを夕餉に誘ってた。だから詳しい話は夕餉でな」

仕事が忙しいのだろう。

慌ただしく切り上げた涼太の手を、律は千恵を真似てとっさに取った。

――りょうちゃん、だいすき――

まだ「恋」という言葉を知らなかった頃、己は臆面もなくそんな台詞《せりふ》を口にしていた。

「ど、どうした、お律？」

驚き戸惑う涼太の手を己の両手で包み込み、律はにっこりとした。

「なんだか寒そうだったから。今日はほら、少し冷えているでしょう?」

「――冷えてんのは、お前の手の方だ」

くすりとした涼太が更に手を重ねた時、店の中から涼太を探す佐和の声が聞こえてきて、律たちは慌てて手を放した。

「また後でな」

「ええ、また後で」

涼太が勝手口の向こうへ消えるのを見送ってから、律は仕事場へ向かった。

日暮れまで二刻もないが、今の気持ちを忘れぬうちに筆を執りたかった。

昨日は結句、花びらを数枚描いただけだった。千代が青ではないかと閃いて、気がそぞろになってしまったからだ。

丸抱に追抱、褄折抱、乱抱、自然抱に露心抱、それから管抱――

江戸菊の七つの抱を唱えながら火鉢に火を入れ、染料の支度にかかる。

意匠の菊花はほぼ実物の大きさで、二、三の花をかためて、主に両袖と腰の下、それから左肩や背中に散らした。花の色はどれも同じだが抱は四種で、丸抱に追抱、褄折抱、乱抱と様々だ。

満開を見どころとする他の菊と違い、江戸菊はすっかり咲いた後からが見どころとなる。

およそ一月をかけて、花びらが中心の管状花《かんじょうか》に向かって折れたり、ねじれたり、乱れたりする様から、江戸菊には「芸菊《げいぎく》」の他、「舞菊《まいぎく》」や「狂菊《くるいぎく》」という別名がある。

けれども、どの名もしっくりこないわ——

蘇芳色の花びらを描きながら律は思った。

ゆっくり変化していく花びらは、確かに「芸」であり、「舞い」であり、「狂い」でもある。

しかれど、どれも「抱える」ことから、江戸菊は律には「心」を思わせた。

とはいえ、「心菊《こころぎく》」じゃどうもひねりがないわね——

くすりと笑みを漏らすと、律は花びらの裏を薄紅色で描いて、折れた花びらを表した。

千恵に似合うだろうと雪永は花に蘇芳《すおう》色や薄紅色を選んだが、これらは取りも直さず雪永の「恋」の色でもあろう。

江戸菊はお千恵さんのお気に入り。でもって、お千恵さんと雪永さんがこれから一緒に育てていく恋の花でもあるから、蘇芳色に限っては「恋菊」なんてどうかしら？

いいえ、それならいっそ、縁結びの菊理媛神さまにあやかって「結菊《むすびぎく》」——

そんな他愛ないことを考えながら、抱えゆく花びらを描くうちに、律はふと、筆を止めて束の間胸へ手をやった。

一枚、また一枚と花びらを描く度に、千恵の、己の、誰かの、はたまた菊理媛神の祈りの言葉が胸をよぎる。

会えますように。

伝わりますように。

実りますように。

己のために、誰かのために、菊は祈りながら、一枚、また一枚と花びらを抱えてゆく。

かけがえのない想いを、その小さな胸に抱いてゆく。

守れますように。

信じられますように。

愛せますように――

千代と勘兵衛は三十年、千恵と雪永は二十年ほどの紆余曲折《うよきよくせつ》を経て今に至る。

四人の長い道のりに感じ入った一日だったが、思い返せば己と涼太も、物心ついてからもう二十年は共に時を過ごしてきた。

時を経るうちに、失われる想いもあるだろう。これまで続いた想いが、これからも続くとは限らない。

それでも……

この世で涼太と巡り合わせ、想いを通じ合えた幸運を律は改めて嚙みしめた。

――菊は邪気を払って、千代の栄華を寿ぐ――

雪永の言葉を思い出しつつ、律はまた一枚花びらを描いた。

涼太さん。
あなたが、ずっと健やかでありますように。
ずっと仕合わせでありますように。
細筆で、するりと縁と筋を描き入れると、また一枚の花びらが祈りに変わる。
柔らかく。
しなやかに。
力強く。
これからも、あなたと一緒に歩んでいけますように――

光文社文庫

文庫書下ろし
結《むす》ぶ菊《きく》　上絵師《うわえし》 律《りつ》の似面絵帖《にづらえちょう》
著者　知野《ちの》みさき

2023年5月20日　初版1刷発行

発行者　三宅貴久
印刷　萩原印刷
製本　ナショナル製本

発行所　株式会社　光文社
〒112-8011　東京都文京区音羽1-16-6
電話 (03)5395-8149　編集部
8116　書籍販売部
8125　業務部

ISBN978-4-334-79537-5　Printed in Japan

組版　萩原印刷

光文社時代小説文庫　好評既刊

読売屋天一郎　辻堂魁
冬のやんま　辻堂魁
倅の了見　辻堂魁
向島綺譚　辻堂魁
笑う鬼　辻堂魁
千金の街　辻堂魁
夜叉萬同心　冬かげろう　辻堂魁
夜叉萬同心　冥途の別れ橋　辻堂魁
夜叉萬同心　親子坂　辻堂魁
夜叉萬同心　藍より出でて　辻堂魁
夜叉萬同心　もどり途　辻堂魁
夜叉萬同心　本所の女　辻堂魁
夜叉萬同心　風雪挽歌　辻堂魁
夜叉萬同心　お蝶と吉次　辻堂魁
夜叉萬同心　一輪の花　辻堂魁
無縁坂　辻堂魁
ちみどろ砂絵　くらやみ砂絵　都筑道夫

からくり砂絵　あやかし砂絵　都筑道夫
赤猫　藤堂房良
死笛　鳥羽亮
秘剣水車　鳥羽亮
妖剣鳥尾　鳥羽亮
鬼剣蜻蜓　鳥羽亮
死顔　鳥羽亮
剛剣馬庭　鳥羽亮
奇剣柳剛　鳥羽亮
幻剣双猿　鳥羽亮
斬鬼嗤う　鳥羽亮
斬奸一閃　鳥羽亮
あやかし飛燕　鳥羽亮
鬼面斬り　鳥羽亮
幽霊舟　鳥羽亮
姫夜叉　鳥羽亮
兄妹剣士　鳥羽亮